DESA KINCAID

CAZARRECOMPENSAS

R. S. PENNEY

Traducido por
MARIO I. RUIZ V

PARTE I

CAPÍTULO UNO

Desa cabalgó hacia el pueblo a lomo de *Medianoche*.

El gran semental negro dejó escapar un resoplido de burla, sus orejas se movieron de un lado a otro mientras entraban en una aldea donde las casas de troncos estaban a ambos lados del camino apisonado de tierra. Era un lugar primitivo para sus estándares, pero notó la presencia de linternas de parafina colgando apagadas sobre cada puerta. A esta hora tardía de la tarde, el sol aún proporcionaba suficiente luz a pesar de un grueso techo de nubes.

A su izquierda y a su derecha, altos pinos se alzaban en las afueras del pueblo, por lo que parecía que la única salida era a lo largo del camino este-oeste. Pero Desa había estudiado mapas y ella conocía bien el área. Un camino más pequeño se bifurcaba desde el centro de la ciudad, en dirección sur.

Medianoche torció el cuello para mirarla de reojo con un ojo. Sin duda él sintió la misma perturbación que ella. El Éter parecía distante. Usualmente era así en lugares donde los corazones de los hombres estaban llenos de odio.

Cerrando los ojos, Desa asintió una vez estando de acuerdo.

"Yo también lo siento", susurró acariciando al caballo. "Quédate tranquilo; no nos quedaremos mucho tiempo."

Medianoche resopló de nuevo.

Una mujer menuda con pantalones canela y una gabardina vaquera color marrón, Desa se bajó el ala ancha de su sombrero para cubrir un rostro de piel verde oliva. Su madre siempre le decía que la suya era una cara que inspiraría a los hombres jóvenes a todo tipo de problemas. No es que le importara demasiado llamar la atención de un hombre. Siempre le habían gustado las mujeres y eso se había mantenido cierto incluso a través de su breve matrimonio.

Azuzó a *Medianoche* hacia una calle lateral donde dos mujeres de casas vecinas chismeaban a ambos lados de una cerca a la altura de la cintura. Una tenía el pelo recogido en una trenza gruesa y dorada y la otra dejaba caer unos mechones rojo oscuro sobre sus hombros, pero podrías haber pensado que eran gemelas por la forma en que volvieron la cabeza al unísono para mirar a Desa.

Un hombre flaco con un fino abrigo negro y un bombín pasó al otro lado del camino. ¿Moda de la ciudad? ¿Aquí? Tal vez él era el banquero local. Se detuvo el tiempo suficiente para dirigir una burla a Desa.

Frunciendo los labios, Desa dejó escapar un suspiro. "Va a ser una estadía interesante" murmuró a *Medianoche*. El semental relinchó estando de acuerdo.

Un niño con un mono grueso que vestía sobre una camisa blanca salió corriendo de un patio y cruzó corriendo la calle. Tenía tal vez ocho o nueve años con una mata de pelo amarillo y un hoyuelo en la barbilla.

"¡Chico!" Desa gritó.

Se detuvo a mitad de camino.

Con una sonrisa atrevida, Desa se inclinó ligeramente en su silla de montar. "Considero que un chico inteligente como tú sabría dónde una dama puede encontrar una comida caliente" dijo. "¿Dónde suelen alojarse los viajeros cuando pasan por la ciudad?"

Giró la cabeza para mirarla, entrecerrando los ojos mientras la evaluaba y luego hizo un gesto hacia la calle. "Pasando la próxima curva" dijo "El lugar se llama MacGregor's."

"¿Tal vez podrías enseñarme?"

Se apartó de ella, retrocediendo unos pasos, mirando de un lado a otro como si pensara que su madre podría salir y regañarlo por hablar con un extraño. "Tengo que hacer mis tareas." Desa bufó. El chico no parecía estar muy ocupado con las tareas domésticas en ese momento en particular. "Lo sabrá. Es más alto que las otras casas."

Ella asintió hacia él.

Un apretón de sus muslos puso en movimiento a *Medianoche* y no pasó mucho tiempo antes de que el camino se curvara ligeramente a su izquierda. Pasó por más casas de troncos, un hombre alto en gabardina vaquera que guiaba a su caballo por las riendas e incluso un pequeño pueblo verde.

El niño fue fiel a su palabra; McGregor's era un gran edificio de dos pisos hecho de tablones de madera. Su techo a dos aguas todavía estaba resbaladizo por una lluvia reciente. Un letrero de metal sobre la puerta mostraba a un hombre a lomo de un caballo alzado en dos patas.

En el mismo instante en que llegó, una chica de establo salió corriendo a su encuentro. Un pequeño desliz de muchacha con su cuerpo escondido debajo de un poncho llevaba su cabello rojo brillante recogido de una cara tan pálida como la nieve. "¿Necesitará un lugar para su caballo, señora?"

Desa balanceó su pierna sobre el flanco de *Medianoche* y bajó al suelo con un fuerte ruido sordo. Se enderezó, extendió la mano y se inclinó el sombrero. "Muy agradecida. ¿Tienes muchos viajeros aquí?"

"Somos el pueblo más grande entre High Falls y Fengen's

Wake" respondió la niña. "La mayoría de la gente se detiene aquí."

Desa se paró frente a la niña con las manos metidas en los bolsillos de su gabardina vaquera, asintiendo lentamente mientras consideraba la respuesta. "Estoy buscando a un tipo que podría haber llegado hace unos días" dijo "Tal vez lo has visto. Grueso bigote oscuro y una cicatriz en la mejilla."

La chica giró la cabeza para estudiar la puerta frontal de la posada, luego dio un paso atrás y se rascó la frente con un nudillo. "Mucha gente se detiene aquí," murmuró. "Estoy segura de que no recordaría si lo vi."

Pasó un momento de tenso silencio antes de que la chica se adelantara y tomara las riendas de *Medianoche*. El semental acarició y lamió su mano extendida. "¡Es amigable!" Desa tuvo que reprimir el impulso de reír. ¡La niña no sabía ni la mitad! Una vez que *Medianoche* decidía que le gustabas, era tu amigo de por vida.

Tomándolo por las riendas, la niña lo condujo hacia un camino de piedra que rodeaba la parte trasera de la posada. Realmente, fue *Medianoche* quien se dejó llevar. Ese caballo no iría a ningún lugar al que no quisiera ir.

"Chica" dijo Desa.

Pescó una moneda del bolsillo de su abrigo y la lanzó con el pulgar. Cayó de punta a punta hacia la chica, que se dio la vuelta para atraparla con una mano hábil "Por la molestia."

En el interior, encontró un salón con aserrín en el piso de madera. Las mesas redondas se extendían debajo de linternas apagadas que colgaban del techo. Por ahora, la luz de la ventana delantera era suficiente.

Un bar corría a lo largo de la pared a su izquierda, construido contra el costado de una escalera que subía a las habitaciones. El hombre que estaba parado detrás del mostrador, limpiando un vaso con un trapo, era alto con un pecho de barril y un anillo de cabello oscuro. "¿Buscas una habitación?" preguntó.

"Y un trago" dijo quitándose el sombrero.

El cantinero arrugó la nariz hacia ella y luego sacudió la cabeza. "Supongo que quieres un Vinthen Red o algo así que sirvan en las ciudades" murmuró. "Bueno, ¿qué será?"

Desa saltó a un banquillo, cruzó las manos sobre el mostrador y se inclinó para acercarse. "Whisky" dijo "Derecho."

Su mueca de sorpresa fue casi suficiente para calmar la molestia de Desa. El hombre dejó caer un vaso sobre el mostrador, luego lo llenó con el contenido de una jarra marrón y esperó a ver qué haría ella.

Desa tomó el vaso, cerró los ojos con fuerza y lo tragó todo de un trago. El ardor en la lengua y el calor que le llenaba el estómago eran compañeros familiares, bálsamos que calmaban sus muchos dolores. "Ahora, tal vez podrías responder mis preguntas." Dijo.

El cantinero entrecerró los ojos. "Tal vez podrías contestar las mías" respondió él "No confiamos en extraños por aquí."

"Eso es gracioso, viniendo de un compa que dirige una posada en una ciudad donde tipos extraños pasan todo el tiempo."

"Puede que tenga que alojarlos" dijo "No tienen que gustarme."

Frunciendo los labios, Desa sostuvo su mirada por un largo momento, luego asintió secamente. "Te diré qué" le ofreció "Contestaré una de tus preguntas y tú respondes una de las mías. Todo franco y parejo, ¿no?"

"¿Por qué estás pasando por aquí?"

"Estoy buscando un par de escorias que violaron la ley en High Falls" explicó Desa "Supuse que podrían haber venido por aquí."

El hombre la miró de arriba abajo y su rostro se tensó, sus gruesas cejas negras se juntaron. "¡Lo sabía!" espetó, aunque su voz nunca se elevó mucho más allá de un suave susurro. "Tienes el hedor de un cazarrecompensas sobre ti. Muy pocas mujeres cazadoras en estas partes y solo una como tú. Eres Desa Kincaid: la viuda."

Su boca se cerró y sus cejas subieron por su frente. "Veo que has oído hablar de mí" dijo "Y a menos que el nombre de este establecimiento sea completamente engañoso, supongo que eres McGregor. Entonces… ¿Dónde está Morley?"

"No conozco a ningún Morley."

"Me considero una mujer de razón, señor" dijo Desa, su acento cambió ligeramente ahora que ya no tenía que efectuar la fachada de un dialecto local. "Seguramente, podemos llegar a algún tipo de acuerdo."

"No hay nada que tengas que quiera."

Con cuidado, Desa deslizó una mano enguantada en el bolsillo de sus pantalones y sacó una gruesa moneda de plata pura de Aladri. La levantó para que el barman viera la espada en relieve a un lado "¿Ni siquiera esto?"

"No quiero plata embrujada."

Desa sintió que sus labios se curvaban, luego inclinó la cabeza hacia él. "No es lo que piensas" dijo "No hay magia, simplemente una comprensión más profunda de la naturaleza. Esta podría ser una herramienta útil si estuvieras dispuesto a abrir tu mente solo un poco."

El hombre se la quitó, entrecerrando los ojos mientras examinaba la moneda. "¿Como funciona?" preguntó "Esta… comprensión más profunda de la naturaleza."

"¿Ves la espada de un lado?"

"Si…"

"Pasa el pulgar a lo largo desde la empuñadura hasta la hoja."

Las mejillas de McGregor se hincharon cuando dejó escapar un suspiro, pero siguió sus instrucciones al pie de la letra, agarrando la moneda con una mano y deslizando el pulgar por su superficie. Sus ojos casi salieron. "Está frío."

Una sonrisa floreció en la cara de Desa y ella asintió con la cabeza hacia él. "Ciertamente" dijo "Ahora, considera lo que podrías hacer con ella. Puedes ponerla en una nevera y usarla para enfriar vino o mantener la comida fresca. Puedes usarla para bajar la fiebre de un niño, para proporcionar algo de alivio en un caluroso día de verano. Úsalo con moderación y debería durar meses."

La moneda drenaría una enorme cantidad de energía térmica antes de que se llenara al máximo, pero lo haría lentamente. Desa se había asegurado de eso cuando la creó. Una persona tendría que sostener esa moneda durante bastante tiempo antes de estar en peligro de hipotermia y la congelación la obligaría a dejarla primero.

"¿Por meses?" McGregor farfulló "¿Cómo… hago que pare?"

"Pasa el pulgar sobre la espada desde la hoja hasta la empuñadura."

En el mismo instante en que lo hizo, McGregor exhaló aliviado. Dejó la moneda sobre el mostrador y se inclinó hacia adelante, mirándola con ojos brillantes. "Un tesoro con seguridad" dijo "Pero no pienso cruzarme con el hombre que pasó por aquí hace dos días."

"Causó una impresión, asumo."

"Se podría decir eso."

"Quizás debería endulzar el pote."

Deslizó la moneda hacia McGregor, luego metió la mano en el bolsillo y sacó su gemela, colocándolas una al lado de la otra. Los ojos del cantinero se dirigieron hacia las monedas y luego volvieron a mirarla. "Dos serían útiles… Pero no lo suficiente para…"

"Solo prueba esto. Creo que quedarás gratamente sorprendido."

Con una mirada de extrema molestia, McGregor palmeó la segunda moneda y pasó el pulgar por ella. Esta vez, dio un respingo y casi dejó caer la cosa. "¡Está caliente!"

"Imagina un viaje de varios días en el que debes dormir en una tienda de campaña cada noche" dijo Desa. "El frío del otoño está cayendo, pero eso no te preocupa. Estarás a salvo y tibio toda la noche."

El silencio se prolongó durante varios momentos en los que McGregor pareció considerar la oferta. Desa pudo verlo en su cara; No estaba influido. Finalmente, el hombre deslizó su pulgar sobre la moneda nuevamente y la dejó al lado de su compañera.

Poniéndose de pie, Desa volvió a ponerse el sombrero y se echó el ala sobre los ojos "Si no te interesa…" Extendió la mano, rodeando con una mano enguantada las dos monedas, arrastrándolas hacia ella.

"No, espera."

Ella levantó la vista, arqueando una ceja oscura. "No estoy de humor para que juegues conmigo, Sr. McGregor" dijo con frialdad "Si sabes algo, entonces ciertamente comparte. De lo contrario, me pondré en camino."

Abrió la boca y cerró los ojos. Una respiración temblorosa se abrió paso a través de sus labios. "De este Morley del que hablas" dijo McGregor "Vino por aquí hace unos días. La oscuridad parecía seguir cada uno de sus pasos."

"¿La luz se atenuó?"

McGregor hizo una mueca, sacudiendo la cabeza tan rápido que podría haberse mareado. "Nada tan obvio… Era más… un sentimiento que tenías cuando estabas cerca del hombre. La gente estaba feliz de ver su espalda."

"¿Sabes a dónde fue?"

Antes de que McGregor pudiera responder, la puerta se abrió de golpe, permitiendo que un joven entrara al salón, seguido por varios de sus amigos. El líder de este grupo era alto y delgado con el pelo corto y negro y pelusa en el labio superior que podría haber sido un intento de bigote.

Los dos patanes que se arrastraron detrás de él eran a lo

sumo unos años más jóvenes, ambos muchachos delgados con caras pálidas, aunque uno obviamente había sufrido una nariz rota hacía algún tiempo. Desa trató de ignorarlos, pero parecía que no estaban dispuestos a permitirle ninguna paz.

"¿Quién podría ser esta?" preguntó el líder.

Desa tenía los codos sobre el mostrador, la boca cubierta por la punta de los dedos. Aparte de una rápida mirada cuando habían hecho su entrada, se aseguró de no mirar. Eso solo los alentaría.

El líder parecía no notar su desinterés. Desa escuchó sus botas golpeando las tablas del piso y ella prácticamente podía sentir el aire agitándose en la parte posterior de su cuello. Estaría al alcance de la mano en segundos.

"Querida" dijo el hombre. "Estás…"

La mano de Desa se levantó bruscamente, agarrando la muñeca del tipo antes de que él pudiera tocarla en el hombro, sujetándolo con fuerza con un agarre de hierro. "Totalmente desinteresada" dijo "Ahora sería un buen momento para seguir adelante."

Ella lo soltó y el hombre se alejó tambaleándose, sus pies arrastrando el suelo. "¡Por el cojón izquierdo del Todopoderoso, niña!" ladró "¿Quién te crees que eres? En estas partes, las mujeres saben mejor que…"

Desa se dio la vuelta.

Levantando la barbilla, lo miró sin decir una palabra, sus cejas se alzaron lentamente. "Creo que querías disculparte y desearme un viaje seguro" dijo, asumiendo un acento local una vez más. "Le agradezco su amabilidad, señor."

El hombre estaba inclinado y frotando una muñeca con la otra mano. Cuando sus ojos se posaron en ella, ella vio odio allí. Se movió para tomar el revólver enfundado en su cadera.

"¡Ducane!" McGregor llamó "¡No aquí!"

Con su mano sobre la empuñadura de su pistola, Ducane se puso rígido, luego miró hacia otro lado y escupió en el suelo.

"En otro momento, señorita" susurró "A menos por supuesto, que sea lo suficientemente inteligente como para dejar la ciudad antes de que la encuentre."

Desa no dijo nada más.

Derrotado por el momento, Ducane giró la cabeza hacia la puerta y luego se fue sin siquiera comprobar si sus dos lacayos se molestaron en seguirlo. Por supuesto que sí y luego Desa volvió a tener un poco de paz.

"Él cumplirá con esa amenaza" dijo McGregor "¿Este Morley al que persigues? Se fue al sur. Te sugiero que hagas lo mismo. Guarda tus monedas brujas; déjanos en paz a la gente honesta. Solo sube a tu caballo y monta."

Varias horas después, Desa caminaba por una calle de tierra compacta con las manos en los bolsillos del abrigo. Había llegado toda la noche y las casas a ambos lados eran solo sombras cuadradas, siluetas contra la oscuridad, visibles solo por la luz pálida de una luna creciente. Vio un resplandor anaranjado en algunas ventanas –la luz de un fuego que no se había apagado– pero la mayor parte de esta pequeña ciudad adormecida se había guarecido.

Había completado dos circuitos de la aldea y estaba en su tercera, pensando en Morley revoloteando en su cabeza. El hombre era un animal rabioso, pero era a su maestro a quien Desa más temía. Los experimentos de Bendarian con Enlace de Campo mataron a seis personas e hirieron a otras. Debía haber sido encarcelado en Aladar, pero por supuesto, el hombre escapó.

El Sínodo había estado dispuesto tan solo a dejarlo ir – problema para otra persona– pero no Desa Nin Leean. No... A los diecinueve años, Desa había estado segura de que podía llevar al hombre ante la justicia; Entonces ella se subió a un caballo y se fue en persecución. Eso fue hace diez años y el poder de Bendarian se había vuelto monstruoso en la década posterior.

Dobló una esquina e hizo una mueca cuando la linterna sobre la puerta de McGregor hizo que sus ojos quemaran. La pequeña posada mantenía una luz brillante para cualquiera que quisiera aprovechar sus servicios después del anochecer, al igual que la estación del sheriff y la oficina del médico local. Había pasado las tres veces en su caminata.

Desa salió a la luz con la cabeza gacha, suspirando suavemente. "¿Qué le hiciste a estas personas, Morley?" se preguntó en voz alta "¿Qué…"

Sus oídos captaron un crujido.

Las sombras en una calle que se cruzaba se convirtieron en Ducane, quien salió a la luz con una mano sobre su pistola. Los otros dos estaban justo detrás de él, ambos burlándose, especialmente el Sr. Nariz Rota. Ese parecía estar ansioso por un poco de violencia.

"Bueno" dijo Ducane "Creo que tenemos una cuenta pendiente."

Desa cerró los ojos y trató de mantener la calma. "No tengo tiempo para esto" Su voz era hielo "Déjame con mis asuntos y mañana me iré al mediodía. Puedes volver a señorearte sobre este pequeño pueblo y agradecer a tu Todopoderoso que tengo mayores preocupaciones."

La sonrisa en el rostro de Ducane prometía dolor. Él se rió entre dientes, sin duda convencido de que tenía el control de esta situación y sacudió la cabeza. "Te hice una promesa, señorita" dijo "¿Qué tipo de hombre sería si no la cumpliera?"

"Un hombre más sabio que la mayoría."

"Nadie me avergüenza así, señorita"

¿Qué hacer? El hombre estaba a unos dos segundos de desnefundar su arma y si se acercaba demasiado, sin duda querría golpearla. ¿Por qué matar a una mujer cuando podrías ponerla en su lugar? Más satisfactorio cuando podrías obligarla a reconocer tu superioridad. Quizás había llegado el momento de llevar su punto a casa.

Con un pensamiento, Desa ordenó a la piedra en su collar que drenara la energía de la luz. La linterna encima de McGregor se apagó, al igual que el resplandor en cada ventana cercana. En verdad, todos esos fuegos todavía estaban ardiendo, pero no proporcionarían iluminación mientras el collar de Desa estuviera cerca.

Con tan poca luz, se quedaron en la oscuridad total. Incluso la luna creciente había desaparecido del cielo. Todavía estaba allí, por supuesto, pero alguien tendría que alejarse al menos cien pasos de Desa para verla.

"¿¡Qué…!?" Ducane farfulló.

El hombre era increíblemente ruidoso, pisando fuerte con los pies raspando la tierra, revelando su posición con cada paso. Sus dos lacayos no eran mejores, ambos revolviéndose. Uno sacó su pistola con el distintivo clic de un martillo siendo amartillado.

Desa se movió silenciosamente a través de la oscuridad, dando vueltas alrededor del grupo. "Dejarás este lugar ahora" Su voz los asustó y uno saltó, sorprendido al descubrir que ella ya no estaba donde había estado. "No volverás a molestarme. Y si lo haces… te convertiré en un sapo."

Ella no tenía tal poder, pero las supersticiones de hombres retrógradas a menudo eran herramientas más útiles que cualquier hazaña que pudiera producir.

Le ordenó a su collar que dejara de alimentarse de la luz.

La linterna sobre la puerta de McGregor volvió a encenderse, revelando a tres hombres que estaban de espaldas al salón, todos frenéticos y mirando a su alrededor como si esperaran que un demonio saltara de cada sombra.

Desa se paró en la calle que cruzaba, con los puños en las caderas, con la barbilla levantada mientras los miraba revolverse. "¿He mostrado mi punto?" ella preguntó "¿O debo hacer algo aún más… drástico?"

Los dos lacayos salieron disparados calle abajo sin mirar atrás. Cualquier lealtad que tuvieran por Ducane solo duraría hasta que se encontraran con alguien más aterrador que él. Ese era el precio de emplear a tales hombres.

Ducane, sin embargo, no fue intimidado. Su cara se enrojeció y sacó su pistola de su funda. "¡Bruja!" gritó "¡Bruja!" En un abrir y cerrar de ojos, él tenía el arma apuntando a ella, su pulgar tirando del martillo.

Desa levantó su brazo izquierdo para protegerse, su brazalete alimentándose con energía cinética justo antes de que el arma se disparara con un ¡Crac! ¡Crac! Dos balas se detuvieron justo en frente de ella y se suspendieron allí, con el brazalete manteniéndolas suspendidas en el aire.

Ella dejó caer su brazo.

Las balas cayeron con él, aterrizando a sus pies un instante antes de que ella pasara sobre ellas. "Te advertí" dijo, comenzando una marcha lenta e inexorable hacia Ducane "Pero eso fue intento de asesinato. Solo quería pasar por este pueblo sin incidentes. Incluso estaba dispuesta a hacer la vista gorda ante tus tendencias destructivas. Me temo que ya eso no es una opción."

Ducane tropezó hacia atrás, levantando el arma con una mano temblorosa.

Una vez más, la calle se oscureció y Desa se hizo a un lado para salir de la línea de fuego. Su pulsera podría detener una tercera bala, pero no una cuarta. No hasta que ella repusiera su poder. Afortunadamente, Ducane no disparó.

Se revolvió, haciendo ruido, respirando con dificultad como si temiera por su vida. "¿Dónde estás?" Gritó en la oscuridad. "¡Muéstrate, bruja!"

Desa se movió lentamente, deliberadamente, cerrando la distancia sin apenas ruido. Años de entrenamiento le habían dado los instintos de una cazadora. Podía estar tan callada como una araña en el techo cuando quería estarlo. Ducane jadeó. Cuando la luz finalmente regresó, Desa estaba justo a su lado.

Ducane se volvió hacia ella.

Desa pateó el arma de su mano. Ella giró y pateó hacia atrás, su bota golpeó el pecho del hombre y lo empujó hacia atrás. Ducane emitió un silbido cuando perdió el equilibrio y cayó contra el costado de una casa de troncos.

El hombre sacó su cuchillo y lo sostuvo con la punta apuntando al corazón de Desa. La observó a lo largo de un brazo tembloroso. "¡Te enviaré de vuelta al Infierno, bruja! Diles a tus maestros demonios que fallaste. ¡No me quitarás el alma!"

Él se apresuró hacia ella, con la intención de atravesar el cuchillo en su pecho.

Apartándose a un lado, Desa giró en el acto y agarró el brazo del hombre al pasar. Forzó a Ducane a doblarse, luego levantó la rodilla para golpear su nariz. Eso le sacó el deseo de pelear.

Cuando ella lo soltó, él cayó al suelo; gimiendo de dolor. Idiota. Había días en que lamentaba su decisión de abandonar Aladar en busca de Bendarian. La gente de aquí eran salvajes.

Desa se puso en cuclillas junto a él, sacudiendo la cabeza. "¿Tuviste suficiente?" preguntó "¿Estás listo para venir conmigo a la estación del sheriff?"

Ducane gimió.

"Sí, me imagino que es bastante doloroso" Agarrando un mechón de su cabello, Desa echó la cabeza hacia atrás para revelar una nariz ensangrentada. "Aborrezco la violencia, pero no permitiré que un asesino salga en libertad. ¡De pie, señor!"

Había rostros en las ventanas cercanas, observándola. Algunos de ellos habían visto apagarse las luces de sus lámparas. Su collar drenaría la luz de cualquier fuente que estuviera lo suficientemente cerca; los muros no eran impedimento para su poder.

Desa se pasó una mano por la cara sudorosa y luego

parpadeó varias veces. "Levántate, Ducane" gruñó "Tenemos un largo camino por delante."

Con el cañón de su pistola presionado contra la espalda de Ducane, Desa empujó al hombre a través de la puerta de la oficina del sheriff. En el interior, encontró una habitación simple de paredes de madera, iluminada por una linterna de parafina en el escritorio.

El joven que estaba sentado detrás de ese escritorio –un ayudante de alguacil, por su placa– se levantó y se estremeció cuando los vio. "¿Que es todo esto?" Era magro y delgado con una cara pálida y cabello rubio corto que hizo a un lado. "¿Trayendo al señor Ducane? ¿Quién eres tú?"

Ducane le ahorró el problema de contestar.

El hombre giró la cabeza para mostrar los dientes apretados y le siseó a Desa. "Una bruja" dijo con voz áspera. "Ella usó su magia en mí."

"Los hombres en estas partes son un grupo supersticioso" dijo Desa "No había magia en juego. Solo soy una cazarrecompensas de paso y este intentó matarme. Encontrarás muchos testigos que pueden dar testimonio de los disparos."

"¡Le disparé!" Gritó Ducane "Ella hizo que las balas se detuvieran!"

Cerrando los ojos, Desa se tocó la frente con dos dedos. "Sí, él me disparó, ¿bien?" ella estuvo de acuerdo "Sin embargo, no se me puede culpar si no puede darle al lado ancho de un granero a diez pasos. Un tipo inteligente como tú no cree en la magia, ¿verdad?"

El joven ayudante se agarró el cinturón con ambas manos y luego se miró los pies. "No, señora, no creo." Cuando la miró fijamente, su rostro era severo. "El señor Ducane tiene fama de causar problemas."

"Lenny" dijo Ducane "Ya sabes como soy."

"Sí, lo sé" respondió Lenny "Y sé que te gusta comenzar una pelea tanto como beber cada gota en el almacén de McGregor.

Muchos te han advertido que te llevaría a un mal final, Charles."

Tomando un anillo de llaves de la esquina del escritorio, Lenny se dirigió a una puerta en la pared a la izquierda de Desa. Miró por encima del hombro, frunciéndoles el ceño. "Prefiero tenerte en una celda hasta que se resuelva este asunto" agregó "Pero señora, tendré que pedirle que permanezca en la ciudad para testificar ante un magistrado."

"No será posible, señor" dijo Desa "Una tiene que ganarse la vida."

"Así puede ser, pero la ley es la ley."

Una vez más, Desa se encontró lamentando la decisión de venir a este pequeño pueblo ignorante. ¿Cuánto tiempo perdería esperando a que llegara un magistrado? ¿Qué tan lejos llegaría Morley? Había perdido el rastro del hombre varias veces en los últimos cinco años; olfatearlo nuevamente se había sentido como un milagro.

¿Pero qué podía hacer ella? Era la única que podía testificar contra Ducane y si se iba, el hombre quedaría libre para aterrorizar a otra joven. Había días en que odiaba su suerte en la vida.

Lenny movió las llaves varias veces y finalmente forzó la puerta para abrirla. "Por aquí" dijo "Y no hagas problemas, ¿puedes?"

Desa empujó a Ducane con su arma.

De mala gana, comenzó a avanzar, atravesando la puerta hacia un estrecho corredor de ladrillos blancos con celdas en ambas paredes. Todas estaban vacías, excepto una al final, donde dos jóvenes se sentaban uno al lado del otro.

Uno a la izquierda, con pantalones color canela y una camisa azul, tenía las manos sobre las rodillas mientras miraba fijamente su regazo. Por su aspecto, podría haber sido el gemelo de Lenny. De hecho, Desa estaba bastante segura de que lo era.

El otro tenía el pelo negro y grueso que llevaba de raya enmedio y piel pálida que estaba marcada por una sola imperfección en su mejilla. Una estrella de tres puntas de una marca de hierro. Debe haberse hecho recientemente porque la carne todavía estaba cruda y roja.

"¿Lo estás vendiendo como esclavo?"

Lenny se encogió de hombros "Su elección. Era eso o la horca."

Girándose para enfrentar al joven oficial, Desa levantó la vista para mirarlo fijamente a los ojos. "¿Cuál fue su crimen?" inquirió "Algo monstruoso esperaría yo, para ameritar tal castigo."

Lenny se estremeció ante el cambio en su voz –ella había dejado que su acento se desvaneciera– luego él sacudió la cabeza y recuperó el juicio. "Fornicación." Su boca se torció como si decir la palabra dejara un mal sabor. "Entre ellos. Mi hermano fue lo suficientemente hombre como para elegir la soga."

Antes de que Desa pudiera ofrecer una respuesta mordaz, apareció otro hombre en la puerta. Este era alto con el pelo gris y una estrella de sheriff en su pecho de barril. "¿Qué está pasando aquí, Lenny?" demandó. "Escuché disparos en la noche."

"Eso sería obra del Sr. Ducane"

Girándose para meter un dedo en la cara de Desa, Ducane retrocedió hasta que casi golpeó la celda al final del pasillo. "¡Es una bruja!" gritó "Usó su magia. No es de extrañar que los jóvenes Tommy y Sebastián aquí se hayan convertido al pecado. Con degenerados como esta mujer en nuestro pueblo..."

"¡Suficiente!" el sheriff lo espetó "Finalmente fuiste y cruzaste esa línea que estabas bordeando ¿eh, Charles? Tíralo a una celda, Lenny."

El agente hizo lo que le ordenaron, dio la espalda, deslizó una llave en la cerradura y abrió la puerta con barrotes. Ducane se arrastró sin protestar y se dejó caer en el banco de madera en el interior. Una vez que estuvo a salvo detrás de las rejas, Desa enfundó su arma.

Lenny cerró la puerta con un ruido metálico.

"Ahora" dijo el sheriff, bloqueando la salida con los brazos cruzados, frunciendo el ceño mientras miraba a Desa de arriba abajo. "¿Quién podría ser y qué pasó exactamente entre usted y el Sr. Ducane?"

Ignorándolo, Desa le dio la espalda y fue a la celda al final del pasillo. Los dos hombres dentro, ambos levantaron la vista. Como animales asustados. Le enfermaba ver esa marca en la cara del chico de cabello oscuro.

Desa se lamió los labios, respiró hondo y asintió una vez. "Sheriff, liberará a estos dos hombres de inmediato" dijo "Lo que han hecho no es delito y la esclavitud es una afrenta a todo lo que es bueno y decente en este mundo."

"¿Liberarlos?" el sheriff farfulló "¿Por autoridad de quién?"

"Por la autoridad de Desa Nin Leean" dijo "Primer Enlazadora de Campo de Aladar. Si está tan ansioso por deshacerse de estos jóvenes, entonces felizmente se los quitaré. Pueden venir conmigo a Aladar y vivir en paz."

"Bruja" murmuró Ducane detrás de las rejas de su celda.

El sheriff parpadeó, sorprendido por su declaración y dio un paso atrás para apoyar una mano contra el marco de la puerta. Lenny se colocó entre Desa y el otro hombre con las manos levantadas a la defensiva. "¡Espera!" dijo "No quiero ver morir a mi hermano, pero las leyes del Todopoderoso son claras."

"No todos creen en su Todopoderoso, señor."

Lenny entrecerró los ojos, tratando fijamente de mirar a través de ella. "Ducane tenía razón" dijo asintiendo "Eres una bruja. Sheriff Cromwell, tal vez deberíamos arrestarla también. Antes de que corrompa a la gente del pueblo."

"Lenny" dijo el sheriff "Suficiente. Y usted, señora. Le agradezco por traer a un alborotador conocido, pero creo que es hora de que se ponga en camino."

"No sin Tommy y Sebastián" insistió Desa.

Lenny sacó su revólver, extendió el brazo y apuntó al pecho de Desa. Su pulgar descansaba sobre el martillo, pero no amartilló. "Cierra la boca, bruja" susurró "Agradece que el Sheriff Cromwell esté dispuesto a dejarte ir."

Desa extendió una mano, los nudillos de su puño cerrado a escasos centímetros de la nariz de Lenny y luego su anillo comenzó a brillar con una breve llamarada de luz. El joven cerró los ojos y retrocedió a tropezones en estado de shock.

Desa lo pateó en el estómago, obligando al muchacho a doblarse. Golpeó la cara de Lenny con un puño, luego con el otro, un par de golpes feroces que lo dejaron sin aliento. Él se dobló hasta bajo, prácticamente tocando su frente con el suelo.

Desa reaccionó sin pensar, una mano sacó hábilmente un cuchillo de lanzar de su cinturón y lo arrojó por encima de la espalda del joven. Cayó de punta a punta hacia el sheriff, quien sacó su arma justo a tiempo para que el cuchillo de Desa le cortara la mano.

Sus dedos se desenroscaron.

La pistola cayó al suelo.

Con un gruñido, Desa saltó y rodó cruzando la espalda expuesta de Lenny, apareciendo para aterrizar justo detrás de él. Ella se apresuró hacia el sheriff antes de que el hombre pudiera recuperarse de su conmoción.

Cromwell la miró con los ojos muy abiertos.

Desa saltó y pateó alto, golpeando su bota contra el pecho del hombre, enviándolo de espaldas hacia la pequeña oficina que daba al frente del edificio. Se tambaleó por el suelo de madera, golpeó la pared y colapsó.

Ágil como un gato, Desa aterrizó justo en frente del escritorio, luego se dio la vuelta para encontrar a Lenny de rodillas en medio del bloque de celdas. El joven agarró su pistola caída, se puso de pie con las piernas temblorosas y amartilló mientras giraba.

Desa sacó otro cuchillo arrojadizo.

Levantó la mano, el cuchillo salió volando de las puntas de sus dedos, saliendo de punta a punta en dirección a su objetivo. Lenny se dio la vuelta justo a tiempo para que la hoja se hundiera media pulgada en la piel suave de su muslo.

Cayó hacia atrás, agitando su brazo mientras apretaba el gatillo. El arma se disparó con un rugido como un trueno y trozos de madera llovieron sobre Lenny un instante después de que dos balas atravesaron el techo.

En cuclillas justo dentro del bloque de celdas, Desa recuperó el revólver del sheriff y lo sostuvo frente a su propia cara, el cañón apuntando hacia arriba. "Ahora" dijo "Supongo que no quieren más problemas."

Lenny estaba sosteniendo su pierna herida.

Una mirada sobre su hombro reveló que el sheriff Cromwell se apoyaba contra la pared con una mano sobre su corazón, cada respiración era un jadeo irregular. "Esto fue solo una pequeña muestra de mi poder" les aseguró Desa. "Preferiría no tener que hacer nada drástico."

"Bruja…" Ducane susurró en su celda.

"Nosotros…" Cromwell dejó escapar un jadeo antes de que pudiera terminar esa frase. "Vamos a liberar a los jóvenes a su cuidado."

Gimiendo de dolor, Lenny intentó sentarse derecho, pero tuvo que mantenerse firme con una mano en el suelo. Su cabeza cayó. "Ducane tenía razón…" susurró "Eres una afrenta a todo lo que es sagrado."

Desa amartilló la pistola del sheriff y apuntó con el arma a Lenny. "Baja tu arma, hijo" suplicó "No me hagas matarte."

Alabada sea Misericordia, el niño de hecho hizo lo que le dijeron, dejando su arma en el suelo. Luego se levantó aturdido, se dio la vuelta y caminó arrastrando los pies hacia la celda y al final del pasillo. "¿Quieres a mi despreciable hermano?"

murmuró, empujando la llave en la cerradura. La puerta se abrió con un ruido metálico. "Tómalo."

Tommy y Sebastián estaban parados uno al lado del otro en la celda, ambos con la boca abierta y mirándola fijamente como si fuera una especie de demonio. Ninguno de los dos se movió. Quizás no creían en sus propios ojos.

"¿Bien?" Desa dijo "¿Quieren quedarse aquí y esperar la horca o quieren venir conmigo?"

Hubo un largo momento de silencio en el que ambos muchachos estuvieron quietos. Desa de repente se sintió muy nerviosa. Si se hubiera tomado todas estas molestias para liberar a un par de muchachos que estaban decididos a quedarse aquí y aceptar su destino, bueno… Eso sería vergonzoso. Y peligroso. Había hecho algunos enemigos esta noche. Era probable que ella nunca pudiera regresar por aquí. Haber hecho todo eso para salvar a un par de niños primitivos que estaban tan inculcados con esta pequeña cultura retrógrada que morirían antes…

Finalmente, Tommy dio un paso adelante, se aclaró la garganta y asintió hacia ella. "Gracias, señora" dijo "Pongámonos en camino."

Sebastián tardó unos segundos más en decidir que preferiría irse con su amante antes que permitir que la escoria de esta ciudad lo vendiera como esclavo. Desa hizo un sonido molesto. Tendría que hacer algo con esa marca en su mejilla. "Yo…" comenzó Sebastián "Yo quiero ir también."

"Espero que ustedes muchachos tengan caballos" dijo Desa, mirando de nuevo al sheriff que sin duda traería a una multitud de gente enojada sobre ella en el mismo instante en que lo dejara fuera de su vista. "Tenemos un largo viaje por delante."

CAPÍTULO DOS

Los ojos de Tommy se abrieron de golpe.

Su boca se convirtió en un agujero mientras bostezaba y se sentaba. "¿Dónde estoy?" El cielo seguía siendo de un azul crepuscular profundo y cubierto de nubes y había árboles por todas partes. Los recuerdos de todo volvieron a él.

Durante medio momento, se preguntó por qué no estaba en su cama, pero luego recordó los acontecimientos en la oficina del sheriff y su escape apresurado de Sorla. La gente del pueblo estaba toda incitada por la conmoción, pero la mayoría estaba demasiado confundida y McGregor les había aconsejado a todos que evitaran hacer cualquier tontería. Para cuando encontraron a Lenny y al sheriff Cromwell atendiendo sus heridas, Tommy ya había ensillado el caballo de su padre y había seguido a Desa Kincaid hacia la noche. Le dolía el corazón cuando se dio cuenta de que probablemente nunca volvería a ver Sorla.

"Despierta, huesos flojos."

Miró y vio a Desa dando zancadas entre dos olmos con una sonrisa en su rostro. La mujer asintió una vez. "Es la hora del desayuno" dijo "Ven y únete conmigo. Dime un poco sobre ti."

Renuentemente, Tommy se puso de pie. Aunque todavía estaba completamente vestido (pantalones, camisa y una gabardina vaquera) se sintió extrañamente expuesto. Se puso un sombrero de ala ancha en la cabeza y se arrastró hacia un lugar donde Desa tenía una olla de agua hirviendo… en el suelo… sin fuego.

Desa se sentó en un tronco con las manos cruzadas sobre las rodillas, mirando con melancolía algo a lo lejos. "Vamos entonces" dijo "No se mantendrá caliente para siempre, y necesitas algo que te quite el frío."

Tommy se agachó junto a la olla y la levantó para revelar un centavo debajo. ¿Era esa la fuente del calor? Por cuarta vez desde que salieron del pueblo anoche, comenzó a preguntarse si confiar en esta mujer era una buena idea.

Desa le entregó una taza de peltre.

Lo llenó con té de menta que envió vapor flotando hacia su cara. Tommy cerró los ojos y respiró. "Gracias" Tomó un sorbo, sorprendido al descubrir que era realmente bastante sabroso. "¿Cómo…?"

"¿Cómo qué?"

Tommy sintió su ceño fruncirse, luego sacudió la cabeza. "¿Cómo pudiste calentarlo sin fuego?" Se le ocurrió que la pregunta podría ofender a Desa. "Eso es… si quieres decirme."

Desa levantó la vista y su sonrisa volvió. "Se llama Enlace de Campo" explicó "Una forma de manipular la energía. Puedo enseñarte si quieres."

Tommy cerró los ojos con fuerza, un escalofrío lo atravesó al pensar en hacer magia. "¿Puedes enseñarme?" Su voz era vacilante. Realmente, ni siquiera debería estar haciendo esta pregunta, pero esta mujer *había* usado sus poderes para salvarlo a él y a Sebastián. "¿Cómo…? No es que yo quiera, ¿pero cómo…?"

"Para hacer Enlace de Campo, debes aprender a comunicarte con el Éter. Ese es el primer paso en tu viaje. Y el más difícil.

Algunas personas necesitan años de práctica solo para sentir el Éter. Otros lo captan en cuestión de semanas, pero cualquiera puede hacerlo si lo intenta."

"¿Qué es este… Éter?"

Desa apretó los labios, sus cejas subieron lentamente por su frente. "Nadie lo sabe realmente" admitió "Algunos dicen que es un vestigio de las diosas que hicieron este mundo, una parte de su poder."

"Diosas… Pero… El Todopoderoso…"

"Si. Por supuesto."

Desa se puso de pie y pisoteó el suelo sucio con una gruesa alfombra de hojas hasta el lugar donde esperaba su caballo. A diferencia de la montura de Tommy, el gran semental negro no estaba atado. Solo esperaba por el camino de tierra que atravesaba el bosque, mirándolos charlar con una curiosidad ociosa. O eso parecía, de cualquier forma.

Sebastián todavía estaba en su cama, acurrucado de lado y temblando bajo las gruesas mantas. Hacía frío, pero Tommy sospechaba que el deseo de su amor de permanecer en cama tenía más que ver con una aversión a la compañía de Desa que con la necesidad de mantenerse caliente. Sebastián había permanecido callado durante la mayor parte del viaje de la noche anterior, rompiendo su silencio solo para expresar su aprensión por irse con una bruja.

Parecía que una hechicera Aladri era una buena compañía cuando necesitabas una forma de evitar la horca, pero ahora que Sebastián era libre, parecía pensar que él y Tommy debían irse solos y dejar a Desa con lo que fuera que se traía.

Tommy apoyó la espalda contra el tronco de un árbol, cerró los ojos y respiró el aire fresco. *¿En qué me he metido?* se preguntó. *¿La mujer quiere hacer un hechicero de mí?*

Desa se adelantó, empujando un poco de pan crujiente y un poco de queso en sus manos. "Come" dijo ella "Estaremos en camino pronto."

Era un viaje lento y monótono, hacia el sur a través del bosque. Los árboles habían brotado gruesas hojas verdes, pero a pesar de que la primavera finalmente se había reafirmado, trozos de frío invernal aún se aferraban a las primeras horas de la noche. La humedad no ayudaba.

Tommy se abrochó la gabardina vaquera y se estremeció en la silla.

Detrás de él, el cuerpo de Sebastián proporcionaba cierta cantidad de calor mientras el hombre se sentaba con sus brazos alrededor de la parte media de Tommy. "He visto los mapas" susurró "El bosque termina en unas veinte millas. Podemos seguir nuestro camino."

"¡No!" Tommy siseó.

Aparentemente, su reacción fue lo suficientemente fuerte como para hacer que Desa mirara por encima del hombro con el ceño fruncido. ¿Sabía la mujer lo que él y Sebastián estaban discutiendo? ¿Se ofendería si él rechazara su ayuda ahora después de aceptarla anoche?

"Podemos ser libres" instó Sebastián.

Tommy hizo una mueca, luego levantó una mano y se echó el borde del sombrero sobre los ojos. "Nunca hemos estado a más de unas pocas millas alejados de la aldea" susurró "No sabemos nada sobre el mundo allá afuera. La necesitamos a ella."

Sebastián se quejó.

Las horas pasaron con muy poca conversación y menos aún para evitar el aburrimiento. De vez en cuando, Tommy veía una ardilla rayada o una ardilla gris corriendo por el bosque a ambos lados de ese camino. Pero no había gente. Desa parecía contenta con dejarlos viajar sin entrometerse en su privacidad y Sebastián no estaba dispuesto a decir nada más con una bruja a la vista.

De vez en cuando, ella despegaba al galope y sin falta, Sebastián aprovechaba la oportunidad para recitar su letanía de razones por las que estarían mejor sin la ayuda de una Aladri.

Desa siempre regresaba a los pocos minutos, asegurándoles que el camino por delante estaba despejado y que estarían bien.

Era difícil tener una idea del tiempo con nubes grises cubriendo el cielo de horizonte a horizonte, pero Tommy pensó que era poco más de mediodía cuando Desa se detuvo y lanzó una mirada en su dirección. "Cubriríamos más terreno si alguno de ustedes cabalgara conmigo" dijo "*Medianoche* es más fuerte y puede soportar a otro jinete más fácilmente."

Tommy la miró con los labios fruncidos, parpadeando lentamente. "Gracias, señora" dijo, asintiendo con la cabeza "Pero creo que preferimos permanecer juntos."

"Me temo que debo insistir."

"Pero..."

Desa giró a *Medianoche* para impedirles el paso y frunció el ceño mientras sacudía la cabeza. "Estoy persiguiendo a un hombre muy peligroso" dijo "Necesito cubrir la mayor cantidad de terreno posible. Entonces, lo siento, pero uno de ustedes viaja conmigo."

Cinco minutos después, estaba Tommy sentado detrás de Desa con sus brazos alrededor de ella y eso hacía que el viaje fuera aún más incómodo.

Con el inicio del crepúsculo, el cielo gris comenzó a desvanecerse a un azul sombrío y Tommy se encontró de pie al borde de un claro que Desa había elegido para su campamento. Los robles y los fresnos formaban un anillo fortuito a su alrededor con raíces excavadas en la tierra sucia, por lo que sería difícil encontrar un lugar cómodo para acostarse. Sus hojas aún no estaban en plena floración y el agua caía de cada una.

Una ligera llovizna cayó sobre ellos, no lo suficiente como para dejarlos empapados, pero sí lo suficiente como para crear una noche muy incómoda. Tommy se estremeció a pesar de sí mismo. Sabía perfectamente lo que sucedería si incluso miraba en dirección a Sebastián, pero lo hizo de todos modos y encontró al otro hombre mirándolo. De alguna manera, todo era culpa de Tommy.

Desa se paró frente a él con la espalda vuelta, apoyando los puños en las caderas y asintiendo mientras inspeccionaba el campamento. "Bueno… tendrá que servir" dijo, golpeando la tierra elástica con el pie.

Tommy cerró los ojos cuando las gotas de lluvia fría cubrieron su rostro. Algunas gotearon de su barbilla. "Perdón, señora" dijo, dando un paso adelante "Pero encontraremos nuestra muerte aquí."

Desa se volvió hacia él.

Su brillante sonrisa casi eliminó sus ansiedades. "No se preocupen, muchachos" dijo "He estado haciendo esto durante mucho tiempo y prometo que no los dejaré morir por exposición."

"¿Cómo lo evitaría?" Sebastián preguntó.

Tenía el hombro presionado contra el tronco de un roble alto, con los brazos cruzados mientras miraba a Desa con obvias dudas. "¿Más de su brujería?" El desdén en su voz hizo que Tommy gimiera.

Mirándolo de arriba abajo, Desa sonrió de nuevo y luego tocó la bolsa de cuero en su cinturón. "No es brujería" dijo "Tecnología."

"¿Tecnología?"

En respuesta a la pregunta de Sebastián, Desa saltó una raíz y fue hacia su gran semental negro. El animal giró la cabeza para mirar mientras sacaba una olla pequeña de sus alforjas.

Con un movimiento de su pulgar, lanzó una moneda al aire, luego levantó la mano y la atrapó. "Ya verás" Le entregó la olla a Tommy con una sonrisa y le pidió que la llenara con un poco de agua del arroyo cercano.

Las fosas nasales de Sebastián se dilataron cuando resopló.

"Supongo que querrás que inicie un fuego" dijo "Puedo juntar un poco de madera."

"¿Teníamos un fuego esta mañana?"

Por primera vez desde que dejó Sorla, el desprecio siempre presente de Sebastián se desvaneció en una mirada de confusión. "No" tartamudeó "¿Cómo calientas el té?"

"Ya verás" respondió Desa. "¿Por qué no vas a ayudar a Tommy?"

Tommy se alejó por el bosque, las ramitas se rompían bajo sus botas mientras se acercaba al sonido del balbuceo del agua. No pasó mucho tiempo antes de que encontrara una corriente que se curvaba alrededor de la base de una colina, aproximadamente paralela a la carretera.

Agachándose a su lado, Tommy frunció el ceño y se pasó un nudillo por la frente. "Trae agua, dice ella" murmuró en voz baja. "Bueno, supongo que tendremos que beber algo."

Metió la olla y la llenó. El agua que recuperó era mayormente clara, pero no quería pensar mucho en esas pocas manchas oscuras. Además, Desa claramente la iba a hervir y eso la haría más segura para beber.

"No tienes que hacer lo que ella dice" dijo Sebastián mientras se acercaba a Tommy. "No eres su esclavo."

Girando ligeramente, Tommy miró por encima del hombro y miró al otro hombre. "Esa mujer me salvó de un viaje a la horca" dijo "Te salvó de un destino mucho peor. Muestra algo de respeto."

Sebastián estaba apoyado contra un árbol con las manos cruzadas sobre el estómago, mirando con melancolía el cielo oscuro. "Oh, estoy agradecido" respondió "Pero eso no significa que quiera poner mi cama junto a una bruja."

"No es una bruja."

"Viste lo que ella puede hacer."

"Sí" refunfuñó Tommy, rascándose la barbilla "Yo vi. Y también escuché cuando me dijo que no es brujería."

"¿Y tú le crees?"

Tommy se levantó y en un movimiento suave, se dio la vuelta para mirar a su amante. Levantó la barbilla. "Creo que las personas que matarán a un hombre solo por amar a otro hombre no son del tipo de confianza" dijo "Creo que cualquier dama que arriesga su vida para salvar a un extraño merece algo mejor que ser llamada bruja."

Tommy dio un paso adelante, metió las manos en los bolsillos de gabardina vaquera y luego giró la cabeza para escupir en el suelo. "Te quieres ir, te puedes ir" dijo "No intentaré detenerte. Pero la Sra. Kincaid ha visto una o dos cosas de este mundo y me siento más seguro con ella de lo que me sentiría solo."

Eso puso fin a las protestas de Sebastián.

Tommy llevó el agua de regreso al campamento.

Sola en un pequeño matorral, Desa estaba de pie con la cabeza inclinada hacia atrás. La lluvia goteaba sobre su rostro, cayendo sobre su piel en finos riachuelos. Ella respiró hondo. Y luego se puso a trabajar.

Desa golpeó el aire con un puño y luego con el otro. Se giró y pateó detrás de sí misma, sin golpear nada en absoluto. La lluvia le dio escalofríos. Hundiéndose en un ritmo que conocía de memoria, Desa se movió sin pensar.

Ella saltó, acurrucada en una bola y volteó hacia atrás. Segundos después, cayó al suelo con las manos en alto en una postura defensiva. Todo se sintió natural. Cada patada, cada pivote, cada respiración de aire frío que llenaba sus pulmones. Desde la infancia, Desa había sido muy competente en *Shian Kaji*, una forma de defensa personal que era común entre su gente. Se había convertido en parte de su Enlace de Campo... tal como Enlace de Campo se había convertido en parte de cómo ella luchaba.

Cayendo hacia atrás, hundió las manos en el barro y se puso de pie. Desa se enderezó rápido, luego saltó y pateó al aire. Se perdió en la simple alegría del movimiento, dejando a un lado el pensamiento consciente y se sumergió por completo en la tarea. Y cuando su mente estaba vacía, lo sintió.

El Éter.

En el instante en que lo recibió en su mente, su percepción de todo cambió. Ya no veía árboles, ni barro ni cielo. En cambio, parecía como si estuviera mirando galaxias de pequeñas motas arremolinándose, demasiadas para contar. Su propio cuerpo no era un solo objeto, sino miles y miles de millones de pequeñas partículas, más pequeñas que el polvo y aún más vibrantes para ella, todo girando en un elegante baile.

Ella reunió el Éter en sí misma y luego se concentró en las monedas en su bolsa. Ella infundió a cada moneda con una conexión con el Éter, otorgándoles una afinidad por el calor. Tomó tiempo; pasaron unos minutos mientras ella construía un entramado, usando hebras de Éter para conectar las moléculas que formaban cada moneda.

Cada una liberaría calor cuando se activara.

Algunas personas lo calificaban como un exceso de calor, pero si bien esa frase comunicaba el punto, técnicamente era inexacta. Las monedas no almacenaban calor; simplemente proporcionaban un conducto a través del cual el Éter podía liberar calor al mundo físico.

La energía podía fluir en cualquier dirección. Si ella invirtiera el patrón de su entramado, las monedas drenarían el calor en lugar de liberarlo. El Éter era infinito. Podría liberar o absorber cualquier cantidad de energía. Pero para crear suficiente calidez para tres personas, Desa necesitaría usar unos minutos para cada moneda.

El tiempo pasó y ella apenas se dio cuenta del frío en su cuerpo. Cuando terminó con las monedas, pasó a su pulsera. Se le había infundido la capacidad de drenar la energía cinética del mundo físico. Pero había absorbido casi toda la energía que podía manejar cuando Desa la había usado para detener las balas de Ducane.

Ella renovó su conexión con el Éter y una vez más, se vio obligada a trabajar durante varios minutos antes de que el brazalete pudiera drenar suficiente energía para detener seis disparos. Desa dejó escapar un suspiro; se estaba cansando. Trabajar con el Éter de esta manera era agotador.

A pesar de su fatiga, pasó a la hebilla de su cinturón.

Podría necesitar volar pronto.

Cuando Desa regresó al claro, encontró a sus dos compañeros acuclillados junto a una pila de madera que habían reunido mientras Sebastián intentaba encenderlo con una cerilla y un poco de papel de lija que había sacado de un recipiente de metal. Quedaba muy poca luz del día; pronto necesitarían fuego para ver.

Desa chasqueó la lengua. Los cerillos seguían siendo una nueva tecnología en la mayor parte del continente Eradiano. Aunque ella suponía que los comerciantes pasaban por el pueblo de Sebastián y él probablemente había comprado algunos allí.

"No" dijo ella.

Sebastián levantó la vista y su rostro se retorció de odio. Se puso de pie, hizo un gesto impotente hacia la pila de madera y dijo: "Sírvete."

"Sin fuego" insistió ella.

"¿Y cómo esperas que veamos?"

Quitándose el anillo, Desa lo arrojó al suelo y con un pensamiento, le ordenó que liberara energía luminosa. Solo un poco. Lo suficiente como para distinguir las formas de los árboles y las raíces, pero no mucho más. La pequeña banda dorada comenzó a brillar con luz naranja.

Las cejas de Tommy se alzaron cuando lo vio y luego su rostro se iluminó con una sonrisa. Parecía sentir curiosidad por las habilidades de Desa.

Sebastián, por otro lado, saltó hacia atrás como si el anillo fuera una víbora que pudiera morderlo en cualquier momento. "¿Esperas que usemos… eso?" le demandó "¡Maldice mi alma! ¡Ya estoy condenado tal y como está!"

Soltando el aliento, Desa negó con la cabeza. "El fuego crea muchísima luz" dijo caminando hacia el muchacho "Y en caso de que lo hayas olvidado, estoy persiguiendo a un par de hombres muy peligrosos."

Tommy tragó visiblemente, agarró el borde de su sombrero y se lo puso sobre los ojos. "¿Usted…?" Su cuerpo tembló mientras forzaba las palabras "¿Cree que podrían encontrarnos, señora?"

"Deberían estar al menos a dos días de viaje desde aquí" aclaró Desa "Pero es posible. Morley se ha duplicado e intentó matarme antes. Prefiero no encender una señal para él, ¿entiendes?"

"¿Quién es este Morley?"

Desa se agachó cerca de la posible hoguera y quitó la madera. Cuando desapareció, dejó una de las monedas sobre una roca plana y la activó con un pensamiento. El aire se calentó en segundos. "El agua, Tommy" dijo.

Hizo lo que le ordenaba y le trajo una olla llena. La colocó directamente encima de la moneda. No era mucho; esa olla proporcionaría suficiente agua para una persona. Tendría que conseguir una más grande si planeaba viajar con compañeros. Pero por ahora, tendrían que hacer múltiples viajes a la corriente. Desa iría ella misma. Sus piernas podrían estirarse un poco después de un día en la silla.

Frunciendo el ceño cuando el anillo arrojó luz naranja sobre su rostro, Desa parpadeó y consideró la pregunta de Tommy.

"Un hombre muy peligroso" dijo "El peor tipo de asesino. Morley se complace con el dolor de su víctima."

"¿Por qué lo estás persiguiendo?"

Eso vino de Sebastián.

Desa se dio cuenta del joven que estaba a unos pasos detrás de ella. Ella prestó atención al sonido de su respiración. Lento y parejo. A menos que fuera mucho más peligroso de lo que ella había supuesto, Sebastián no planeaba hacer nada imprudente.

Frotando la parte posterior de un puño sobre su nariz, Desa gruñó. "Morley es un sirviente de Radharal Bendarian" dijo "Lo he estado persiguiendo durante mucho tiempo… mucho tiempo."

Los pies de Tommy hicieron un sonido de chapoteo en el lodo mientras paseaba alrededor de la olla. Miró por encima del hombro con esos ojos agudos e inquisitivos. "¿Y quién es este Radharal Bendarian… si no te importa que pregunte?"

"Era un Enlazador de Campo de Aladar."

"*¿Era?*"

"Sí."

Tommy se paró frente a ella con las manos en los bolsillos, asintiendo lentamente mientras reflexionaba sobre eso. "Entonces, los hombres también pueden ser Enlazadores de Campo" murmuró como si se hablara a sí mismo. "Interesante…"

"Me ofrecí a enseñarte esta misma mañana, ¿no?" Desa ofreció "Uno pensaría que se podría inferir de mi oferta que los hombres pueden ser Enlazadores de Campo."

"Sí… supongo que sí."

"Tommy…" Sebastián murmuró con una voz peligrosa.

Desa lo ignoró, revisando el agua vez de eso. Estaba empezando a burbujear. Un minuto o dos con un buen hervor debería ser suficiente para lidiar con cualquier patógeno. "Por supuesto, los hombres pueden ser Enlazadores de Campo" dijo "El hombre que me enseñó fue uno de nuestros mejores."

"Entonces, los hombres viven en Aladar."

Inclinando la cabeza hacia atrás con una sonrisa, Desa rodó los ojos. "Sí, Tommy" respondió "Ciento siete mujeres fundaron la colonia, pero habían estado solas menos de cinco años antes de que la Guerra de la Ira llegara a Eradia."

"¿Y eso trajo a los hombres?"

"Los hombres traen guerra y la guerra trae hombres" murmuró Desa "Un círculo vicioso si alguna vez hubo uno."

Tommy parecía abatido, de pie con los hombros caídos y los ojos fijos en la suciedad debajo de sus pies. Como un triste perrito. Normalmente, ella lo dejaría de mal humor, pero Desa sintió lástima por el muchacho. Es cierto que ella lo había salvado, pero también fue la responsable de sacarlo de su casa. "No te preocupes por mí, Tommy" dijo. "Mis ojos han visto demasiado en treinta años."

Parecía aceptar eso.

Lanzando una moneda al muchacho, vio a Tommy tropezar hacia atrás para atraparla. "Pasa el dedo por el borde en el sentido de las agujas del reloj" dijo "La moneda emitirá calor. Puedes usarla para mantenerte caliente esta noche."

"¿Y si quiero que *deje* de emitir calor?"

"Pasa el dedo por el borde en sentido antihorario" Le dio otra moneda a Sebastián y sufrió su suspiro de desaprobación. Cuando infundía un objeto con una conexión al Éter, podía decidir cómo se accedía a esa conexión.

Una Infusión Simple ataría las monedas a la propia Desa, permitiéndole "desencadenar" y "apagar" a cada una con un pensamiento. Sin embargo, si ella quería una fuente de calor que cualquiera pudiera usar, ajustar la forma del entramado proporcionaría un mecanismo físico para activar y desactivar las monedas. "Sebastián" dijo "Encontrarás pan, carne salada y una lata de hojas de té entre los suministros. Por favor tráelos para mí. Mis tazas también. Solo tengo dos. Ustedes muchachos tendrán que compartir. Deberíamos comer algo y luego dormir un poco."

CAPÍTULO TRES

Después de dos días de cabalgata y tres noches de sueño rudo, llegaron a un pueblo de casas con techo de tejas. Las nubes se habían separado y aunque franjas grises aún cruzaban el cielo azul, el sol era brillante y fuerte.

Un camino de tierra con casas a un lado y exuberante hierba verde en el otro estaba lleno de personas que realizaban sus tareas diarias: niños pintando cal en una cerca, mujeres cargando cestas de lavandería. Un carruaje llegó ruidosamente hacia Desa y sus compañeros y cuando pasó, el conductor inclinó su gorra.

Desa caminó con las riendas de *Medianoche* en la mano, sonriendo mientras contemplaba la vista. "Sabes, no creo haber pasado por este pueblo antes" dijo suavemente. "Es agradable."

Tommy estaba a su lado, arrastrando los pies con las manos en los bolsillos y ofreciendo una sonrisa pálida cada vez que ella miraba en su dirección. "Lo es" murmuró. "Me recuerda a Sorla."

"¿Ese era el nombre de tu pequeño pueblo?" Desa preguntó.

"Sí, señora."

Detrás de ellos, Sebastián tenía las riendas del caballo castrado marrón que Tommy había tomado del establo de su padre. Desa se aseguró de vigilarlo. Cuando alguien te mira con malicia en los ojos, generalmente era una buena idea evitar dejarlo fuera de tu vista. Pero más que eso, no confiaba en Sebastián para evitar hacer algo que pudiera atraerles atención no deseada. "¿Y tú?" le preguntó al muchacho. "¿Alguna vez has estado tan al sur?"

La boca de Sebastián era una delgada línea mientras asentía lentamente. "Este es Glad Meadows" respondió. "Mi padre me trajo aquí una vez cuando tenía diez años."

"¿Te gustó?"

El muchacho solo resopló.

Mirando hacia el cielo abierto, Desa puso los ojos en blanco. "Recuerden" les dijo a ambos "Solo estamos de paso. Nos iremos temprano mañana por la mañana; así que nos reservamos y tratamos de evitar ser notados."

Apenas había dicho eso, tres hombres entraron en el camino para impedirles el paso. Cada uno llevaba una estrella plateada que lo marcaba como suplente en la oficina del sheriff, pero fue el que estaba en el medio el que llamó su atención.

Era alto y musculoso, bronceado con una barba rala y asintió cuando Desa se acercó. "Hasta ahí está bien" dijo, dando un paso adelante "Perdonará nuestra falta de hospitalidad, pero esta ciudad tiene amor por los extraños en este momento."

Soltando las riendas de *Medianoche* (el semental permanecería donde ella lo dejaba sin tener que preocuparse) Desa se adelantó a un ritmo moderado y levantó la vista para mirar a los ojos del hombre. "¿Ha tenido problemas con extraños?"

"Algunos."

Su cara estaba dividida por una sonrisa pícara y se rio suavemente mientras asentía. "Déjeme adivinar" comenzó Desa "Un hombre grande con bigote vino por aquí hace unos días y causó todo tipo de problemas."

Sus sospechas se confirmaron cuando el oficial dio un paso atrás con una mano en su pistola enfundada. Su cara estaba demacrada. "Señora, el hecho de que usted sepa eso no me llena de confianza."

"No debe preocuparse, señor" le aseguró Desa "No soy amiga de Morley."

"Sea como fuere, lo mejor es que pase de largo."

"Lo haré" coincidió Desa "tan pronto como haya tenido la oportunidad de comprar algunos suministros y aprender todo lo que pueda sobre dónde podría haber ido Morley."

El jefe de policía dio un paso atrás, miró al hombre a su izquierda y luego al hombre a su derecha. Todos parecían inquietos y Desa estaba preocupada de que pudiera estar entrando en una situación precaria.

Finalmente, el líder cerró los ojos, inclinó la cabeza y se pasó una mano por la frente. "La taberna del zorro plateado" murmuró "Si hay algo que valga la pena saber, lo sabrá allí. No planee quedarte a pasar la noche."

"No lo haré."

Tuvo que llevar a los otros fuera del camino principal, por una calle más pequeña bordeada de casas aún más pequeñas. Con el sol del mediodía en el cielo, la ciudad estaba llena de actividad y estaba lenta mientras caminaban entre la multitud.

"Perdón, señora" dijo Tommy mientras caía a su lado "Pero pensé que estábamos tratando de evitar llamar la atención. ¿Por qué seguir adelante y decirles a los ayudantes que estamos persiguiendo a este Morley?"

Desa cerró los ojos, respirando profundamente y luego dejándolo salir nuevamente. "Descubrirán lo que estoy haciendo tan pronto como empiece a hacer preguntas" dijo "También podría encontrar a alguien que pueda tener una respuesta útil."

"Sí."

La posada era un gran edificio de ladrillos blancos con tejas negras en su techo inclinado y grandes ventanas rectangulares en la pared frontal. Era un lugar pequeño y pintoresco y a pesar de su promesa al sustituto, Desa se sintió tentada ante la perspectiva de una buena noche de sueño en una cama de verdad. Le dolían los músculos.

Un joven que era aún más delgado que Tommy llegó en tumulto con un sombrero de ala ancha. Resoplando y resollando mientras daba esos pasos finales, se detuvo frente a Desa y dijo: "¿Sus caballos necesitan establos, señora?"

"Si, gracias."

"Son veinticinco centavos por noche por caballo."

Sacó un pequeño bolso de sus alforjas y le pagó al muchacho monedas que no había infundido con una conexión al Éter. Desa podía distinguir cuáles eran cuáles. Un Enlazador de Campo podía sentir cualquier objeto que él mismo infundiera incluso si alguien llevaba ese objeto al otro lado del mundo.

En el interior, encontró un salón que no era muy diferente al de McGregor: aserrín en el suelo y mesas redondas de madera. Lámparas de parafina en las paredes —ninguna estaba encendida a esta hora del día— y pocos accesorios decorativos.

Alguien había disecado y montado la cabeza de un alce sobre la barra desde donde ésta podía mirar imperiosamente a cualquier huésped que se acercara al cantinero. El aroma del estofado de ternera llenaba el aire.

Tommy se colocó a su lado, frunciendo el ceño cuando vio la vista. Parecía sentirse incómodo, como bien debería. Estaban solo unos días al sur de su ciudad. Aunque era poco probable que la noticia de su fuga hubiera llegado a Glad Meadows, nunca podías ser demasiado cuidadoso.

"Tomen algo de beber" murmuró Desa con el volumen justo para que Tommy lo escuchara "Cuídense y no hagan demasiado ruido."

Él asintió.

Quitándose el sombrero, Desa caminó a través de la habitación hasta el bar. El hombre que estaba detrás de este –un tipo rubio con una barba de candado limpia– fue sorprendido por su llegada.

Levantó la vista cuando sintió su acercamiento, la midió en medio segundo y luego asintió "¿Buscando un bocado para comer?" preguntó "¿O es una habitación lo que quieres?"

Con una sonrisa amistosa, Desa negó con la cabeza. "Temo que no podré pasar la noche" dijo "Solo estoy de paso. Necesito pasar un buen rato, entiendes."

"¿A dónde te diriges?"

"Sur, hacia Ofalla."

Eso provocó una mueca en la cara del cantinero y miró hacia otro lado como si se sintiera desanimado por su destino. Curioso. "Son cinco centavos por un tazón de estofado" dijo "Si no te vas a quedar, entonces será mejor que te pongas en camino."

Desa dejó que sus cejas subieran mientras estudiaba al hombre. "Te ves tenso" dijo "¿Hay algo malo en ir al sur?"

"Ninguna cosa, señora."

Puso una moneda sobre el mostrador y la deslizó hacia el cantinero. Él la miró, frunció el ceño y luego la miró a los ojos con una expresión burlona. "Para el estofado" dijo Desa "Me vendría bien una comida caliente."

El vapor se elevó para llenar la nariz de Tommy con un delicioso aroma mientras miraba tristemente un cuenco de estofado. Con su cuchara de peltre, revolvió trozos de carne, apio picado y zanahorias. Se veía delicioso. *Sabía* delicioso.

Simplemente no tenía hambre.

"¿Así que ése es el plan, entonces?"

Cuando levantó la vista, Sebastián se inclinó sobre la mesa y lo miró con los ojos entrecerrados. "¿Solo la seguimos hasta que ella decide que ha terminado con nosotros?" El otro hombre miró a Desa como si temiera que ella pudiera escucharla. El Todopoderoso le sonrió, ella muy bien podría escuchar. Tommy no conocía los límites de Enlace de Campo.

Levantando una cucharada de carne del tazón, Tommy sopló y luego se la metió en la boca. Masticó a fondo, tragó y luego fijó su amor con una mirada de acero. "Hemos revisado esto."

"Pero no he terminado de hablar de esto."

Tommy sintió su ceño fruncirse, luego sacudió la cabeza con exasperación. "Realmente eres así de tonto, ¿verdad?" escupió las palabras "Dejamos a la Sra. Kincaid y le doy dos días hasta que muramos por exposición."

"Podríamos quedarnos aquí."

"¿Hasta que uno de los hombres del sheriff Cromwell venga a visitar a Glad Meadows y nos descubra? No... Me arriesgaré con Desa Kincaid."

Sebastián tenía el aspecto hosco de un niño que sabía que estaba equivocado pero que se negaba a disculparse. Bueno, que se enoje. Después de dos días de esto, Tommy estaba bastante harto y no tenía ganas de seguir discutiendo. La cuestión de lo que debía hacer exactamente consigo mismo había estado en su mente últimamente.

En Sorla, su padre había sido el curtidor y Tommy siempre había pensado que haría lo mismo. En verdad, Tommy nunca había encontrado ninguna vocación particularmente atractiva. Simplemente haría lo que tenía que hacer para sobrevivir. Tarde o temprano, se detendrían en una ciudad donde él podría establecerse. Quizás Tommy podría ser un curtidor allí.

"Bueno, ¡mi palabra!"

La intrusión del recién llegado hizo que Tommy saltara.

Levantó la vista de su estofado para encontrar a una chica de su misma edad parada al otro lado de la mesa. Alta y grácil con un mono y un abrigo marrón corto, los saludó con una cálida sonrisa. "¿Qué hacen un par de tipos guapos como ustedes en un pueblo como este?"

Su cara era encantadora, con pómulos altos, piel oscura y cabello negro que llevaba atado. "Pensé nada interesante pasaba nunca en Glad Meadows." Sin invitación, se sentó, escupió en la palma de su mano y la extendió. "Me llamo Miri. Miri Fontane."

Tommy la tomó de la mano, estremeciéndose por la textura viscosa de su saliva. "Tommy" dijo "Ese es Sebastián."

"¡Oh, un nombre sofisticado!"

Sebastián la fulminó con la mirada.

Si Miri se dio cuenta, no ofreció ninguna reacción. Simplemente se recostó con una gran sonrisa en su rostro y estudió a Tommy por un momento muy largo. "Entonces, he estado en la ciudad alrededor de una semana. Mi caballo se rompió la pierna, ya ves. He estado trabajando para que la señora Miller recaude lo suficiente como para comprarme uno nuevo."

Despatarrándose hasta que parecía que podría caerse de su silla, Miri se metió un palillo de dientes en la boca –de todas las cosas– y luego lo movió. "Ahora, la señora; está entrando bien en años. ¡Todavía tiene una familia que alimentar! Y su esposo, bendito sea su corazón. Se contagió con un desagradable caso de influenza en un viaje hasta High Falls. Nunca ha sido el mismo desde entonces."

"Eso es horrible."

"Ahora, lo que necesitas entender" continuó Miri "es que la gente de aquí no tiene mucho de sobra. Lo que significa que pagan menos, pero también todo cuesta menos, ¿sabes? Tiene una especie de efecto ecualizador." Abruptamente, se acercó y le dio un manotazo en la pierna. "¿Estás escuchando todo esto, Lommy?"

La boca de Tommy funcionó en silencio durante unos segundos. Parpadeó y sacudió la cabeza. "Es… es Tommy" tartamudeó "Me llamo…"

"Uh, uh" Miri insistió "Conocí a un Tommy una vez. Rompió

mi corazón. Me juré a mí mismo que nunca más volvería a ser amiga de un Tommy. Entonces, serás Lommy y yo seré Miri y seremos los mejores amigos."

"No creo..."

"Y tú..." Miri se giró para mirar a Sebastián con un dedo apuntando a su cara. Su mandíbula cayó. "Mi palabra, nunca he visto a nadie lucir tan miserable cuando el sol brilla. ¿Qué te tiene tan infeliz, precioso?"

Sebastián se apartó de su dedo como si pensara que su toque podría quemarlo. "Estoy bien" dijo "Estábamos disfrutando de una comida tranquila juntos, eso es todo. Y nos gustaría volver a eso."

"Alabado sea Todopoderoso, no te estoy deteniendo" dijo Miri "Come tu estofado."

Tommy casi se sintió aliviado cuando vio a Desa avanzar hacia ellos. Se detuvo a unos pocos pasos de distancia, vio a Miri y levantó una ceja. "Veo que has hecho una nueva amiga, Tommy. ¿Te importaría presentarme?"

Tommy se puso rojo, luego cerró los ojos y se pasó una mano por la cara. "Su nombre es Miri" explicó con cierta aspereza en su voz "Ella vino y pensó que se uniría a nosotros para..."

Con dos dedos, Miri se quitó el palillo de los dientes y parpadeó como si no creyera lo suficiente en sus ojos. "Oh, estrellas en lo alto" susurró "Por favor dime, ¿cuál de ustedes está casado con este excelente espécimen de feminidad?"

Una mirada fría fue la única respuesta de Desa a ese cumplido, pero justo cuando el silencio se puso tenso, favoreció a Miri con una sonrisa. "Ninguno de estos buenos caballeros puede reclamar ese honor" dijo "Mi esposo murió hace cinco años."

"¿Así fue?"

Desa se sentó frente a Miri, apoyó el codo sobre la mesa y apoyó la barbilla en la palma de su mano. "Así fue" dijo "Entonces, debo preguntarte Miri, ¿qué te trae a nuestra mesa… además de una apreciación por un 'buen espécimen de feminidad'?"

"En realidad, prefiero a los hombres" dijo Miri "Pero una chica puede admirar a su competencia, ¿no te parece? Y como le estaba diciendo a Lommy aquí, he estado en la ciudad durante aproximadamente una semana."

"¿Con qué propósito?"

"Porque necesito un caballo nuevo o si no, no me muevo" La cara de Miri se iluminó con una sonrisa. "Dios mío, eso rimó, ¿no?"

Desa se echó hacia atrás con los brazos cruzados, asintiendo lentamente mientras evaluaba a la otra mujer. "Ya veo" dijo al fin "Bueno, si has estado en la ciudad durante aproximadamente una semana, tal vez podrías contarme sobre algunos viajeros que pasaron hace unos días. Uno de ellos tenía un bigote muy distintivo."

Tommy había estado atrapado en su celda cuando este tipo Morley pasó por Sorla, pero recordó la forma en que los agentes del sheriff Cromwell seguían susurrándose. Quienquiera que fuera este extraño, era peligroso.

Para su sorpresa, Miri apoyó los pies sobre la mesa y cruzó las manos detrás de la cabeza. "Bueno ahora" murmuró ella "¿Qué querría una dama como tú con un villano como él?"

"Eso no es asunto tuyo."

"Oh, no quieres estar enemistada con ése, cariño" dijo Miri "No es un matón callejero ordinario."

Sebastián había estado echando estofado en su boca todo este tiempo, pero se detuvo el tiempo suficiente para levantar la vista y mirar con desdén a Miri. "Parece que le tienes miedo… Cariño" dijo "¿Qué tiene de aterrador este Morley?"

Miri se levantó de su silla.

Luego se agachó junto a Sebastián con una mano sobre su hombro y sonrió mientras lo miraba a los ojos. "¿Alguna vez has visto el mal puro?" ella preguntó "Si tienes intención de verlo, todo lo que tienes que hacer es pasar cinco minutos a solas con Morley."

Desa se levantó con un suspiro y asintió con la cabeza a la otra mujer. "Agradezco amablemente tu consejo" dijo "Pero mis amigos y yo debemos planear nuestro viaje. Si nos disculpas por favor, Miri."

Cuando se fue, Desa volvió a sentarse y arrastró la silla por el suelo mientras se acercaba a la mesa. "Lo poco que supe del cantinero no es bueno" comenzó en voz baja. "Morley mató a una mujer joven cuando vino por aquí hace dos días."

Sebastián cerró los ojos, sus fosas nasales se dilataron mientras exhalaba. "Y quieres ir tras él" murmuró "¿Qué ha hecho este hombre para hacer que capturarlo sea tan importante que arriesgarás nuestras vidas para hacerlo?"

"¡Sebastián!" Espetó Tommy.

"¿No has oído nada de lo que dijo Miri?" Desa siseó.

"Trato de no escuchar lo que dice Miri."

Podría haber sido la imaginación de Tommy, pero la habitación parecía estar un poco más oscura cuando Desa volvió su mirada hacia Sebastián. "Entonces quizás escuches lo que te digo" susurró "Morley es un asesino que sirve a un Enlazador de Campo de Aladar."

"Sí, pero…"

"Así de peligroso como él es" continuó Desa "su maestro es mucho peor. Y Bendarian es al que quiero."

"Sea como sea…"

Desa levantó una mano y su anillo comenzó a brillar. Sebastián se apartó de él. "Me he cansado excepcionalmente de tus constantes quejas" dijo "Ven conmigo o quédate atrás. Francamente, no me importa. Pero a partir de este momento, guardarás silencio."

"Entonces supongo que me quedaré aquí."

Desa no dijo nada.

Ella simplemente se levantó y salió de la taberna. Cuando ella se fue, Sebastián le dio a Tommy una de esas miradas suplicantes. Oh, esto era malo… Todo instinto hacia el buen sentido le decía a Tommy que debía quedarse con Desa Kincaid, pero si lo hacía; perdería al hombre que amaba.

Antes de tener la oportunidad de pensarlo bien, Tommy estaba fuera de su silla y persiguiendo a Desa por la puerta. "¡Señora Kincaid!" gritó "¡Señora Kincaid, espere!"

La encontró en el estrecho camino de casas de ladrillo a las afueras de la posada. Lentamente, se volvió y levantó una ceja.

Cerrando los ojos, Tommy tragó aire en sus pulmones. "Quiero quedarme con usted" jadeó "No soy como él. Yo no…"

Cuando se dio cuenta de que la gente podía escuchar, Tommy se cerró y bajó la voz. "No creo que lo que haga esté mal" dijo "De hecho, quiero aprender. No hay nada para mí allá en casa y si todavía…"

Le sorprendió cuando Desa sonrió y dejó escapar una carcajada musical. "Puedes venir conmigo, Tommy" respondió ella "Y me encantaría enseñarte Enlace de Campo. Ahora, necesitaremos suministros…"

Ella se interrumpió al oír un alboroto en la calle.

Una multitud de personas se había reunido en la intersección más cercana, todas hablando en voces frenéticas. Ver esto hizo que Tommy se sintiera incómodo. Cada vez que la gente se agitaba así, la miseria generalmente seguía a continuación.

La multitud se separó, permitiendo que emergieran tres hombres con uniformes azules. Una ola de pánico golpeó a Tommy como un puñetazo en el estómago. Reconoció esos uniformes y las insignias en el pecho de cada hombre. Eran los ayudantes del sheriff Cromwell.

Y uno era su hermano.

Lenny dio un paso adelante y levantó la barbilla, quitándose el sombrero para que todos pudieran ver su ojo morado. "¡Estamos buscando a dos fugitivos que escaparon de su custodia en Sorla!" gritó "¡Y a una bruja!"

La gente comenzó a murmurar la palabra bruja.

"¿Qué vas a hacer con esta bruja?"

La sonrisa malvada en el rostro de Lenny le dio escalofríos a Tommy. "¿Qué hace alguien con una bruja?" gritó "Voy a ejecutarla."

CAPÍTULO CUATRO

La gente de esta región se estaba volviendo toda una molestia.

Desa vio cómo el pequeño sapo presumido que había apaleado en la oficina del sheriff Cromwell cruzó la calle. La gente se alejó de él, dejando espacio para Lenny y sus compañeros ayudantes y él asintió con la cabeza. "Buena gente honrada" dijo "Los que moran a la luz del Todopoderoso. No sufrirán por brujas entre ustedes."

"Los tontos nunca se cansan de su tontería." Desa se dio cuenta de la rápida respiración de Tommy. El muchacho estaba asustado. "Ve al establo" le dijo "Ensilla los caballos."

A su lado, Tommy estaba desplomado con una mano sobre su estómago, jadeando al ver a su hermano. "¿Sebastián?" susurró "¿Qué pasa con Sebastián?"

"Ha hecho su elección."

Por un instante, Desa pensó que Tommy protestaría, pero el muchacho parecía dispuesto a seguir su ejemplo. En silencio, se agachó a un lado de la posada y desapareció de la vista. Ahora, Desa tendría que darle tiempo suficiente para preparar sus monturas.

Salió a la intemperie con las manos en los bolsillos de su gabardina vaquera, sonriendo y sacudiendo la cabeza. "¿Querías una bruja, Lenny?" ella gritó "Bueno, ¡aquí está!"

El joven sustituto levantó la vista y abrió mucho los ojos cuando la vio. Su sorpresa fue rápidamente reemplazada por una sonrisa burlona. "Ahora, esto es descarado" dijo "Los pecadores generalmente prefieren las sombras a la luz del día."

Los murmullos ondularon entre la multitud.

La gente del pueblo había formado dos líneas, una a cada lado de la calle y observaban la escena con una mezcla de fascinación y temor. Lenny y sus dos ayudantes se adelantaron con las manos en sus pistolas enfundadas.

Frunciendo los labios mientras estudiaba al hombre, Desa entrecerró los ojos. "Y los tontos prefieren la violencia en vez de hablar" dijo "No tengo nada en contra de ti Lenny, pero si sacas esas armas y pones a estas personas en peligro, te arrepentirás."

"¿Dónde está mi hermano?" Lenny exigió.

"Seguro."

"¿Le negarías la oportunidad de arrepentirse? ¿Llevarlo más profundo hacia la decadencia y el vicio?" La mano de Lenny se apretó sobre la empuñadura de su pistola. "Incluso las brujas mueren cuando las llenas de balas. Entonces, ¿qué va a ser, mujer? ¿Quieres venir en silencio y evitar los fuegos del infierno unos días más? ¿O debo enviarte con tu maestro ahora?"

"No fuerces mi mano, Lenny."

En respuesta, sacó su arma.

Desa saltó y con un pensamiento, ordenó que la hebilla de su cinturón que drenara la energía gravitacional. Sin ataduras a la Tierra, flotó hacia arriba con gracia hasta que pudo ver la parte superior de cada techo.

La gente de la calle se quedó sin aliento. Los agentes de Lenny la miraron boquiabiertos. Tendría solo un momento antes de que la conmoción desapareciera y decidieran comenzar a usar esas armas.

Sacando su propia pistola, Desa sacó el cilindro y lo hizo girar hasta que la bala que quería era la siguiente en línea. Cerró el cilindro de golpe en su sitio, amartilló y disparó a la calle.

Su bala cayó directamente al suelo.

Ella le ordenó que liberara energía gravitacional y repentinamente cada uno de los boquiabiertos de esa multitud y cada objeto que no estaba atado fueron arrastrados al centro del camino. Piedras sueltas se juntaron sobre su bala. Los cuerpos se apilaban uno encima del otro mientras la gente gritaba sorprendida. Algunos tendrían golpes y contusiones, pero para la mayoría de ellos, no sería peor que tropezar y caer al suelo.

Con más energía gravitacional para drenar, la hebilla del cinturón de Desa se estaba llenando a un ritmo acelerado. Apuntó su arma a un lado y disparó nuevamente. El retroceso la envió volando de lado sobre el techo de la posada.

Una vez que estuvo sobre el patio del establo, permitió que la gravedad reafirmara su control sobre ella durante medio segundo. Solo medio segundo, pero eso le dio suficiente impulso hacia abajo para caer perezosamente a la Tierra como una hoja en el viento.

Aterrizó justo afuera del potrero, donde los caballos relinchaban ante la extraña sensación de ser arrastrados por algo que no podían ver. Tan lejos de su bala, el efecto se sentiría nada más como un ligero tirón, fácilmente resistido con un poco de esfuerzo, pero aun así era suficiente para asustarlos.

Cerrando los ojos con fuerza, Desa se concentró y liberó la hebilla del cinturón de la gravedad. Dejó que la bala siguiera activa. De todos modos, se acabaría el suministro de energía en la bala en solo unos minutos más.

Dentro del establo, encontró a Tommy abriendo la puerta del puesto de *Medianoche*. El caballo de Desa parecía no tener en cuenta la fuerza invisible que trataba de tirar de él, pero los demás estaban dando vueltas y haciendo ruido. El castrado marrón que Tommy le había quitado a su padre tenía los ojos muy abiertos, las orejas inclinadas hacia atrás y se negaba a salir a la luz.

Jadeando, Tommy se volvió para mirarla y casi saltó hacia atrás sorprendido. Se quitó el sombrero y sacudió la cabeza. "No lo sacaré de allí" murmuró "Lo que sea que hiciste, el caballo está asustado."

"Vamos a montar a *Medianoche*" dijo Desa. "Consigue tu saco de dormir."

Hizo lo que le ordenaron sin protestar.

"¡Ahí!"

Desa se dio la vuelta, con una mano en la empuñadura de su pistola enfundada mientras miraba hacia la puerta. "Nunca termina" se susurró a sí misma. "Misericordia protégeme de los hombres y sus tontas supersticiones."

Tres hombres con uniformes de ayudantes entraron al establo. No los mismos tres que Desa había enfrentado en la calle. De hecho, la ligera diferencia en corte y color sugirió que estos hombres eran de la oficina del sheriff de Glad Meadow.

El del medio estaba bronceado con una barba rala; ella lo reconoció como el ayudante que la había detenido en su camino hacia la ciudad "¿Qué les hiciste, bruja?" él le demando. "Sabía que eras un problema cuando te vi."

"Estarán bien" le prometió Desa "Dudo sinceramente que alguien haya resultado herido de gravedad; permítame irme sin incidentes y le prometo que su gente será libre tan pronto como me haya ido."

Por supuesto, el hombre sacó su arma.

Sus dos lacayos hicieron lo mismo.

En un parpadeo, Desa activó el *sumidero de luz* en su collar, drenando la energía de la luz hasta que el establo quedó completamente negro. Se hizo a un lado para evitar estar donde la habían visto por última vez. El cruel *CRACK, CRACK* de los disparos y la sensación de las balas que zumbaban al pasar le dijeron que fue un buen movimiento.

Estimar la posición del sustituto no fue difícil.

Desa pateó el arma de su mano, produciendo un gruñido mientras el arma caía al suelo. Una vez hecho esto, permitió que la luz volviera y el agente se quedó con las manos vacías, parpadeando. Sus dos compañeros estaban ambos petrificados.

Desa giró y dio una patada hacia atrás, clavando un pie en el estómago del hombre, impulsándolo hacia atrás contra uno de sus compañeros. Ambos hombres cayeron al suelo, uno aterrizando encima del otro. El tercer ayudante logró apuntar su arma.

Reaccionando por instinto, Desa levantó la mano izquierda para protegerse y su brazalete bebió profundamente de energía cinética. El sustituto disparó con otro fuerte trueno y su bala se detuvo en el aire, a escasos centímetros de Desa.

"¡Todopoderoso protégenos!" él susurró.

Desa dejó caer su brazo, la bala cayó al suelo, luego saltó y pateó el tonto directo en su pecho. Eso lo obligó a caer de espaldas y aterrizó con un gruñido. Los otros dos se estaban levantando.

La distracción momentánea le dio tiempo para meter la mano en el bolsillo de su gabardina y deslizarse sobre un juego de nudillos de latón. Estos también habían sido infundidos con una conexión al Éter.

'Barba rala' la estaba mirando con los dientes al descubierto.

Él avanzó.

Bailando hacia atrás por el pasillo entre puestos, Desa de repente se dio cuenta de los caballos asustados. Hasta el último relinchaba. Excepto *Medianoche*, por supuesto; esperaba en su puesto y observaba toda la escena con una especie de curiosidad a medias. Escuchó a Tommy en el siguiente puesto, tratando desesperadamente de calmar el castrado de su padre.

Con la cara enrojecida y furiosa, 'Barba rala' se adelantó como si quisiera exprimir la vida de Desa con sus propias manos. Probablemente pensó que ella había usado toda su "magia" y ahora estaba indefensa.

Desa lo dejó acercarse y luego, cuando se estiró para tomarla, ella se agachó y empujó su puño contra su pecho. Los nudillos de latón liberaron una poderosa explosión de energía cinética al contacto.

Su enemigo fue arrojado hacia atrás como una roca pateada por un tornado. Se estrelló a través de las puertas del establo, derribando una de sus bisagras y aterrizando en el patio afuera. Los otros dos hombres jadearon.

Con un gruñido, Desa golpeó su puño contra el suelo.

Un temblor sacudió el establo y las grietas se extendieron por la tierra compacta. Los caballos chillaron aterrorizados. Los dos ayudantes restantes tropezaron al perder el equilibrio. Cada hombre cayó al suelo.

"¡Tommy!" Desa ladró "¡Movámonos!"

Sintió cuando su bala dejó escapar su último jadeo de energía gravitacional. En menos de medio segundo, los gemidos temerosos que había estado oyendo se convirtieron en gritos mientras la gente en la calle corría en todas direcciones. Ahora que estaban libres de su atracción gravitacional, querrían huir.

Tommy sacó a *Medianoche* de su puesto tomándolo por la brida. Su rostro estaba blanco como los huesos mientras miraba a su alrededor, pero para su propio crédito; se estabilizó. "Estoy listo" dijo "Vámonos antes de tener más problemas."

Los hombres en el piso del establo estaban gimiendo.

Poniendo un pie en el estribo, Desa balanceó su otra pierna sobre los flancos de *Medianoche* y se acomodó en la silla. Extendió una mano hacia Tommy y luego lo levantó para sentarse detrás de ella. "¡Vamos!" le dijo a *Medianoche*.

El caballo salió corriendo del establo.

Con un relincho, saltó sobre 'Barba rala' y salió corriendo al galope por el patio. Estaba siguiendo un camino que lo llevaría alrededor al frente de la posada. Desa todavía escuchaba a la gente gritar en la calle.

Haciendo una mueca mientras sacudía la cabeza, Desa soltó un resoplido. "Estoy gastando demasiada energía por ustedes, muchachos." Sacó su arma, sacó nuevamente el cilindro y lo hizo girar hasta que tuvo la bala que quería.

Como era de esperar, Lenny y sus dos subordinados llegaron corriendo al lado de la posada, deteniéndose cuando vieron que *Medianoche* se dirigía hacia ellos. Gruñendo, Lenny sacó su arma.

Desa extendió su mano y disparó.

¡CRACK!

Su bala golpeó el suelo a los pies de Lenny y en el instante en que lo hizo, ella activó su conexión con el Éter. Una ola de energía cinética arrojó a los tres hombres hacia atrás. Uno aterrizó en una línea de rosales en el borde de la propiedad. Otro terminó boca abajo en la hierba.

Medianoche se alzó cuando sintió una fuerza invisible tratando de tirarlo hacia atrás, pateando los cascos mientras relinchaba. El semental estaba acostumbrado a este tipo de cosas; sus patas delanteras se estrellaron contra la hierba y luego galopaba alrededor de la posada.

Una vez que estuvieron en la calle, *Medianoche* despegó a toda velocidad, sus cascos levantaron polvo mientras corrían por un camino estrecho bordeado de pequeñas casas y cercas encaladas. La gente saltó fuera de su camino, algunos gritando.

"¡Esperen!"

Desa miró hacia atrás para encontrar a Sebastián en el camino con sus brazos alrededor de un paquete con todas sus posesiones. Estaba corriendo a toda velocidad, con el sudor brillando en su rostro. "¡Por favor esperen! ¡Voy con ustedes!"

Apretando los dientes con un silbido, Desa negó con la cabeza. "Chico idiota" murmuró. Con un suave apretón de sus muslos, le ordenó a *Medianoche* que siguiera galopando. No había forma de que Sebastián pudiera seguir el ritmo sin un caballo y detenerse significaría la muerte.

"¡Espere!"

"Señora Kincaid" suplicó Tommy.

"No podemos" dijo "Lo siento. Hizo su elección."

El suave ruido de los zapatos en la tierra seca era el único sonido cuando Marcus se movía con cautela bajo el cielo nocturno. Un hombre alto con mono y una larga gabardina vaquera color marrón, su rostro de piel oscura marcada por una barba cuadrada y ordenada, inspeccionó la escena del último fiasco que Desa Nin Leean había creado.

Se agachó cerca de la bala que ella había usado como fuente de gravedad, asintiendo para sí mismo. "No me gusta" murmuró "Esta es la segunda vez en tantas semanas que muestra abiertamente sus habilidades. Ella es usualmente más sutil que esto."

"Las circunstancias le forzaron la mano."

Marcus levantó la vista y miró a su hermana entrecerrando los ojos. "No creo lo que estoy escuchando" dijo "Casi suenas comprensiva."

Apoyada contra un pilar de madera que sostenía el techo que sobresalía de la tienda general, Miri le dirigió una mirada despectiva y luego olisqueó. "Sabes lo que pasó en Sorla" respondió ella "Estos primitivos habrían matado a esos dos muchachos por algo tan benigno como sus preferencias sexuales."

"¿Cómo es ese nuestro problema?"

Miri sofocó un bostezo con el puño y luego se rascó la espalda contra el pilar. "Hay días en los que me encuentro sorprendida por tu capacidad de apatía" dijo "Yo no habría dejado a esos muchachos esperando una ejecución."

"Tú no eres un Enlazador de Campo de Aladar."

"No" ella estuvo de acuerdo "No lo soy."

Levantándose con un suspiro, Marcus se sacudió las manos y luego se volvió para mirar a su hermana. "La última vez que los primitivos atacaron a Aladar, a duras penas los ahuyentamos" dijo "Incluso la tecnología más avanzada tiene un límite contra números abrumadores."

"Cierto."

"Y ahora, Desa Nin Leean amenaza con traer esas hordas una vez más sobre nosotros. Mientras mantuvo un perfil bajo, el Sínodo se contentó con dejarla perseguir su cruzada tonta, pero cada vez que muestra descaradamente el poder del Enlace de Campo, pone a Aladar en riesgo. Conoces nuestras órdenes."

Miri asintió con la cabeza. "Las conozco."

"Desa Nin Leean regresará a Aladar para responder por sus acciones." Marcus se quitó el abrigo y reveló un revólver enfundado en la cadera. "O ella morirá."

CAPÍTULO CINCO

El pequeño anillo dorado brillaba con una suave luz naranja, proyectando sombras sobre los árboles de este pequeño claro. El viento suspiró a través de hojas revoloteando y de vez en cuando, oía el ruido de un animal que se movía entre la maleza.

Tommy se sentó en un tronco con las manos sobre las rodillas y frunció el ceño. "Todo está yendo mal" susurró "No importa cuánto lo intente, no puedo mantener la calma."

Sebastián se había ido. Hace menos de una semana, Tommy había estado preparado para morir por el hombre que amaba y ahora ese hombre lo había abandonado. Fue cazado por su propio hermano. Nunca volvería a ver su hogar.

¿Era realmente un hombre tan terrible? ¿Amar a otro hombre era un pecado tan grande que el mismo Todopoderoso volvería toda su ira sobre Tommy? Algo profundo dentro de él quería decir que no, pero se sentía roto.

Había sentido un breve destello de esperanza cuando Sebastián llegó corriendo para unirse a ellos, pero eso había muerto cuando Desa Kincaid se negó a detenerse por él. Tal vez estaba mal decir que Sebastián lo había abandonado.

No, *él* había abandonado a Sebastián.

Apenas hubo un sonido cuando Desa salió a la luz del anillo brillante. Se había quitado la gabardina, revelando una camisa sin mangas debajo y un brillo de sudor cubría su cara y brazos. "Está hecho" declaró "He infundido mis suministros con una nueva conexión al Éter."

Tommy apretó los labios y asintió. Se sentía entumecido por dentro. Hacía solo unas horas, la perspectiva de aprender Enlace de Campo había parecido tentadora, pero ahora... Bueno, se había comprometido con el camino del pecado. No tenía sentido ser aprensivo ahora.

Desa se paró frente a él con los puños en las caderas, una expresión severa en su rostro. "¿Qué pasa?" preguntó ella, alzando una ceja. "Te ves preocupado."

"No es nada."

"Dudo eso."

Inclinándose, Tommy apoyó los codos sobre los muslos y luego enterró la cara entre las manos. Él separó los dedos para mirarla. "¿Realmente tuvimos que dejar a Sebastián a merced de esa multitud?"

Desa se acomodó en el tronco frente a él, cruzó los brazos y dejó escapar un suspiro. "La alternativa hubiera sido ponernos a merced de esa multitud" respondió ella "El Enlace de Campo solo puede protegernos hasta cierto punto."

"Pero Sebastián..."

"Se habría ido lo antes posible" insistió Desa "Sé que quieres confiar en él Tommy, pero he visto a los de su clase antes."

Tommy sintió que su boca se tensaba, pero no dijo nada. Una lágrima se deslizó por su mejilla en un sendero caliente y pegajoso. Quizás Desa tenía razón. Sebastián había estado haciendo escándalo durante su viaje a Glad Meadows. Hace solo unos días, Tommy había proclamado que Sebastián podía ir si quería ir, pero se quedaría con Desa Kincaid. ¿Cómo podía haber estado tan seguro entonces y tan lleno de dudas ahora? "¿Como funciona?" dijo al fin.

"¿El Enlace de Campo?"

Tommy asintió con la cabeza.

Sentada recta con las manos agarrando la superficie de su tronco, Desa volvió la cara hacia el cielo estrellado. "El Éter es parte del tejido mismo de la realidad" dijo "Se podría decir que es un vestigio de la Creación misma."

"¿Dejado por el Todopoderoso?"

Desa hizo una mueca, sacudiendo la cabeza. "El Todopoderoso es un mito" dijo "Como te dije, este mundo fue creado por dos diosas: Misericordia y Venganza. Misericordia para dar energía y venganza para tomarla y Enlace de Campo es un equilibrio entre ellas."

Tomándose la barbilla con una mano, Tommy cerró los ojos y lo consideró. "Entonces, este Éter del que hablas… es…"

"Nadie sabe con certeza exactamente qué es" explicó Desa "Puedes pensar que es un remanente de las diosas. Pero conecta las almas de toda la humanidad. Con suficiente disciplina, cualquiera puede aprender a comunicarse con el Éter."

"¿Cualquiera?"

"Cualquiera."

"¿Incluso yo?"

La sonrisa de Desa fue amable. Quizás incluso cariñosa. De cualquier manera, fue suficiente para aliviar el dolor de Tommy. "Sí, incluso tú" dijo "No hubiera ofrecido enseñarte si no supiera que puedes hacerlo. Pero no será fácil. Sí, algunas personas aprenden el Enlace de Campo muy rápidamente, pero para otras, lleva años de práctica."

"¿Cómo empiezo?"

Desa se levantó con un gruñido, como si le dolieran los huesos, luego se estiró y finalmente se acercó a él. "Debes comenzar entrenando tu mente" dijo "Meditarás durante al menos media hora por la noche antes de dormir."

Tommy levantó la vista con incertidumbre en su rostro. "¿Cómo debo hacer eso?" preguntó. "Realmente no sé qué es la meditación o cómo debo hacerlo, pero estoy dispuesto a intentarlo si…"

"Es bastante simple" interrumpió Desa "Repite un mantra en silencio para ti mismo. Que sea algo simple. Uno, dos, tres, cuatro, cinco debería ser suficiente."

Entonces, lo intentó.

Uno, dos, tres, cuatro, cinco. ¿Se suponía que debía sentir algo? Uno, dos, tres, cuatro, cinco. Dios, esto era dolorosamente aburrido. ¿Realmente se suponía que debía sentarse aquí durante media hora, solo repitiendo números como un niño pequeño? Uno, dos, tres, cuatro, cinco. Fue muy difícil mantener su mente enfocada en la tarea.

Lo atravesó lo mejor que pudo, pero cuando finalmente se rindió frustrado después de lo que debieron haber sido, como máximo, diez minutos, solo se sintió exasperado y molesto. Se le ocurrió un pensamiento cínico. ¿Era realmente ésta la forma de aprender Enlace de Campo? ¿O Desa solo lo estaba engatusando?

Se acurrucó en su cama y cayó en un sueño irregular.

Al amanecer, Tommy se despertó para encontrar el claro radiante de vida. En la última semana más o menos, los árboles habían brotado gruesas hojas verdes y ahora revoloteaban con la brisa de una cálida mañana de primavera. El cielo era de un azul brillante y vibrante.

Desa estaba agachada con la espalda vuelta, pero pudo ver el vapor que se levantaba de la olla que ella tendía. Entonces, al menos habría té. Su estómago le dolía de hambre, pero el té caliente podría calmarlo un poco y… ¿Olía a conejo asado?

Miró a su alrededor para descubrir que efectivamente había un conejo asado en un asador que Desa había preparado sobre…

Bueno, no un fuego. Parecía estar usando tres de sus monedas infundidas para cocinar su desayuno. Tommy podía sentir el calor desde aquí.

Sintió que su boca se estiraba en un bostezo, luego hizo una mueca y se sentó con una mano presionada contra su frente. Suavemente, masajeó la niebla de su cerebro.

"Buenos días" dijo Desa sin mirar.

"Días."

Sin necesidad de que le dijeran, se levantó, se estiró y luego se dirigió al lugar donde *Medianoche* esperaba pacientemente. El semental le dirigió una mirada despreocupada y luego se quedó quieto mientras Tommy tomaba tazas y hojas de té molidas de las alforjas.

Se los entregó a Desa.

Sus labios se curvaron en una pequeña sonrisa mientras llenaba una taza con hojas y luego levantaba la olla para verter agua cuidadosamente encima. "Deja que eso suba un momento" dijo entregándole la taza a Tommy "Parece que tuviste un buen comienzo anoche."

Tommy arrugó la nariz, luego sacudió la cabeza con desagrado. "¿Un buen comienzo?" él dijo "Apenas logré diez minutos y todo el tiempo me sentí como un idiota recitando lecciones que su madre le enseñó cuando era niño."

Desa llenó la otra taza, inhalando el aroma que flotaba hacia arriba. "Así, mi amigo, así es como todo el mundo comienza" dijo "La meditación es una habilidad difícil de dominar. Pero si te sientes aburrido, probablemente significa que estás bien."

"¿Conejo para el desayuno?"

"Tenía la esperanza de comprar algunos suministros en Glad Meadows" explicó Desa "Pero tu hermano nos robó esa oportunidad."

"Lo lamento."

Levantando la taza hacia sus labios, Desa sorbió su té con un murmullo satisfecho. "¿Y por qué deberías lamentarlo?" ella preguntó "No eres responsable de lo que él hace, Tommy."

"Lo sé."

"Intenta recordarlo."

El conejo estaba crujiente, jugoso y delicioso. Tommy saboreó hasta el último bocado y después se lamió los dedos. Con el estómago lleno, sintió la tentación de descansar la cabeza contra el tronco de un árbol y dormir un poco más. Brevemente consideró la idea de abandonar la civilización por completo y vivir pacíficamente en estos bosques. Era pura tontería, por supuesto, pero la civilización parecía despreciarlo... Y Desa podía enseñarle a cazar conejos.

Se quitó tales ideas de la cabeza y comenzó a empacar sus cosas para continuar su viaje hacia el sur. Otra semana más o menos en el camino, llegarían a la gran ciudad de Ofalla. Tommy siempre había querido verla.

Pero extrañaba a Sebastián.

Echando un último vistazo a su campamento, Desa asintió para sí misma. "Está bien" dijo "Vamos a..."

Algo estaba mal.

Sacó su pistola en un instante, se dio la vuelta y apuntó con su cañón a un pequeño matorral de árboles. Las ramas frondosas caían bajas, lo que hacía difícil ver algo más allá de los dos olmos que crecían tan juntos que casi se enroscaban entre sí. Pero alguien estaba allí. "Salga."

Las ramas crujieron y la mujer de la posada salió a la intemperie. Desa tardó un momento en recordar su nombre. Miri. Alta y delgada, vestía sus overoles, su gabardina vaquera y ese sombrero de ala ancha. Y miró a Desa con toda la indignación de una mujer que había pillado a un niño tonto espiándola en la bañera. "Bueno, ahora, ¿no es solo una buena coincidencia: que yo te encuentre aquí?"

Tommy estaba ajustando la brida de *Medianoche* cuando escuchó la voz de Miri. El pobre muchacho se dio la vuelta sobresaltado y tomó su navaja. Un momento después, dejó escapar una profunda bocanada de aire.

Desa enfundó su arma.

Cruzando los brazos, dio un paso adelante y levantó la vista para encontrarse con los ojos de la otra mujer. "¿Por qué nos sigues?" ella preguntó "Más importante aún, ¿por qué estás merodeando entre los arbustos en lugar de anunciarte?"

"¡Mi palabra, nunca he sido tan insultada!" Miri protestó "¿Crees que una dama como yo tiene la costumbre de merodear?"

"Estabas en los arbustos."

Miri se encogió de hombros. "Salí a dar un simple paseo matutino, eso es todo" insistió "No puedo evitar si paseé por el bosque y me perdí. Escuché a un hombre hablando, y pensé en dirigirme hacia allí."

Desa se cubrió la cara con una mano y masajeó suavemente sus párpados. "No tenemos tiempo para esto" murmuró hacia la palma de su mano "Si deseas merodear, por supuesto, hazlo. Pero dejarás a mi compañero y a mí con nuestros asuntos."

"Hablando de tus compañeros, ¿tal vez te gustaría recuperar al otro?"

Tommy se espabiló ante eso.

Moviendo el pulgar sobre su hombro, Miri gruñó con desaprobación. "Está a media milla de camino con nuestro caballo" explicó "El pueblo no parecía tan amigable después de todo ese ruido que levantaste; entonces los dos nos dirigimos al sur. Supuse que caminaríamos juntos por un rato."

"Pensé que habías dicho que tu caballo se rompió la pata."

"En realidad, no es mi caballo" respondió Miri "Es de Lommy."

Dando la espalda a la otra mujer, Desa negó con la cabeza mientras cruzaba el campamento. Se detuvo con los puños en las caderas. "No tenemos tiempo para esto" dijo "Tommy, vámonos."

Por supuesto, ese no fue el final de la discusión. Llevar a Tommy a la silla de montar era casi imposible ahora que sabía que su amante estaba a un corto viaje de distancia. O pensó que lo sabía. Desa no estaba dispuesta a confiar en nada de lo que dijo Miri. La gente honesta no se escondía ni espiaba.

Después de cinco minutos de protestas quejumbrosas de su joven compañero, finalmente estaban en camino. Miri se detuvo al borde del campamento con una expresión curiosa, mirándolos irse. De alguna manera, Desa sabía que no había visto lo último de esa mujer.

Ella trató de ayudar a Tommy con Enlace de Campo. Ella lo animó a meditar en su largo viaje hacia el sur —no era como si tuvieran algo mejor que hacer— pero el muchacho parecía estar desesperadamente distraído. Casi le rompió el corazón y más de una vez, consideró volver a buscar a Sebastián. Pero por lo que ella sabía, eso era una trampa.

Ella se lo explicó a Tommy y él pareció aceptar su razonamiento. Pero eso no ayudó en nada para aliviar su dolor. Tomó todo lo que Desa tenía para resistir el impulso de gemir de frustración. ¡Justo lo que ella necesitaba! ¡Un joven clavado de amor frenándola! Cualquier esperanza de atrapar a Morley menguaba con cada segundo que pasaba.

Ella suspiró cuando *Medianoche* continuó su lento avance hacia el sur.

CAPÍTULO SEIS

El bosque dio paso a campos de hierba alta que crecían fuertes bajo el cielo azul claro. La cálida luz del sol hizo que Desa sonriera mientras *Medianoche* continuaba por el sinuoso camino de tierra. Aparte de unos pocos árboles que salpicaban el paisaje aquí y allá, no había nada que ver hasta el horizonte sureño.

Cabalgaron hasta que el sol comenzó a ponerse. Sintiendo la fatiga de *Medianoche*, Desa decidió que este era un lugar tan bueno como cualquier otro para instalarse en la noche. La hierba alta dificultaría el movimiento sin hacer ruido, lo que significaba que atrapar a otro conejo sería difícil, pero también limitaba el potencial de los enemigos para acercarse sigilosamente a ella.

Un alto roble al borde del camino crecía con sus extremidades extendiéndose y sus hojas verdes atrapando la luz del sol poniente. Tan pronto como bajó de la silla de montar, Tommy se sentó de espaldas contra el enorme tronco y miró con nostalgia a la distancia.

Desa se quedó a solo unos metros de distancia, rascándose la frente con el nudillo de un puño. "Deberías meditar" le dijo "Si quieres aprender Enlace de Campo, debes practicar tanto como sea posible."

Él asintió aturdido.

Desa dejó caer los brazos, Desa se volvió para mirarlo y se quitó el sombrero. Un viento feroz provocó su corto cabello castaño. "Sé que querías volver por él" dijo "Pero Sebastián probablemente todavía está en Glad Meadows."

"O muerto…" Tommy murmuró.

Desa se puso en cuclillas frente a él con las manos sobre las rodillas, sosteniendo la mirada del joven. "Posiblemente" admitió "Tommy, desearía poder…"

"Usted dejó en claro su posición, Sra. Kincaid." Tommy habló con una firmeza que nunca antes había escuchado en él. La asustó. "Volver por Sebastián nos habría costado nuestras propias vidas."

"Eso es cierto" dijo "Pero quiero que entiendas…"

"Entiendo perfectamente bien."

Aceptando la discreción como la mejor parte del valor, Desa decidió terminar la plática allí. ¿Qué más podría decir ella? Tommy probablemente pensaba que había algo de venganza en su decisión de dejar a Sebastián atrás y tuvo que admitir que estaba contenta de estar libre del desprecio interminable de ese joven, pero no dejaría a nadie al capricho de una multitud. Ni siquiera a una criatura repugnante como Sebastián.

Pero parecía que su decisión había agriado la buena opinión de Tommy sobre ella. Quizás él también abandonaría a Desa en su próxima oportunidad. Le molestaba darse cuenta de que en realidad estaba un poco triste por eso.

Desa no tenía ningún interés en los hombres como amantes –su matrimonio con Martin Kincaid había sido un asunto de simple necesidad– pero había llegado a disfrutar de la compañía de Tommy. En la mayoría de los lugares donde iba, la gente la saludaba con miedo y sospecha. Pero no Tommy. Su curiosidad por sus habilidades era refrescante.

Pasó una hora de tranquila soledad mientras Desa buscaba una cena adecuada. Por los ojos de Venganza, ella comenzaba a preguntarse si había sido maldecida. Años de pasar de ciudad en ciudad sin incidentes y de repente los problemas acechaban en cada esquina.

El sol era un disco rojo en el horizonte occidental, el cielo de un azul crepuscular profundo cuando escuchó el constante ruido de cascos en la tierra. Desa miró a su alrededor para encontrar la silueta de un caballo que subía por el camino. Un caballo con dos jinetes.

Desa tomó su arma, pero se lo pensó mejor cuando reconoció a una de ellas. Una buena cosa también. Después de todos los problemas con los que se había encontrado últimamente, se había quedado solo con ocho balas. No quería tener que usar municiones a menos que fuera absolutamente necesario.

La mujer de enfrente era obviamente Miri; incluso en la oscuridad, Desa reconocería la silueta de *esa* mujer. Pero el otro jinete… Era difícil saberlo ya que estaba sentado detrás de Miri, pero Desa estaba bastante segura de que ella conocía la identidad del hombre. Sus sospechas se confirmaron cuando habló.

"¿Tommy?" gritó Sebastián.

Al sonido de la voz de su amante, Tommy saltó sobre sus pies. Se asomó alrededor del tronco del árbol, claramente reacio a creer lo que escuchaba. "¿Sebastián?" murmuró él "Es… ¿Eres realmente tú?"

Sebastián saltó de la silla y corrió para agarrar a su amor en un fuerte abrazo. "¡Oh, gracias al Todopoderoso!" gritó "Pensé que no te volvería a ver."

"*Yo* pensé que no te volvería a ver."

Cerrando los ojos, Desa respiró lentamente por la nariz. Deja que esos dos chicos se reúnan. Tenía otras preocupaciones que tratar. En tres zancadas rápidas, se puso delante de Miri. Así de cerca, podía decir que el caballo era en verdad el castrado marrón oscuro de Tommy. "¿Por qué nos sigues?" exigió.

"Mi palabra" dijo Miri, pasando una pierna sobre los flancos del caballo. Se dejó caer al suelo con la marca de las botas sobre el polvo, luego se volvió hacia Desa. "Nunca me han tratado tan groseramente en mi vida."

"Deja de actuar."

Desatando su puño, Desa convocó la luz de su anillo y se sintió satisfecha con el parpadeo sorprendido de Miri. La otra mujer retrocedió con las manos levantadas a la defensiva. "No estoy buscando meterme en una pelea" dijo "O hacer enojar a una bruja."

"No soy una bruja."

Lamiéndose los labios, Miri dejó caer su cabeza. "Como te dije" comenzó "Quería salir de esa ciudad después de la conmoción que causaste. Sebastián tenía un caballo; yo sabía un poco sobre esta tierra. Entonces, nos ayudamos mutuamente. *Calculé* que estarías feliz de tener a tu amigo de vuelta. Supongo que me equivoqué al respecto."

"Apreciamos que nos hayas devuelto a Sebastián, sin embargo…"

"¡Traje comida!" Miri irrumpió. "Atrapé un par de conejos al borde del bosque. Sebastián quería detenerse y cocinarlos, pero le dije que teníamos que seguir cabalgando para poder encontrarte. Al menos deja que una chica se quede y coma la comida que pescó. Incluso una bruja debería tener suficientes modales para eso."

Con un pensamiento, Desa apagó la luz de su anillo.

Soltando un suspiro, caminó trabajosamente por la hierba hasta un lugar donde las siluetas de Tommy y Sebastián permanecían tomados de la mano y mirándose a los ojos. "Chicos" dijo "Parece que Miri nos trajo algo de comida. Ayúdenla a preparar."

. . .

Comieron a la pálida luz del anillo de Desa, todos sentados en círculo debajo de las ramas del roble. Le había tomado hasta la última gota de calor de sus tres monedas cocinar ambos conejos; Desa tendría que infundirles nuevas conexiones con el Éter. Mañana. Estaba demasiado cansada para molestarse con eso ahora.

Miri se limpió suavemente la boca con un pañuelo, luego levantó la vista para dirigir una cálida sonrisa hacia Sebastián. "Te dije que valdría la pena la espera" dijo "Te prometí que encontraríamos a tus amigos y aquí estamos."

Se sentó con las piernas cruzadas frente a ella, sonriendo mientras se metía el último trozo de carne en la boca. "Tenías razón" dijo "No debería haber dudado de ti."

Es sorprendente la facilidad con la que la escucha a ella cuando se resistía a mí en todo momento. Desa contuvo una maldición. ¿Realmente se sentía celosa porque Sebastián respetaba a Miri más que a ella?

Tommy estaba al lado de su amor y sostenía la mano de Sebastián. La enorme sonrisa que dividió su rostro hizo que fuera casi imposible creer que había estado tan desolado hacía poco tiempo. "Me alegro de que hayas vuelto" murmuró.

"No podía dejarte" respondió Sebastián.

Con los brazos cruzados, Desa se recostó contra el tronco del árbol. Miró hacia el cielo, perdida en sus pensamientos. ¿Qué iba a hacer ella con esta tropa de tontos que había reunido? De alguna manera, sospechaba que Miri viajaría con ellos sin importar lo que hiciera para evitarlo.

Su boca se abrió en un bostezo que cubrió con una mano. "Necesitamos dormir" murmuró "Tendremos que comenzar temprano mañana si esperamos ganar algo de terreno sobre Morley."

"Todavía estás decidida a perseguir a ese demonio" se quejó Miri.

Desa giró la cabeza para estudiar a la mujer con los ojos

entrecerrados. "De hecho lo estoy" dijo "Si eso te preocupa, eres más que bienvenida a separarte de nosotros en cualquier momento. No tengo intención de arrastrarte al peligro."

La tenue luz proyectaba sombras sobre la cara de Miri, pero estaba claro que la mujer estaba frunciendo el ceño. "No estoy preocupada por mí, cariño" dijo "Cualquier mujer lo suficientemente tonta como para enredarse con él está pidiendo problemas."

"Creo que has visto que puedo manejarme sola."

"Este no es un hombre común."

Sebastián se encogió de hombros. La cara del joven estaba blanca. "¿No podemos simplemente... dejarlo ir?" preguntó él "¿Dejar que sea el problema de alguien más?"

"También eres bienvenido a separarte de nosotros, Sebastián" dijo Desa "No te mantendré en contra de tu voluntad."

"Creo que me quedaré."

Por supuesto que lo haría. Bueno, al menos el joven parecía más agradable que antes de Glad Meadows. Quizás temer por su vida le había enseñado algunos modales. Al menos ella no tendría que lidiar con sus desdeños. Por un rato.

El sueño llegó a intervalos esa noche; Desa no se sentía cómoda quedándose dormida con Miri a solo unos metros de distancia. Cada ruido la despertaba y cada vez, esperaba encontrar a Miri con un cuchillo en su garganta. ¿Qué estaba haciendo esa mujer?

Había muchas posibilidades por supuesto, pero la que Desa temía más involucraba a Miri trabajando para Bendarian. Ese bastardo había enviado asesinos antes que ella. Ninguno había tratado de congraciarse con ella, pero había una primera vez para todo.

El día siguiente trajo muy pocos cambios en el paisaje. Simplemente camino abierto y los campos de hierba con un árbol de vez en cuando aquí y allá. Desa había tratado de persuadir a Miri de que sería mejor para ella seguir adelante y encontrar oportunidades en otro lugar, pero la mujer estaba decidida a quedarse con ellos un tiempo más.

Comenzaron su viaje con Desa y Tommy en *Medianoche*, mientras que Sebastián y Miri tomaron el viejo caballo marrón de Tommy. Pero esa pobre bestia carecía de la fuerza de *Medianoche* y necesitaba paradas frecuentes. Más de una vez, tuvieron que desmontar y caminar durante una hora para dejar que la pobre criatura se recuperara.

Eventualmente, Miri sugirió que al caballo de Tommy le resultaría más fácil transportar a las mujeres, ya que eran más pequeñas y más ligeras. A Desa no le gustó ni un poquito –*Medianoche* era *su* corcel– pero apenas podía discutir el punto cuando había sido ella quien insistió en que la velocidad era esencial. Entonces, ella cabalgó sobre el caballo castrado mientras *Medianoche* le dirigía miradas de reojo y resoplaba a los extraños en su lomo.

Cualquier otro día, tener los brazos de una mujer encantadora rodeándola dejaría a Desa sintiéndose contenta, pero no confiaba en Miri. Cada vez que la mujer se retorcía detrás de ella, Desa se encogía ante el temor de que pudiera encontrar un cuchillo en su espalda.

"Entonces" Miri preguntó, apretando su agarre sobre el vientre de Desa "¿Por qué tienes tantas ganas de encontrar a este Morley?"

Sentada en la silla con las riendas en la mano, Desa cerró los ojos y trató de mantener la calma. "Él es un asesino" respondió ella "Y un sirviente de un hombre mucho más peligroso. Es a ese hombre al que cazo."

"¿Quién podría ser ese hombre?"

Desa decidió no responder –cuanto menos supiera Miri sobre su asunto, mejor– pero Sebastián aprovechó la oportunidad para llenar el silencio de lo más poco cooperativamente posible. ¿Por qué oh por qué les dijo a estos chicos su secreto?

"Su nombre es Radharal Bendarian" dijo Sebastián "Es un Enlazador de Campo de Aladar."

"Como tú" dijo Miri.

Desa sopló aire a través de los labios fruncidos. Su paciencia se estaba volviendo cada vez más delgada. "Sí, como yo" respondió ella "Por eso soy yo quien debe detenerlo. Soy la única que puede."

"Entonces, ¿las brujas se hacen responsables de otras brujas? ¿Eh?" Miri empujó a Desa entre los omóplatos. "Bueno ahora, ¡bendice mi alma! ¿Cómo llamas exactamente a un hombre brujo? ¿Un hechicero?"

Sebastián se rió con demasiado entusiasmo. Se inclinó, acercó sus labios al oído de Tommy y murmuró: "¿Te gustaría ser un hechicero, mi amor?" Esto fue seguido por un ataque de risitas.

Desa sintió calor en la cara y sudor en la frente. Por dura que fuera, se obligó a permanecer callada. Estaba empezando a sospechar que Sebastián podría haberle contado mucho a Miri sobre ella en su tiempo juntos. Quizás este era un intento de provocarla.

"¿Bien?" Sebastián pinchó después de un momento. "No respondiste, mi amor."

Tommy gruñó y sacudió la cabeza, lo que produjo otra carcajada de Sebastián. Desa suspiró. Sería un largo viaje, eso era seguro.

Tommy sabía que estaban cerca de Ofalla cuando vio la primera granja. No era nada especial –solo una pequeña casa de piedra gris con un techo a dos aguas– pero la vista calmó su mente perturbada. Habían pasado cuatro días desde su huida de Glad Meadows y en todo ese tiempo, no había visto otra alma humana fuera de su pequeño grupo. Estaba empezando a preocuparse de que hubieran llegado al fin del mundo.

Dos altos manzanos crecían frente a la granja y podía escuchar el mugido de las vacas que pastaban en el campo. Una yegua peluda estaba parada afuera de un granero de madera encalada, masticando un poco de hierba.

Haciéndose sombra en los ojos con una mano, Tommy entrecerró los ojos mientras miraba el camino. "Debemos estar acercándonos ahora" dijo "Espero que lleguemos al anochecer; Podría descansar un poco en una cama decente."

Junto a él, Desa sentó su caballo con las riendas en la mano, sonriendo con cariño mientras sacudía la cabeza. "No vas a dormir en una cama esta noche" le informó "O mañana, si es el caso. Todavía tenemos un largo camino por recorrer."

Tommy sintió que se le abría la boca, bajó los ojos y se quejó para sí mismo. "¡Pero la granja!" insistió cuando tuvo el descaro de hablar. "¿Cómo puede haber... quiero decir quién vive tan lejos de la ciudad?"

Miri estaba detrás de Desa con sus brazos alrededor de la cintura de la otra mujer, y ella le dirigió una mirada que lo llamó idiota. "¿Nunca has estado más de dos pasos fuera de tu pequeño pueblo, Lommy?"

"Es Tommy."

Sabía a ciencia cierta que Miri lo escuchó, pero ella ignoró sus protestas como siempre lo hacía. "Bueno, Lommy" continuó "Las grandes ciudades como Ofalla tienen pueblos que los rodean por todos lados. Pasaremos por algunos de esos."

"Tal vez podríamos encontrar una posada?" Sebastián sugirió.

Desa arrugó la nariz ante eso, pero mantuvo la mirada enfocada hacia adelante como si esperara encontrar problemas detrás de la próxima colina. "No tenemos suficiente dinero para eso" dijo. "Si encontramos una posada, nos detendremos para una comida caliente, pero esta noche dormiremos mal."

Tommy sintió cuando Sebastián se movió en la silla de montar de *Medianoche* y el semental resopló en protesta. No parecía gustarle cuando uno de sus jinetes se retorcía. O tal vez era solo este jinete en particular el que no le gustaba. *Medianoche* era tan amigable como un cachorro emocionado cuando Lommy se le acercaba, pero fulminaba con la mirada a Sebastián.

Tommy sintió una punzada de alarma.

¿Acaso… ¿Acababa de referirse a sí mismo como Lommy? ¡Que el Todopoderoso tenga piedad de su alma, esa maldita mujer en realidad lo estaba entrenando para responder a ese nombre ridículo! Miri le caía bien –la mayoría de las veces, de cualquier forma– pero estaba empezando a entender por qué Desa la encontraba tan irritante.

Sebastián se inclinó hacia Desa y Tommy sintió escalofríos al pensar en lo que podría decir. "¿Qué quieres decir con 'no tenemos suficiente dinero?'" Comenzó Sebastián. "Parecías tener mucho en Sorla."

Ella le dirigió una fría mirada fija bajo el ala del sombrero. "Pasé años viajando sola y viviendo del dinero que ganaba cazando fugitivos" dijo "Lo cual siempre fue suficiente para llevarme al siguiente pueblo. Ahora somos cuatro."

Sebastián murmuró pero no protestó más.

Tommy se alegró por esa pequeña misericordia. Cuando su amor volvió a él, todo en lo que podía pensar era en lo feliz que estaba. Feliz y aliviado. Pero ahora Sebastián había retomado su hábito de desafiar a Desa en cada oportunidad. Ahora, Tommy podía recordar por qué había estado dispuesto a ver salir al hombre que amaba. Hace un año, nunca hubiera imaginado que Sebastián podría ser capaz de un odio tan ignorante. De hecho, casi deseaba que Sebastián se hubiera quedado en Glad Meadows. Era muy confuso. ¿Por qué su tonto cerebro no podía decidirse?

La tarde se volvió cálida mientras continuaban su viaje hacia el sur, pasando una granja tras otra. De vez en cuando, veían a un hombre atendiendo a sus vacas o a una mujer colgando la ropa en una cuerda. Nadie les hizo caso. Quizás estas personas se habían acostumbrado a la vista de los viajeros.

Tommy mantenía su mente ocupada disfrutando del paisaje: la exuberante hierba verde, el cielo azul claro lleno de nubes hinchadas, el campo ocasional de flores silvestres. Solo que, después de un tiempo, le pareció que el paisaje estaba perdiendo parte de su brillo. A medida que avanzaba el día, la hierba parecía menos verde. Tal vez era solo su imaginación.

Los otros estaban hablando, pero él no les hizo caso. Sus pensamientos se centraron en resolver sus sentimientos por Sebastián y cuanto más trataba de evitar esa tarea, más urgente se volvía. Quizás debería tratar de meditar

Uno, dos, tres, cuatro, cinco.

Uno, dos, tres, cuatro, cinco.

No estaba funcionando.

Tommy apretó las riendas con fuerza, la ansiedad le arañó mientras fruncía el ceño ante el pomo de su silla. "Dijiste que habría pueblos" murmuró "Pensé que ya habríamos visto uno."

Cuando lanzó una mirada en su dirección, Desa le ofreció una sonrisa tranquilizadora. "Lo haremos" le prometió "Todavía estamos un buen de lejos. Los pueblos tienden a surgir alrededor de las ciudades. Surgen menos en el campo."

El asintió.

Cuando su mente se negó a calmarse, volvió a mirar el paisaje, pero eso no hizo nada para calmarlo. La hierba había cambiado y ahora sabía que no era solo su imaginación. Algo había tomado el color de cada hoja. No todo, pero lo suficiente para que él lo notara. No era solo que la hierba se volviera marrón de la misma manera que a veces en una sequía prolongada. No, era más de un gris. Todavía había un toque de verde, pero no mucho. Más como un recuerdo de verde.

Ahora que lo pienso, la tierra debajo de los cascos de *Medianoche* no era tan marrón. El cielo todavía era de un azul vibrante, así que tenían eso, pero algo andaba mal aquí. Cuando miró a los árboles, no vio hojas verdes sino grises que colgaban flojas de todas y cada una de las ramas.

Tommy levantó las manos y flexionó los dedos. Su piel aún conservaba su tono rosado y su ropa tampoco se veía afectada. Pantalones tan marrones como el día que su madre los hizo y botas marcadas con negro visible debajo: *él* se veía perfectamente normal. Al igual que todos sus compañeros. Los caballos también estaban bien.

Pero la tierra…

La tierra se estaba destiñendo.

Miró hacia Desa en busca de alguna indicación de que todo esto fuera perfectamente normal y la encontró cabalgando con una mano presionada contra su estómago. Estaba haciendo una mueca y parecía a punto de vaciarse la barriga.

Tommy sintió temblar su labio, luego se armó de valor y aspiró una bocanada de aire. Eso también se sintió mal, de alguna manera. Era casi imperceptible, pero el calor del día parecía haberse desvanecido. No hacía frío; era solo… nada. El aire se sentía viciado e inmóvil. No había brisa. "¿Que está pasando?" Tommy murmuró.

"Algo está muy mal" dijo Desa "Necesitamos parar.

CAPÍTULO SIETE

Ignorando la agitación de su estómago –el Éter estaba malhumorado, de alguna manera– Desa se dejó caer de su caballo y cayó agachada. Se enderezó, extendió la mano y se bajó el borde del sombrero hasta los ojos.

La hierba y el camino se habían desvanecido a un gris oscuro y sombrío, ambos tan apagados que apenas podía distinguir uno del otro. El cielo en lo alto era normal, pero el paisaje había muerto. O peor. No estaba segura de tener una palabra para esto.

Desa caminó un poco por el camino, luego se arrodilló y agarró una mata de hierba que había brotado de la tierra. El material estaba seco y áspero, como si algo le hubiera quitado la vida. "Por los ojos de Venganza…"

Ella se volvió hacia los demás.

Sus tres compañeros se pararon uno al lado del otro entre los caballos, todos mirándola con expresiones temerosas, esperando que ella tuviera alguna respuesta para todo esto. Sebastián fue el primero en dar un paso adelante. "¿Deberíamos… deberíamos volver?"

Desa se dirigió hacia él, cerrando los ojos y sacudiendo la

cabeza. "No, debemos seguir adelante" insistió "Esto es obra de Bendarian, estoy segura de eso. Puedo *sentir* un error en el Éter."

"¿Pero… Pero cómo?" Tommy tartamudeó.

Cruzando sus brazos con un suspiro, Desa sintió que su boca se apretaba. Su cabeza se hundió cuando trató de entenderlo todo. "Ojalá lo supiera" dijo "Cuando comencé a perseguirlo, fue porque había comenzado a realizar experimentos con el Éter."

"¿Experimentos?" Miri preguntó.

"Bendarian afirmó que solo habíamos arañado la superficie del verdadero potencial del Enlace de Campo. Él creía que podíamos infundir el Éter directamente en un cuerpo humano y fue rechazado por su negativa a ceder en este punto. Cualquier Enlazador de Campo experto puede decirte que el tejido vivo no aceptará una infusión, pero Bendarian insistió en intentarlo de todos modos. Sus experimentos resultaron en la muerte de trece personas."

Tommy tragó visiblemente.

Sebastián estaba mortalmente pálido mientras estaba parado con una mano dentro del bolsillo de su abrigo, mirando sus botas. "Pero dijiste que estaba infundiendo gente" murmuró "¿Por qué hacer eso cambiaría la tierra?"

"No lo sé."

Echó un vistazo a su alrededor y encontró una pequeña granja a poca distancia de la carretera. No podía estar a más de un cuarto de milla de distancia y también era gris. Tenía que saber más sobre este fenómeno.

Desa se paró en el camino con los brazos colgando flácidos, los ojos bajos mientras daba esos primeros pasos hacia adelante. "Necesitamos saber más" dijo "Entonces, veamos si alguien sobrevivió… sea lo que esto sea."

Normalmente, ella se habría ido sola, pero había dos personas en este grupo en las que no confiaba y no tenía ninguna inclinación a dejar a los caballos bajo su cuidado.

Medianoche resistiría cualquier intento encubierto de robarlo, pero el castrado de Tommy podría no hacerlo.

Por otro lado, no estaba encantada de entrar en una situación peligrosa con Miri a su lado. La mujer podría decidir sacar un cuchillo en el peor momento posible. Y aunque confiaba en Tommy, el joven era susceptible a la influencia de Sebastián. Eso la dejaba con una opción.

Todos entraron juntos.

La casa era un edificio pequeño y rechoncho con techo a dos aguas y una ventana a cada lado de la puerta. Era agradable, hogareño. O más bien, lo hubiera sido si no fuera por lo que sea que haya destruido todo dentro de una milla cuadrada.

Debería haber habido ruido; una granja nunca estaba tan mortalmente silenciosa. Debería haber escuchado el mugido de las vacas o el balar de las ovejas. ¡O incluso una buena esposa reprendiendo a su esposo! En cambio, todo lo que escuchó fue silencio.

Cerrando los ojos con fuerza, Desa respiró hondo y luego asintió. "Como sospechaba" dijo volviéndose hacia los demás. "Están muertos o se han ido. Rezo porque sea lo último, pero no podemos estar seguros hasta que busquemos en la propiedad."

Tommy la miró con la boca abierta, parpadeando lentamente. "Perdón, señora Kincaid" comenzó "pero no deberíamos habernos ido nosotros mismos. ¿Qué pasa si lo que sea que sea que es esto… ¿Y si es contagioso?

"Sospecho que ya te habrías contagiado si ese fuera el caso."

"Pero…"

Con un suspiro exasperado, Desa miró hacia el cielo y puso los ojos en blanco. "Si prefieres esperar con los caballos, eso será aceptable" dijo "Pero debo registrar la casa."

La hierba gris crujió bajo sus botas cuando salió del camino. El sonido solo sirvió para intensificar su inquietud. El aire estaba tan dolorosamente quieto que era un milagro que incluso pudiera respirarlo.

"¡Hola!" Desa gritó.

Nadie respondió.

Brevemente, consideró sacar su pistola, pero lo pensó mejor. No quería asustar a nadie que pudiera haber sobrevivido a esta tragedia. Si de hecho alguien hubiera sobrevivido. Entonces, se arrastró por la hierba tan silenciosamente como pudo.

Cuando se acercó a la puerta, Desa llamó. La madera sonó hueca de alguna manera, pero resistió sus repetidos golpes. Esperó varios minutos a que alguien respondiera, pero nadie lo hizo. Finalmente, decidió probar la puerta.

Al principio, estaba contenta de encontrarla desbloqueada, pero las implicaciones de eso se hicieron demasiado claras antes de que pudiera agradecerle a Misericordia por su buena suerte. Si la puerta estaba abierta, probablemente significaba que la familia había estado ahí para presenciar lo que había causado esta catástrofe.

Levantando el puño, activó la Fuente de Luz en su anillo y exhaló un suspiro de alivio cuando proyectó un cono de resplandor en la pequeña casa. El Enlace de Campo todavía funcionaba a pesar de lo que Bendarian le había hecho al Éter. Dejó que el anillo se oscureciera. No tenía sentido desperdiciar energía cuando la luz natural era tan abundante.

Desa entró por la puerta con una mano en la empuñadura de su pistola, buscando de izquierda a derecha cualquier signo de problemas. "¿Hola?" Gritó, adentrándose en la casa. "¿Hay alguien aquí?"

Vio una mecedora de madera junto a la chimenea y una pequeña mesa con cuatro sillas: todas grises. No había señal de vida. Este lugar parecía más una tumba que una casa; entonces, si la familia había estado presente cuando su mundo se volvió gris, ¿qué les habría pasado? Ella habría imaginado que estarían tan muertos como la hierba afuera, pero eso significaría cadáveres. Y no vio ninguno.

En la parte trasera de la casa, encontró una cocina donde

colgaban ollas de cobre de una barra sobre la estufa, aunque parecían más plateadas sin su color. De repente, se le ocurrió una idea.

Apoyando las manos en el alféizar de la ventana, Desa se inclinó para mirar hacia el patio trasero. "Me pregunto si tienen alguna munición de sobra" murmuró ella, sus cejas se alzaron "Misericordia sabe que lo necesito".

Comenzó a buscar en la casa, abriendo cajones y armarios. El robo a los muertos la dejaba con un sentimiento desagradable, pero no se sabía qué tipo de problema encontraría en la próxima colina y quería más de ocho balas.

Subiendo las escaleras con una mano en la pared, Desa se encogió ante cada crujido de las tablas del suelo. "La Diosa me sonríe" susurró, recitando una oración que su madre le había enseñado. "No temeré".

En el segundo piso, encontró una habitación individual con cuatro camas debajo de un techo triangular y una ventana cuadrada en la pared que proporcionaba suficiente luz para ver. Una vez, le habría entristecido ver a personas viviendo así. Sin agua corriente, sin antibióticos. Y tampoco electricidad –ni siquiera podía comenzar a describir lo difícil que había sido acostumbrarse a *eso*– pero las personas que había conocido en sus viajes parecían contentas con su vida simple.

No había cuerpos en ninguna de esas camas. Por lo que Desa podía decir, esta casa había sido abandonada años atrás. Le enfermaba darse cuenta de que se habría sentido aliviada al encontrar cadáveres. Desa fue a una cómoda.

Abrió una, comenzó a hurgar en el interior, dejando a un lado las camisas a cuadros y los calcetines doblados. Claramente, estas eran las prendas del marido. Sus dedos se cerraron alrededor de una pequeña caja de madera y estaba bastante segura de lo que encontraría adentro.

"¿Qué tenemos aquí?"

Abrió para encontrar alrededor de dos docenas de balas en

el interior, balas hechas para caber en un Lessenger-22. Había una razón por la cual Desa llevaba la pistola más común disponible. No era el arma más confiable, pero siempre podías encontrar municiones.

Levantando una, la sostuvo frente a su cara y entrecerró los ojos. "Hmm…" dijo ella. "Me pregunto si realmente dispararás".

Estas balas eran tan grises como todo lo demás en la casa. Aparte de la falta de color, todo lo demás parecía no verse afectado; las puertas aún estaban abiertas, las tablas del piso aún soportaban su peso. Pero ella estaba lidiando con algo completamente antinatural. No se sabía cómo podrían haber sido afectados los objetos inanimados.

Deslizó la caja en su bolsillo y bajó silenciosamente las escaleras. A pesar de sus temores, la sala de estar aún estaba vacía y cuando miró por la puerta principal abierta, vio a sus compañeros esperando en el camino con los caballos. Se veían tan extraños, todos a todo color contra un paisaje de implacable gris.

Desa salió a la intemperie, frotándose la frente con el dorso de una mano. "No encontré a nadie adentro" dijo caminando a través de la hierba hacia ellos. "Algo sobre esto se siente incongruente".

Sebastián estaba de pie con los brazos cruzados, sacudiendo la cabeza ante lo que obviamente creía que era un comentario estúpido. "¡No me digas!" escupió "El mundo se volvió gris a nuestro alrededor y algo se siente incongruente".

Desa lo ignoró.

"La puerta estaba sin seguro" explicó "lo que implicaría que esta extrañeza sucedió cuando la familia estaba en casa y ocupada con sus tareas diarias y sin embargo no vi cuerpos. Entonces, ¿a dónde fueron?"

"Tal vez huyeron después de que llegó lo gris" sugirió Miri.

Desa se encogió de hombros. "Lo dudo" dijo moviéndose lentamente hacia sus amigos. Ella tuvo cuidado de asegurarse de que escucharan el crujido de la hierba muerta bajo sus pies. "Mira a tu alrededor. Todas las plantas están muertas y no escuchamos los sonidos del ganado. Entonces, si la familia estaba presente cuando llegó lo gris…"

"Debería haber cadáveres" murmuró Tommy.

"Exactamente."

Frunciendo el ceño mientras giraba la cabeza para inspeccionar el paisaje, Miri ofreció un resoplido de desdén. "Perdón, señora" dijo ella "pero su razonamiento no es de hierro. Tal vez lo gris no llegó de golpe y la familia tuvo tiempo de huir."

"Quizás."

Tommy tenía dos dedos sobre su boca mientras asentía lentamente. "Lo que me interesa" comenzó "es cómo parecemos no estar afectados. Si el gris fuera letal, deberíamos haber muerto tan pronto como estuviéramos expuestos a él."

"¿Entonces que significa eso?" Sebastián preguntó.

"Significa" interrumpió Tommy antes de que Desa pudiera responder "que lo que sea que causó lo gris también mató a todas las plantas y animales. Todo lo que estamos viendo son los efectos posteriores de… algo."

Desa se acercó a él, levantó la vista para encontrarse con su mirada y luego asintió una vez. "Me complace ver que uno de ustedes está pensando claramente" dijo "Me quedaría aquí para aprender más si pudiera, pero debemos atrapar a Bendar…"

Sus oídos captaron algo.

Un gruñido.

Se dio la vuelta a tiempo para ver a un hombre que se acercaba a un lado de la casa. Este tipo era más bajo que el promedio, con un pecho de barril, una cabeza calva y una barba espesa y era gris de pies a cabeza.

Se quedó allí con un par de pantalones y una camisa de trabajo simple, ambos completamente despojados de color y salivaba de su boca abierta como un lobo hambriento que acaba de ver un conejo. Si había una inteligencia detrás de esa mirada opaca, no lo demostraba.

Desa enfrentó al hombre con una mano en su arma, permaneciendo quieta en caso de que fuera del tipo que reaccionara ante un movimiento repentino. "Hola", dijo ella. "Mi nombre es Desa Kincaid. ¿Puedes decirme qué pasó aquí?"

El hombre gris no dijo nada.

"Nos gustaría ayudar si…"

Antes de que pudiera terminar esa oración, el extraño gruñó y corrió hacia ellos a toda velocidad. Desa se movió para sacar su pistola, pero Miri fue más rápida. La otra mujer dio un paso adelante, quitándose el abrigo para revelar una variedad de armas en su cinturón.

Sus manos eran un borrón mientras sacaba cuchillos arrojadizos. Una hoja aterrizó en el pecho del hombre gris. Y luego otra. Y luego *otra*. Solo entonces el hombre se dio cuenta. Se detuvo el tiempo suficiente para mirar hacia abajo a sí mismo, sorprendido por la vista del metal que sobresalía de su carne. Luego reinició la carga contra ellos.

"Maldita sea, toma esto" dijo Sebastián, dando un paso adelante. Sacó su revólver y amartilló con un *clic*. Extendiendo su mano, apuntó con el arma al hombre que cargaba, que ahora estaba a solo unos pasos de distancia.

"¡No!" Desa gritó.

Sebastián disparó de todos modos.

El extraño titubeó cuando una bala le atravesó el pecho y tropezó hacia atrás con un chillido. Un tinte negro como la tinta se filtró de la herida. Cuando el extraño levantó la vista, sus dientes estaban expuestos y sus ojos eran tan oscuros como la obsidiana.

Cargó de nuevo.

Otro trueno llenó el aire cuando Sebastián disparó de nuevo y esta vez, la bala atravesó la frente del extraño. Eso hizo el trabajo. El hombre gris cayó de rodillas y luego cayó de bruces, revelando un agujero en la parte posterior de su cráneo.

Rodeando a Sebastián, Desa agarró la camisa del joven y lo acercó para que estuvieran casi nariz a nariz. "Niño idiota" dijo ella, su voz tan suave como la seda y tan dura como el acero. "¡Siempre reaccionando sin pensar!"

"¡Nos salvé!"

"¿Nos salvaste?" Desa protestó "¿Nos salvaste? Puede que tengas…

Se detuvo al oír gruñidos más bajos y guturales y cuando juntó los nervios para mirar, encontró a otras cinco personas grises que venían por la casa. Había una mujer alta en su edad mediana que tenía un vestido blanco andrajoso y un joven de la edad de Tommy con un mechón de cabello que podría haber sido rubio arena alguna vez.

Había un viejo calvo con una espesa barba y una joven mujer con una trenza que le caía sobre los omóplatos. Incluso había un niño, un niño de unos ocho o nueve años que la miraba como un perro rabioso. Todos eran tan grises como una lápida y cada uno de ellos tenía ojos negros y muertos.

"Corran" susurró Desa "Todos ustedes, corran."

"Pero…" tartamudeó Tommy.

"¡Corran!"

Sin permitir más protestas, Desa pasó sobre el cadáver del muerto y sacó un par de cuchillos de las fundas de su cinturón. Si estas criaturas querían matar a sus compañeros, tendrían que pasar sobre ella. Escuchó el sonido distintivo de *Medianoche* resoplando cuando Tommy lo montó. "Apúrense" dijo.

Desa abrió los brazos extendidos, apuntando la punta de cada hoja hacia un lado y dobló las rodillas para prepararse. "Bueno, vengan entonces" incitó a la gente gris. "Veamos qué tan bien les va contra un Enlazador de Campo de Aladar."

El viejo de barba gris fue el primero en aceptar su desafío.

Llegó corriendo hacia ella con una velocidad inhumana y

todos los demás lo siguieron. Babeando como un perro, barba gris se chasqueó los labios y saliva oscura goteó de su barbilla. *Paciencia... Déjalo acercarse... ¡Tres... dos... uno... ahora!*

Desa pulsó el Sumidero de gravedad de su cinturón, activándolo por solo medio segundo y esto le permitió saltar sobre la cabeza de Barba Gris. Ella voló por el aire y cayó al suelo detrás de él.

La chica con la trenza era la siguiente en la fila.

Desa embistió ambos cuchillos en el pecho de la joven y cuando los liberó, las cuchillas estaban cubiertas de espeso icor negro. Su enemigo no se inmutó por lo que de otra forma debería haber sido una herida letal.

La joven respondió con un golpe en la espalda que casi derribaba a Desa en la próxima vida. Todo se oscureció y el dolor consumió su realidad. Desa apenas sintió el toque de hierba seca debajo de ella o la sensación de rodar por el suelo.

Se dejó caer de espaldas.

Cuando su visión se aclaró, vio a barba gris corriendo hacia ella con los dientes al descubierto. Un disparo en la cabeza: así fue como lo había hecho Sebastián en el primero. Descartando un cuchillo, Desa sacó su arma de su funda.

Amartilló, apuntó y disparó.

La mano de barba gris se levantó bruscamente, cerrándose alrededor de algo y el humo subió por las grietas entre sus dedos. ¿Él... se las arregló para atrapar la bala? ¿Qué tan rápidas eran estas criaturas?

"Nada inteligente."

Desa activó la Fuente de Fuerza que había infundido en la bala y la mano de Barba Gris explotó en un chorro de icor. La explosión cinética lo envió volando hacia atrás con la fuerza suficiente para derribar a dos de sus compañeros.

El joven con la mata de cabello gris había logrado evitar la colisión. Se adelantó con las manos extendidas, los dedos agrupados como si tuviera la intención de arañar la cara de Desa. Y se enardecía con cada respiración.

Agarrando sus dagas, Desa dio un salto mortal hacia atrás sobre el terreno accidentado y se agachó. Lentamente, se levantó para pararse a toda altura. "Ven, muchacho" dijo "Ya es hora de que terminemos esto."

Atacó hacia la cabeza de Desa.

Se agachó y sintió una mano en forma de garra pasar sobre ella, luego clavó un cuchillo en las tripas del joven. Eso produjo un chillido de dolor. Desa subió y blandió la otra cuchilla sobre su cuello, abriendo su vena yugular. Se derramó sangre negra.

Desa lo pateó y el joven cayó de espaldas, acostado en un charco de fluido oscuro en expansión. Tres de estas criaturas más estaban detrás de él: las mujeres y el niño. Barba gris estaba de rodillas mientras la sangre manaba del muñón donde debería haber estado su mano.

El niño la sorprendió.

Él saltó con una fuerza increíble y voló hacia ella con las manos extendidas, listo para ahogarla. Desa reaccionó por instinto.

Dobló las rodillas, levantó el brazo izquierdo para protegerse y activó el sumidero de fuerza en su pulsera. La infusión que había colocado dentro del metal solo tomaría energía cinética de los objetos que se acercaban a ella.

El niño se detuvo en el aire.

Cuando Desa dejó caer su brazo, él también cayó al suelo, aterrizando de bruces. Ambas mujeres se apresuraron hacia ella en una carrera loca. Parecían no estar al tanto a sus compañeros moribundos. Sin estar al tanto o apáticas.

Con un solo pensamiento, Desa ordenó que su hebilla de cinturón absorbiera energía gravitacional y ella saltó. Libre del tirón de la Tierra, se elevó en el aire y se dio la vuelta para ver a las dos mujeres de ojos negros mirándola.

Dejó que la gravedad se reafirmara lo suficiente para que

flotara suavemente hacia el suelo y aterrizara frente a la casa. "Así es" dijo con un movimiento de cabeza. "Se enfrentan a alguien que controla las fuerzas de la naturaleza misma."

Las dos mujeres comenzaron una carrera loca hacia ella.

Desa corrió a su encuentro.

Ella eligió a la mujer mayor con el vestido hecho jirones como su primer objetivo, y cuando se acercó, esa mujer saltó con una patada feroz. Desa cayó de rodillas, permitiendo que su enemigo pasara por encima.

Se levantó y giró para encontrar a la mujer más joven justo en frente de ella. Esta mujer con garras hacia la cara de Desa y solo un rápido respingo la salvó de la ceguera. Aprovechando la oportunidad, Desa hundió su cuchillo en el vientre de la otra mujer.

No sirvió de nada.

El demonio de ojos negros agarró dos puñados del abrigo de Desa, la levantó del suelo y la arrojó con una fuerza devastadora. El mareo se instaló cuando Desa entró de espaldas a la puerta principal de la granja.

La madera se astilló y cuando aterrizó, estaba en la sala de estar con poca luz. El dolor le dificultaba pensar, pero tenía que concentrarse, tenía que mantener su ingenio. Desa se levantó y miró por la puerta abierta.

La joven mujer con la trenza corría hacia ella, gruñendo mientras lágrimas negras corrían por sus mejillas. ¡Y todavía tenía un cuchillo saliendo de su vientre!

Limpiándose la boca ensangrentada con el dorso de una mano, Desa hizo una mueca. "Debo felicitarte" dijo con voz ronca "No es frecuente que un enemigo realmente pueda sorprenderme."

Desa activó el sumidero de calor que había infundido en el cuchillo. A mitad de su siguiente paso, la mujer gris se congeló en su lugar con el crujido de la sangre cristalizando. La escarcha se extendió por su cuerpo, una ola blanca que comenzó en su núcleo y llegó hasta la punta de sus dedos.

Desa saltó por la puerta. Se giró a medio vuelo y pateó hacia atrás de sí misma, golpeando una bota contra el pecho de la mujer congelada con la fuerza suficiente para destrozarla. Trozos de carne congelada cayeron al suelo cuando Desa cayó.

Eso dejaba solo a la mujer mayor.

Y al niño…

El niño que estaba parado a un lado, cerca de los cadáveres de sus amigos caídos, y observando cómo se desarrollaba este conflicto con una especie de morbosa curiosidad. Giró la cabeza hacia un lado y parpadeó hacia Desa. Esos ojos negros reflejaban el sol. "Interesante" dijo el chico con una voz demasiado profunda para alguien tan joven, una voz que parecía hacer eco. Casi como si hubiera muchas personas hablando al unísono. "Me dijeron que serían peligrosos, pero nunca habría imaginado que tu clase dominaría los secretos del Éter."

Comenzó a caminar de un lado a otro, empujando el cadáver de barba gris con el pie. "No es como lo hubiera imaginado" continuó "Carne blanda, forma y sustancia dada. Muy diferente a lo que vino antes."

"¿Que eres?" Desa susurró.

El niño giró la cabeza para mirarla con ojos oscuros y sus labios se abrieron en un rictus de sonrisa. "Algo más" dijo "¿Han caminado entre ustedes? ¿Guiado sus pasos? ¿O ellos aún se aferran al antiguo pacto?"

Desa se agachó, con la cabeza colgando y dejó escapar un suspiro. "No entiendo." Levantó la vista para estudiar al niño. "¿De quién hablas?"

Él rechazó su pregunta con una mano desdeñosa. "Es irrelevante". De repente, se miró la palma de la mano como paralizado por la vista de su propia carne. "Esta forma no puede contenerme. Se requiere una sustitución."

"Esta forma también es insuficiente."

La cabeza de Desa giró cuando oyó hablar a la mujer mayor. O tal vez no era la mujer misma. Ella habló en la misma multitud de voces que salieron de la boca del niño.

Desa se preparó para otro ataque, pero la mujer se quedó allí parada con las manos cruzadas delante de sí misma, mirando sin brillo y fijamente a la nada en absoluto. "Has destruido mis otros recipientes, pero no habrían servido."

Una gota de sudor se formó en la frente de Desa y se deslizó hacia abajo en un camino cálido y pegajoso. "¿Por qué nos atacaron?" Ella susurró "No hicimos nada para antagonizarlos".

"Para entender" respondió la mujer.

"¿Entender qué?"

"Este reino" respondió el niño. "Y las reglas que lo gobiernan. Específico y altamente arbitrario" Parpadeó una vez y cuando abrió los ojos, la oscuridad desapareció. Aparte de la falta de color, parecía tan normal como cualquier otro niño pequeño. Por un segundo, Desa pensó que había sido restaurado a su verdadero ser, pero el niño colapsó al suelo. Muerto.

Su boca se abrió cuando lo vio caer. "No" murmuró Desa, sacudiendo la cabeza. "¡No, no puedes hacer eso!"

Se giró hacia la otra mujer.

"Declara una falsedad" dijo la voz extraña. "Claramente puedo, porque ya lo he hecho. ¿O es la verdad fluida en este reino?" Desa quería protestar, pero la oscuridad se retiró de los ojos de la otra mujer. Como el niño, se derrumbó en el suelo.

Desa corrió hacia ella.

Cayendo sobre una rodilla, jadeó mientras sentía que el sudor le rodaba por la cara. "No, no, no…" Giró a la otra mujer sobre su espalda y encontró un cadáver mirando inexpresivamente al cielo.

De mala gana, Desa se levantó y se alejó arrastrando los pies del cuerpo. Encontrar a Bendarian ahora era más importante que nunca.

CAPÍTULO OCHO

Cuando Desa alcanzó a sus compañeros de viaje, los encontró sentados alrededor de un fuego crepitante que enviaba chispas a la deriva hacia las estrellas. No estaba dispuesta a castigarlos por eso; ninguno de ellos podía usar el Enlace de Campo y tuvieron que producir luz de alguna manera. Y le agradaba ver llamas anaranjadas que proyectaban una luz cálida sobre los árboles con exuberantes hojas verdes.

Desa trastabilló hacia su campamento con los brazos colgando flácidos y la cabeza caída por la fatiga. "Está hecho" susurró "Las criaturas han sido destruidas".

Cuando levantó la vista, vio a Tommy sentado al otro lado del fuego, mirándola con horror en su rostro. "No lo hicimos…" comenzó "No sabíamos si deberíamos haber regresado por ti o…"

Desa arrugó la cara. "Tenías razón en no intentarlo" dijo dando una vuelta alrededor del fuego. *Medianoche* estaba parado al borde del campamento, observando cómo se acercaba.

Ella puso una mano sobre su larga nariz y él le lamió los dedos. "Esas cosas no eran humanas; si hubieran regresado, los habrían matado.

Quería dormir más que cualquier otra cosa, pero eso tendría que esperar. Luchar sola contra las personas grises la había obligado a agotar su suministro de armas infundidas, y no había garantía de que no enfrentarían algo tan malo o peor antes de llegar a Ofalla. Tendría que hacer más.

Le costó un poco de esfuerzo, pero se obligó a regresar al fuego. Miri estaba agachada allí con las llamas proyectando una luz anaranjada a un lado de su cara. "Bueno, me atrevo a decir que fuiste y te hiciste una aventura" dijo "Entonces, ¿qué pasa después?"

Desa se arrodilló en la hierba suave y casi cayó hacia delante con cansancio. "Debo encontrar a Radharal Bendarian" dijo "Él es responsable de lo que sucedió hoy."

"¿Como puedes estar segura?"

Reprimiendo su frustración, Desa levantó la vista para mirar a la otra mujer. Entrecerró los ojos como rendijas. "Estoy segura." Eso fue todo lo que pudo decir en ese momento. Era todo lo que le debía a Miri. De hecho, decir eso pudo haber sido demasiado.

Tommy había ido a buscar algo de sus suministros.

Regresó ahora con un odre en la mano, se agachó junto a ella y se lo ofreció a Desa. "Señora Kincaid" dijo "Tenga."

Desa tomó la piel, se llevó la boca a los labios y bebió profundamente. Sólo entonces se dio cuenta de la profundidad de su sed. Le dolían los músculos y su cuerpo se sentía como una alfombra que había sido golpeada demasiadas veces.

Limpiándose la boca con el dorso de una mano, exhaló y luego se dejó caer con la cabeza colgando. "Continuamos a Ofalla". Su voz era una ronca respiración. "Es muy probable que encontremos a Bendarian ahí."

Ella levantó la vista, esperando escuchar un desafío de Sebastián, pero el joven era un bulto en su cama. Si había escuchado su conversación, optó por permanecer en silencio benditamente sobre el asunto.

"Descansen" dijo Desa "Debemos comenzar mañana temprano."

Ella flotaba en el sentido de la sensación de calma que llegaba cada vez que su mente tocaba el Éter. A sus ojos, todo era diferente. Los árboles y la hierba eran fragmentos de materia en espiral unidos en una configuración suelta. Sus compañeros estaban tan cerca que podía sentirlos sin esfuerzo. Ella estaba consciente de casi *todo* dentro de unos cien pasos de su cuerpo.

Se concentró en la gabardina que había dejado doblado sobre una roca, no tanto un abrigo sino una galaxia de partículas que zumbaban como abejas ocupadas. La caja en su bolsillo que todavía contenía balas y que había sacado de la granja. Dirigió tentáculos del Éter hacia él y jadeó. No había caja.

Mover su cuerpo cuando su mente estaba en este estado era casi imposible, pero se obligó a hacerlo de todos modos. Empujó el abrigo con el pie y sintió la caja en su bolsillo. Estaba allí, pero no podía sentirla con el Éter.

Eso debería haber sido imposible.

¡Nada estaba más allá del alcance del Éter!

Alimentó esos tentáculos de energía en el espacio donde debería haber estado la caja, buscando las balas dentro, ¡pero también se habían ido! En lo que respecta al Éter, ni la caja ni las balas existían. ¿Era eso una consecuencia de lo gris?

Desa volvió a su estado de vigilia.

Su visión volvió a la normalidad y vio las ramas de un enorme olmo que se extendía sobre su cabeza, apenas visible a la luz del fuego. Su gabardina estaba allí en la roca. La empujó de nuevo con el pie.

Agachándose junto a ella, Desa cerró los ojos y exhaló lentamente. "Entonces, ¿cómo hiciste esto, Bendarian?" se preguntó en voz alta "¿Qué puede separar un objeto del Éter?"

Sacó la caja de su bolsillo y la abrió para encontrar balas grises dentro. Todo perfectamente normal excepto por su falta de color. ¿Qué hacer ahora? ¿Podría seguir usándolas como balas comunes?

Levantando una entre su pulgar e índice, Desa la miró de reojo. ¿Bendarian hizo esto? Ella susurró "¿O fue esa cosa en la granja?"

Sacó su revólver, abrió el cilindro y metió la bala en una ranura vacía. Una vez hecho esto, giró el cilindro para que la munición gris fuera la siguiente en la línea, lo cerró y amartilló.

Ella eligió un árbol delgado a unos cincuenta pies de distancia.

¡CRACK!

"¡Todopoderoso ten piedad!" Tommy gritó, sentándose y agarrando su manta contra su cuerpo. El pobre muchacho estaba asustado, mirando de un lado a otro, probablemente esperando encontrarse bajo ataque.

El disparo acertó, dejando un gran agujero de madera astillada en el tronco del árbol. Estas balas seguían obedeciendo las leyes de la física, hasta donde podía decir Desa, de cualquier forma, pero no respondían al Éter. Bueno, la munición normal era mejor que ninguna munición, pero no mucho en su estimación.

"¿Nunca terminará?" Tommy gimió.

Desa caminó hacia él. "Siento haberte despertado" dijo "Tenía que averiguar si las balas que tomé de la granja eran utilizables".

El joven la miró con una expresión que decía que su paciencia se estaba agotando. "¿Y se pueden usar?" preguntó "Espero que así sea, ya que decidiste probarlas en medio de la noche".

"Se pueden usar como municiones ordinarias."

"Pero..."

Desa se cruzó de brazos y se encorvó. Frunció los labios y

sopló aire a través de ellos. "Pero no aceptarán una infusión" dijo de mala gana "De hecho, el Éter no parece reconocerlos. No puedo usarlas para Enlace de Campo."

"Encantador" se quejó Sebastián. El joven estaba girado de lado con una manta sobre su cabeza. "Al menos hay algo en este mundo que es inmune a tu brujería."

"Se me ocurre que tal vez tomarás las balas grises, Sebastián" dijo Desa. "Y dame algunas de las tuyas en su lugar" ¿Exactamente cuándo el tonto puso sus manos en una pistola de todos modos? Ambos niños estaban desarmados cuando ella se los llevó de Sorla, lo que significaba que Sebastián debía haber comprado un arma después de que se separaron en Glad Meadows. O tal vez… tal vez Miri se la había dado.

Miri.

Esa mujer era peligrosa.

Frunciendo los labios, Desa miró hacia el cielo y parpadeó. "Después de todo" continuó "No hay diferencia para ti. Las balas grises se dispararán tan fácilmente como cualquier otra."

"Balas malditas" murmuró Sebastián "Justo lo que necesito."

Por el rabillo del ojo, Desa vio a Miri acostada de espaldas con los ojos cerrados, aparentemente dormida. Ese era un problema. Y ya era hora de que Desa lidiara con ella.

Los ojos de Desa se abrieron de golpe.

Estaba acostada boca arriba con las manos cruzadas sobre el pecho, mirando hacia un cielo previo al amanecer. Con cuidado, se sentó y notó la oscura figura de Miri que se alejaba hacia unos árboles al borde del camino.

Desa se levantó lentamente con una mano sobre su arma enfundada y persiguió a su extraña nueva compañera. La hierba era suave y húmeda por la lluvia reciente, pero aún hacía más ruido bajo los pies de lo que le hubiera gustado. No es que hubiera alguna posibilidad de que Miri lo escuchara a esta

distancia, pero años como cazarrecompensas le habían enseñado el valor del silencio.

Sus compañeros habían hecho su campamento en un campo
abierto que estaba salpicado de árboles aquí y allá. Fue una elección lo suficientemente sabia; había pocas posibilidades de que
alguien pudiera acercarse sigilosamente a ellos sin ser visto.
Dicho esto, había bosquecillos lo suficientemente gruesos como
para ocultar al menos dos o tres personas. Miri había elegido
uno de esos.

Cuando Desa se acercaba, se volvió dolorosamente consciente del silencio. Miri estaba por aquí en alguna parte y cualquiera que luchara por evitar las raíces y ramas en la oscuridad
haría un poco de ruido. Las únicas personas que no…

Desa se dio la vuelta a tiempo para ver una figura oscura que
se cernía sobre ella, la silueta de una mujer alta y delgada en una
gabardina. Antes de que ella pudiera siquiera hablar, esa silueta
intentó golpearla.

Desa se agachó y sintió un puño cerrado pasar sobre su
cabeza. Lanzó un par de golpes al estómago de Miri, luego se
levantó para golpear la nariz de la tonta mujer. Eso tuvo un
efecto. Miri jadeó y se alejó tropezando.

La mujer era sorprendentemente rápida, se movía a la velocidad del rayo mientras sacaba uno de sus cuchillos arrojadizos
y se lo arrojaba a Desa. El instinto hizo a un lado todo
pensamiento.

Con un gruñido feroz, Desa levantó el antebrazo izquierdo y
usó su pulsera para drenar la energía cinética. El cuchillo se
congeló en su lugar a escasos centímetros de ella, colgando en el
aire. Un pico de alarma pasó por Desa cuando se dio cuenta de
que Miri había intentado matarla.

Sacó su arma y apuntó al pecho de Miri. "¿Por qué?" exigió
"¿Por qué estás tratando de matarme?"

Miri retrocedió.

"¿Por qué?"

"¡Me asustaste!"

Desa dejó caer el brazo para mirar a la otra mujer. Le ardía la cara, tenía el ceño manchado de sudor y no estaba de humor para los juegos. "¿Te asusté? No, no lo creo. Las personas con tus habilidades no se asustan fácilmente."

La silueta sacudió la cabeza, luego retrocedió con las manos en el aire. "Pensé que podría haber sido un bandido" dijo Miri con el mismo acento punzante "O una de esas cosas grises que venía a matarnos".

Sí, el acento se mantuvo, pero el discurso de Miri fue más formal de lo que debería haber sido. Su máscara se resbalaba. "Estoy decepcionada" dijo Desa "Tus mentiras no suelen ser tan transparentes. Dime por qué no debería terminar contigo ahora."

"Señora Kincaid…"

Empujando su pistola hacia adelante, Desa amartilló con el distintivo *clic*. Si eso asustaba a Miri, la mujer no mostraba señales de ello. Pero su presencia en el grupo se estaba convirtiendo en un problema.

Desa había estado viviendo con miedo a la traición desde que esta mujer apareció con Sebastián pisándole los talones. Ya era suficiente. Sebastián, ella podía lidiar con ese tonto chico que era inofensivo, pero ¿Miri? Miri estaba entrenada y era mortal. "¿Quién eres tú?" preguntó "Tienes una oportunidad de responder y si no me gusta lo que escucho, apretaré el gatillo."

"Ella es Miri Nin Valia" dijo un hombre, saliendo de los árboles "Uno de los Ka'adri y un sirviente del Sínodo."

Alto y de hombros anchos, este recién llegado hubiera sido imponente en su largo abrigo, pero Desa se había encontrado más que su parte justa de hombres imponentes y cualquier asomo de respeto que pudiera haber sentido alguna vez había desaparecido hacía mucho tiempo. Además, ella conocía esa voz de todos modos.

Sus labios se retorcieron, mostrando los dientes apretados

mientras volvía su mirada hacia él. "Marcus" dijo "¿Qué te trae por aquí? No pensé qalgo pudiera hacer que te fueras de Aladar."

Marcus extendió la mano y le inclinó el sombrero. "Un placer verte también" dijo "Tú eres, después de todo, la razón por la que estoy aquí."

"¿Lo soy?" un pensamiento se le ocurrió "Espera… ¿No es Valia el apellido de tu madre? ¿Me estás diciendo que Miri es tu *hermana?*"

La otra mujer se dirigió hacia el campamento donde Tommy y Sebastián habían sido despertados por todo el ruido. Desa solo podía imaginar las preguntas que tendría que responder después de esto. Quizás era lo mejor.

"El Sínodo ya no tolerará tus… escapadas" respondió Marcus con una voz llena de desdén. "Se te ordena regresar a Aladar de inmediato."

Enfundando su revólver con un suspiro, Desa negó con la cabeza. "No puedo hacer eso y sabes por qué" dijo "Si Miri se ha estado escabullendo para verte, tiene sentido que nos has estado siguiendo. Lo que significa que viste lo que sucedió allí atrás."

Marcus se cruzó de brazos y levantó la barbilla. El amanecer que se acercaba proporcionaba la luz suficiente para que ella viera su ceño fruncido. "Sí, lo vi" escupió "Una razón más para que regreses."

"Y cómo has llegado a esa conclusión."

Comenzó a dar vueltas alrededor de Desa, gruñendo mientras bajaba un pie en la hierba. "Debes haber sentido el Éter en ese lugar" dijo "La equivocación. Aladar necesita sus mejores Enlazadores de Campo."

"Lo que necesitamos" insistió Desa "es atrapar a Bendarian antes de que repita lo que hizo en esa granja."

"¿Qué te hace estar tan seguro de que esto es obra de Bendarian?"

Desa exhaló un suspiro, avanzó y se colocó frente al hombre.

Ella levantó la vista para mirarlo a los ojos. "Sabes lo que pasó" dijo con firmeza "Bendarian intentó infundir directamente el Éter en personas vivas".

"¿Qué tiene eso que ver con esto?"

"Esas criaturas con las que luché" comenzó Desa "Estaban poseídos por algo. Una inteligencia de algún tipo."

"¿Y crees que Bendarian la puso allí?"

Estirando el cuello para sostener su mirada, Desa sintió que sus cejas se alzaban. "Eso tiene más sentido para mí que cualquier otra explicación" dijo "Si estás aquí, puedes ayudarme. Dos Enlazadores de Campo tendrán una mejor oportunidad contra Bendarian que uno solo."

Marcus hizo una mueca, alejando su rostro de ella. Por un breve momento, se puso rígido. "Esa no es mi misión" murmuró "Me enviaron para llevarte a casa."

"Entonces deja de lado tu misión por el momento."

Sus ojos cayeron sobre ella como balas tratando de perforar su carne y sus mejillas se sonrojaron hasta convertirse en un profundo color carmesí. "¿Quién te crees que soy?" Gruñó Marcus. "No puedo simplemente abandonar una misión sin la bendición del Sínodo."

"No tenemos tiempo para esto" gimió Desa "Incluso si escribieras una carta hoy, tomaría meses llegar a Aladar."

Para su sorpresa, Marcus respondió eso con una sonrisa irónica que casi la hizo querer golpearlo. El tonto de hombre siempre había sabido irritarla. "Has vivido entre primitivos demasiado tiempo" dijo "Hay otras opciones. ¿Cuándo fue la última vez que te molestaste en hacer una fuente eléctrica?"

Habían pasado años. La electricidad era una forma peligrosa de energía para aprovechar. Desencadenabas una Fuente Eléctrica y atacaría cualquier cosa que se acercara demasiado. Los sumideros eléctricos podrían ser aún peores, condenando a los atrapados en sus campos a una dolorosa muerte de convulsiones. "¿Por qué?" Desa preguntó "¿Estás planeando matar a alguien con un rayo?"

"Tengo una radio."

"¿Tienes *qué*?"

¿Había mejorado tanto la tecnología en solo una década? Cuando Desa había salido de Aladar hacía once años, las radios eran artilugios pesados y voluminosos con circuitos que no funcionarían bien cuando estuvieran expuestos a los elementos. No era el tipo de cosa que uno podría llevar fácilmente en un largo viaje, especialmente si se requería viajar a caballo.

Marcus levantó las manos para evitarla y dio un cuidadoso paso hacia atrás. "No lo tengo conmigo" dijo "Lo dejé en custodia en un banco en Ofalla. Podríamos viajar allí y conocer la voluntad del Sínodo en menos de dos días."

"Supongo que es algo" dijo Desa "Quizás alguien vea bien el dispositivo y aprenda una o dos cosas."

Marcus hizo una mueca ante eso. "Sabes que no compartimos tecnología" respondió "Invitaría a la invasión."

"Y *sabes* que nunca he estado de acuerdo con esa política. Ya estábamos en camino a Ofalla. Si deseas acompañarnos, no tengo objeciones." Haría las cosas más fáciles. Podría estar bastante segura de que Miri no trataría de matarla de nuevo mientras Marcus tuviera intenciones de llevarla a casa. Misericordia sabía que no había forma de deshacerse de la mujer.

"Iremos" dijo Marcus "y hablaremos con el Sínodo. Después de eso, será una simple cuestión de reservar un pasaje en un barco."

"Ya veremos…" Desa murmuró.

CAPÍTULO NUEVE

Tomó otro día y medio cabalgando para llegar a Ofalla y al final, Tommy estaba agotado. Hubiera esperado ver algo grandioso a su llegada, un gran muro de piedra que rodeara la ciudad, tal vez, pero no había nada de eso.

La ciudad parecía crecer casi naturalmente fuera del campo circundante. Pequeños edificios aparecieron casi al azar en el camino, cada vez más frecuentes a medida que se acercaban al centro de la ciudad.

Finalmente, los caminos de tierra se convirtieron en calles empedradas con farolas altas y negras en cada acera elevada. Estrechas casas urbanas con tejados de tejas negras estaban tan juntas que no había una pulgada de espacio entre ellas. ¡Y el ruido! ¡Oh, el ruido! Cada calle estaba llena de gente.

Viajaron lado a lado a lomo de caballo con Desa y Miri cabalgando sobre *Medianoche*, mientras que Tommy y Sebastián compartieron el castrado de su padre. La señora Kincaid había estado ansiosa por recuperar su montura y había insistido en que cambiaran de lugar esta mañana.

Marcus, el recién llegado a su grupo, montaba su propio caballo, una bestia orgullosa del color de una nube de tormenta de verano. Qué apropiado que hubiera llamado a la criatura "Trueno". Tommy pensó que le quedaba bien, pero Desa resoplaba cada vez que Marcus llamaba al caballo por su nombre.

En un momento, fueron empujados fuera del camino por un carruaje tirado por caballos que apareció detrás de ellos y pasó ruidosamente sin siquiera una disculpa del conductor. Algún aristócrata llegaba tarde a alguna función o eso creía Tommy. No hay tiempo que perder para dar aviso a la gente pequeña.

"Entonces, esta es la vida de la ciudad" murmuró Sebastián detrás de él. "Podría vivir sin esto."

Tommy frunció el ceño en su regazo y tomó las riendas un poco más fuerte. No sentía deseos de entablar más enfrentamientos verbales con el hombre que amaba. Lo mejor era dejar a Sebastián a su interminable letanía de quejas.

Doblaron una esquina…

Y Tommy jadeó.

Ante él, un enorme puente de piedra se extendía sobre un río que debía tener al menos una milla de ancho. "El Vinrella" dijo Desa cuando lo sorprendió boquiabierto. "Fluye desde las montañas Molarin hasta la costa este."

Tommy cerró la boca con un clic y luego sacudió la cabeza. "Pues es magnífico" susurró. "Señora. Kincaid, debo agradecerte por llevarnos contigo en este viaje.

Sebastián bufó.

Para su deleite, Desa giró la cabeza y lo favoreció con una sonrisa. "Puedes llamarme Desa, Tommy" dijo "Mi esposo está muerto y nunca he sentido mucho reclamo por el apellido de su familia."

Comenzaron a cruzar el puente con Marcus a la cabeza, montando su alto y delgado caballo color gris y ocasionalmente mirando hacia atrás para verificar al resto del grupo. Tommy no estaba seguro de qué hacía al hombre tan irritable, pero sospechaba que era algo entre Marcus y Desa, por lo que no quería ser parte de eso.

Se le ocurrió que el puente no era lo suficientemente alto como para dejar pasar barcos altos debajo de él, lo que significaba... lo que significaba que los Ofallans habían creado un maravilloso puerto comercial para ellos. Los barcos de río arriba tendrían que descargar su carga y transferirla a otras embarcaciones. Las cuadrillas que hicieran el trabajo casi seguramente obtenían una cuantiosa ganancia y Tommy estaba dispuesto a apostar a que la ciudad aplicaba aranceles a la carga que cambiaba de manos. Sí, un maravilloso y pequeño puerto comercial, de hecho.

Al otro lado del río, Ofalla tenía el mismo aspecto: casas altas y calles empedradas, carritos de frutas en la carretera donde los hombres prometían los mejores melocotones y ciruelas del condado. Le bastaría a Tommy con un melocotón mismo. Había sido una dieta constante de conejo y pato todo el camino, masticando las sobras en la silla y pasando hambre con tanta frecuencia como no.

Pronto, doblaron una calle lateral y se detuvieron frente a un edificio que tenía tres pisos de altura con tejas negras en su techo inclinado. El letrero en el frente lo llamaba el Hotel Herradura Dorada.

Marcus pasó una pierna sobre el lomo de su caballo y cayó al suelo con un gruñido. "El Señor Jackson me ofreció una tasa de descuento la última vez que me quedé en su propiedad" dijo "Estoy seguro de que volverá a hacer lo mismo."

Presionando sus labios con el ceño fruncido, Tommy miró hacia el cielo. Parpadeó mientras consideraba su situación. *Todo aquí es tan grande*, pensó para sí mismo. *Pues debe haber al menos diez mil personas en esta ciudad. ¿Cómo podemos encontrar a este Bendarian en todo ese bullicio?*

Sebastián lo empujó.

Tommy se forzó a cerrar los ojos, temblando mientras un pico de alarma que lo hizo querer saltar de la silla se desvanecía.

Esto no parecía correcto. ¿Por qué estaba incómodo cerac del hombre que amaba? "Por favor no hagas eso."

"Aliviánate" murmuró Sebastián, cayendo de la silla de montar. Se sacudió las manos y dirigió su atención a la Herradura Dorada. "Finalmente, una noche de sueño decente en una cama de verdad. No pensé que alguna vez tuviéramos eso otra vez."

Desa estaba sentada sobre de Medianoche y fulminando con la mirada a Marcus. "¿Confío en que podemos fiarnos de la discreción del Sr. Jackson?" ella preguntó "Si Bendarian todavía está en esta ciudad, preferiría no alertarlo de nuestra presencia."

Marcus respondió con una sonrisa insolente y un asentimiento tan leve que fue casi imperceptible "No debes preocuparte por eso" prometió "El hombre respeta la privacidad de sus huéspedes."

"¿Puedes estar seguro de eso?"

"Me atrapó en medio de infundir algunas balas" explicó Marcus "Dijo que no tenía interés en lo que hacía conmigo mientras no molestara a los otros huéspedes."

"Supongo que eso servirá." murmuró Desa.

Una hora después, Tommy estaba tendido sobre un suave colchón de plumas con las manos cruzadas detrás de la cabeza, sonriendo mientras miraba al techo con la mirada vacía. Era bueno recostarse por un tiempo. Los dolores que había olvidado ahora saltaban al frente de su mente.

Sebastián estaba en la ventana con la barbilla cruzada en una mano, acariciando su mandíbula mientras miraba por el cristal. "Deberíamos ir a explorar," dijo. "Apuesto a que podríamos quedarnos aquí un mes y aun así no ver toda esta ciudad."

"No creo que a la Sra. Kincaid le guste eso."

La cabeza de Sebastián se giró en un latigazo y sus ojos grises eran como atizadores calientes apuñalando el pecho de

Tommy. "¿Dejas que esa bruja molesta tome todas las decisiones por ti?" Él escupió "Pensé que tenías una mente propia".

"Desa nos salvó la vida."

"No, ella salvó *tu* vida. Fuiste el suficientemente estúpido como para elegir la horca."

Tommy se incorporó y se dio cuenta del dolor sordo en el hombro que había estado ignorando. "¿Y cuál era la alternativa?" preguntó "Dejar que mi hermano me vendiera como esclavo. Un solo día de ese tipo de vida te habría destruido, Sebastián. Eso lo sé muy bien."

"No habría llegado tan lejos" murmuró Sebastián "Mi plan era escapar."

"Eres un tonto."

Su pelea fue interrumpida por un golpe en la puerta y antes de que ninguno de los dos lo dejara pasar, Marcus asomó la cabeza por la habitación. "Estaremos cenando en diez minutos" dijo "Les sugiero que se unan a nosotros."

Tommy supuso que el hombre no necesitaba permiso para entrar en la habitación –después de todo, él también estaba durmiendo aquí– pero Marcus sabía de él y de Sebastián. El hombre probablemente quería respetar su privacidad.

"Pronto bajaremos" le aseguró Tommy. Hizo un gesto a Sebastián, pero el otro hombre parecía intentar fingir que no había escuchado una sola palabra de ese intercambio. Bueno, lo dejaría quedarse aquí con hambre si estaba tan dispuesto.

No pasó mucho tiempo antes de que Tommy se encontrara sentado en una de las largas mesas de madera en el salón del hotel. La luz del día a través de las dos ventanas delanteras le proporcionaba una iluminación más que suficiente para que él viera a las chicas que servían llevando comida y tazas de cerveza a los diversos huéspedes.

Una de ellas dejó una taza delante de él.

Tommy levantó la vista con una sonrisa tímida y asintió con la cabeza "Gracias," dijo. La niña, una muchacha bastante joven con ondas de largo cabello rubio, se sonrojó y luego pasó a la mesa de al lado.

Miri estaba frente a él con el codo sobre la mesa y la barbilla apoyada en el dorso de la mano. "Creo que le gustas". Su acento punzante había desaparecido, reemplazado por una enunciación clara y nítida. De hecho, sonaba muy parecido a Desa.

Ahora, fue Tommy quien se sonrojó y bajó los ojos, rascándose nerviosamente la cabeza. "Tengo compromiso" murmuró.

"Y supongo que no te gustan las chicas."

La pregunta lo dejó un poco desconcertado. Supuso que nunca lo había pensado mucho. ¿Le gustaban las chicas? Recordaba haberse enamorado de Darcy Miller, allá en casa, cuando tenía doce años, pero nunca había tenido el coraje de hablar con ella. Y después de eso, se había enamorado de Robert McGregor. "Supongo" dijo Tommy "que no sentiría aversión a ello."

"Entonces tal vez deberías ir a hablar con esa chica."

Tommy hizo una mueca y sacudió la cabeza. "No podría." Se sentó hacia adelante con los codos sobre la mesa y entrelazó los dedos sobre la parte superior de la cabeza. "Además, amo a Sebastián. Nunca podría traicionarlo."

Cuando levantó la vista, Miri lo miraba con los labios fruncidos y una expresión severa. "Eso es una pena, Lommy." Su apodo ridículo era aún peor sin el gangueo. "Porque Sebastián te traicionará."

"¿De qué estás hablando?"

"Ese chico es un problema."

"No… solo está enojado con el mundo."

"Bueno, puedo entender por qué" dijo Miri "La vida no es fácil cuando el mundo te odia simplemente por ser quien eres. Pero hay una diferencia entre tú y Sebastián."

"Y… ¿Y cuál es ésa?"

"Cuando el mundo te dijo que eras despreciable" comenzó Miri "miraste profundamente dentro de ti y te diste cuenta de que estaban equivocados. Pero Sebastián les creyó. Se odia a sí mismo. Pero más que eso, odia que el resto de nosotros no lo odiemos."

"¿Odiarnos a nosotros mismos?"

La sombría resignación en los ojos de Miri lo hizo temblar. "Ciertamente." Le dijo. "Mira la forma en que trata a Desa."

Poniéndose una mano sobre la boca, Tommy cerró los ojos y respiró por la nariz. "¿Por qué odia a Desa?" La pregunta lo había irritado por algún tiempo. "Nunca he visto a alguien con tanta animosidad hacia alguien que le salvó la vida."

"Es simple" dijo Miri "Desa Nin Leean es una mujer con poder y todo lo que Sebastián cree sobre el mundo le dice que eso no debería ser posible. En consecuencia, él la llama bruja. Si él puede explicar su poder como algo malvado ya no amenazará su hombría."

Las chicas de servicio les trajeron una comida de pato asado, zanahorias con mantequilla y brócoli y Lommy lo engulló... *¡Tommy!* ¡Se llamaba Tommy! Fue una buena comida, pero apenas se tomó el tiempo para saborearla. Comer era mecánico para él, hecho por necesidad y nada más.

Miri no dijo nada más sobre el tema de la inminente traición de Sebastián y ella trató de entablar una conversación amistosa sobre otros temas, pero él no se sentía tan hablador. Él solo quería comer y dormir y olvidar todo lo que había sucedido desde que Desa se lo llevó de su pequeño pueblo.

No, eso no iba lo suficientemente atrás. Lo que Tommy realmente quería era olvidar cada día que había pasado desde que su padre lo atrapó a él y a Sebastián en el pajar. Qué tonto había sido al pensar que el mundo le permitiría incluso un bocado de felicidad.

La comida terminó con una jarra de cerveza y estaba a punto de regresar a su habitación, pero un hombre con una espesa barba oscura entró a tocar la guitarra y Miri aprovechó la oportunidad para sacarlo a bailar. Al principio, Tommy se resistió, pero cuando otros comenzaron a bailar, eligió solamente seguir el juego. La alternativa era reanudar su pelea con Sebastián.

Giraron en círculos y Miri se rio de sus torpes intentos de recordar los pasos de cualquier baile que le habían enseñado. Finalmente, ella le dio unas palmaditas en la mejilla y le dijo: "Eres un buen hombre, Lommy. No te desperdicies en un desgraciado como Sebastián."

Metiendo las manos en los bolsillos, Tommy se dio la vuelta y se alejó arrastrando los pies con una sonrisa en su rostro. *Tal vez esto no era tan malo*, pensó. *Me hizo bien alejarme un momento de...*

Levantó la vista para encontrar a Sebastián parado al pie de las escaleras y mirándolo. Esa mirada fría hizo que Tommy quisiera gemir. ¿Cuánto tiempo había estado el otro hombre allí?

¿Y cuánto escuchó?

CAPÍTULO DIEZ

La luz del sol de la mañana a través de la ventana hizo que Desa se sintiera inquieta. Normalmente a ella le gustaban las mañanas, pero este amanecer traía consigo la posibilidad de seguir a Marcus a su banco y usar la radio para contactar al Sínodo. Se paró frente a un cristal rectangular forrado con marco marrón oscuro, observando rayos plateados rebotar en el techo negro inclinado al otro lado de la calle.

Un golpe en la puerta la sobresaltó.

Desa se paró con las manos entrelazadas detrás de sí misma y bajó la cabeza ante el sonido. "Puede entrar" gritó ella "Soy la única aquí".

Se giró a tiempo para ver que la puerta se abría hacia adentro, permitiendo que Marcus entrara en la habitación. Estaba vestido con pantalones marrones y su larga gabardina y llevaba su sombrero en una mano. "Confío en que estás lista para irnos."

Desa cerró los ojos, respirando profundamente para calmarse. "Te recordaría que es una idea terrible" protestó "El Sínodo no puede esperar comprender el peligro sin ver las atrocidades de Bendarian con sus propios ojos."

"Estuviste de acuerdo en hablar con ellos."

"Pero no de *acatar* su decisión" dijo Desa levantando un solo dedo. Sintió que sus cejas se alzaban mientras lo estudiaba. "Y la única razón por la que estuve de acuerdo con eso fue la leve esperanza de alistar a otros Enlazadores de Campo para nuestra causa."

Marcus se apoyó contra el marco de la puerta, cruzó los brazos y frunció el ceño mientras sacudía la cabeza. "Aladar no puede disponer de más Enlazadores de Campo" dijo "Perderte fue un golpe para la economía."

"Quizás deberíamos entrenar a otros."

"Blasfemia" escupió Marcus "Estos primitivas ni siquiera podrían comprender los principios más básicos."

Ladeando la cabeza hacia un lado, Desa parpadeó hacia él. "No estoy de acuerdo" dijo "He comenzado a instruir al joven Tommy en el arte. Muestra un potencial considerable."

Marcus se enderezó y su rostro se volvió tan sombrío como una retumbante nube de tormenta. Dio dos cautelosos pasos hacia adelante. "¿Revelaste los secretos del Enlace de Campo? Eso es un crimen capital, Desa.

"Nunca he estado de acuerdo con esa ley" respondió Desa "El Enlace de Campo no pertenece a Aladar. Es el derecho de nacimiento de todo ser humano."

"¿Potenciarías a nuestros enemigos?" Bramó Marcus "¿Darles los medios para destruir a Aladar?"

Desa levantó la vista para responder su mirada fija de la misma manera, luego entrecerró los ojos. "No son nuestros enemigos" insistió "Y no soy yo quien dejó la tecnología avanzada al cuidado de ellos."

La decepcionó cuando Marcus apoyó una mano en la empuñadura de su pistola y la miró como un sheriff que esperaba que un criminal huyera. "Vendrás conmigo para hablar con el Sínodo." No era una pregunta o siquiera una demanda. Viniendo de Marcus, era solo una declaración de hecho. "Y responderás por tus… decisiones."

Fue sin protestar, aunque no estaba segura de cuánto tiempo podría hacerlo. Era muy probable que el Sínodo exigiera su regreso inmediato a Aladar y si lo hicieran, Marcus no cedería. Una sensación fría se apoderó de Desa cuando se dio cuenta de que podría tener que matarlo a él y a Miri también. La mujer no lo tomaría amablemente si Desa matara a su hermano.

Aunque tomaba más tiempo, Marcus decidió caminar y dejar a sus caballos en el establo. Desa no estaba segura de qué hacer con eso. ¿Creía el hombre que a ella le resultaría más fácil escapar con *Medianoche*? Aun así, un viaje más largo significaba más tiempo para considerar sus opciones.

El banco estaba al otro lado del Vinrella, lo que significaba cruzar un puente que estaba lleno de gente incluso a esta hora temprana. Un grupo de mujeres jóvenes con vestidos coloridos se acercó a ellas; varios de ellos miraron a Marcus y cuando pasaron, Desa oyó unas risitas suaves.

El ruido constante de los cascos de los caballos le dijo que un carruaje se acercaba detrás de ellos y cuando pasó ruidosamente, el cochero –un tipo larguirucho con un abrigo gris– de hecho, levantó su sombrero de copa en señal de saludo. Era una hermosa mañana con un cielo azul claro y el sol flotando justo sobre el horizonte oriental. Incluso ahora, el día comenzaba a calentarse.

Con sus pantalones color canela y su gabardina marrón, Desa caminó con las manos en los bolsillos y mantuvo los ojos centrados en el suelo. "Te das cuenta de que si decidimos ir" comenzó "dejaremos a estas personas a las maquinaciones de Bendarian."

Marcus estaba a su derecha y miraba sombríamente a la distancia. ¿Estaba decidiendo qué hacer si Desa decidía no seguir las instrucciones del Sínodo? "No son nuestra gente" dijo "Tenemos otras preocupaciones."

"Eso parece desalmado."

"Es la simple verdad."

Desa miró por encima del hombro y lo miró con los ojos entrecerrados. "Nunca te interesó el mundo más allá de nuestras fronteras" dijo "Pero ahora pareces ansioso por verlo arder. Dime, ¿sucedió algo mientras estaba lejos?"

La incomodaba cuando Marcus ponía una mano sobre su arma, pero parecía hacerlo sin pensar. Su pecho se expandió mientras respiraba y luego asintió una vez como confirmación. "Ha pasado demasiado."

Eso se sintió ominoso, pero Desa decidió no presionar el punto. Su mente estaba llena de imágenes de tropas eradianas que asediaban a Aladar, de Enlazadores de Campo destrozando ejércitos de hombres a caballo, del rugido de los cañones.

Le hizo sentir náuseas.

Cuando finalmente llegaron, el banco estaba abriendo. Un edificio gris de piedra con un voladizo en forma de arco que enmarcaba la puerta principal de madera, el lugar parecía muy imponente a los ojos de Desa. Casi más como una iglesia que como un banco. Quizás, ese era el propósito original del edificio antes de que la nueva gerencia comprara la propiedad.

Un hombre mayor con un largo abrigo negro con botones plateados en el puño de cada manga deslizó una llave en la cerradura con una mano temblorosa. Lo movió varias veces y luego gruñó mientras abría la puerta.

Finalmente, el hombre se dio la vuelta.

Alto y delgado como una caña, estaba más que presentable con una corbata alrededor del cuello de su camisa blanca. Su cara curtida estaba llena de pliegues, pero su cabello plateado seguía siendo grueso y lleno. "Señor Von… Von…"

"Von Tayros" corrigió Marcus.

El banquero cerró los ojos, exhalando por la nariz y luego asintió con la cabeza a Marcus. "Supongo que desea recuperar su equipo" dijo "Una pena. Dos dólares al día es lo mismo que la mayoría de los huéspedes pagan en un buen hotel. Soy reacio a separarme de los ingresos."

Mostrando los dientes con un silbido, Marcus dio un paso adelante y trató de desollar al otro hombre vivo con su mirada. "Pago por discreción" dijo "Confío en que no has estado hurgando en mi propiedad."

"No hay necesidad de tales teatrales" le aseguró el banquero "Un contrato es un contrato y si lo quisiera, podría tener a la Guardia de la Ciudad aquí en minutos. Tus amenazas apenas veladas pueden intimidar a los rufianes que buscas para obtener recompensas, pero puedo asegurarte que no tendrán tal efecto en mí."

Marcus dudó como si estuviera sorprendido por su propia muestra de hostilidad. Desa ciertamente se sorprendió por eso. El joven que había conocido en Aladar había sido sombrío, pero este Marcus era un cartucho de dinamita esperando una chispa. Dos veces ahora, había cogido su pistola mientras estaba bajo el control de la ira y Desa tenía cada vez más miedo de lo que podría hacer si ella se negaba a volver a Aladar.

"Solo llévanos a la bóveda" gruñó Marcus.

"Como desees."

El banquero cojeó atravesando la puerta abierta y cuando lo siguieron, Desa se encontró en una habitación grande con un techo abovedado de ladrillos grises. El escritorio de un empleado estaba colocado justo frente a la entrada principal y un hombre en mangas de camisa trabajaba a la luz que entraba por una ventana en forma de arco.

Era un tipo corpulento y con gafas que levantó la vista el tiempo suficiente para entrecerrar los ojos y gruñir cuando reconoció a Marcus. "Señor Von Tayros murmuró, abriendo uno de sus libros y hojeando páginas de libros de contabilidad. "Tiene pagado hasta fin de mes, señor. ¿Desea recuperar su equipo hoy?"

"Eso quiero."

"¿Y puedo preguntar sobre la identidad de su compañera?"

Marcus lanzó una mirada en su dirección y por alguna

razón, sus labios se curvaron en la más delgada sonrisa. "Esta es Desa Nin Leean" dijo "Ella me acompañará."

El hombre corpulento se levantó y pescó un anillo de llaves del cajón de su escritorio. Hecho esto, se dirigió hacia una puerta de metal empotrada en la pared del fondo. "Si por favor vienen conmigo" dijo sin molestarse en ver si realmente le seguían.

Marcus se volvió hacia Desa.

Ella se encogió de hombros apáticamente y luego hizo un gesto al empleado que huía. "No me mires" dijo "Tú eres quien insistió en venir aquí. Si tuviera que soportar la condena del Sínodo, terminaría con ello pronto."

Caminaron por un pasillo central con gruesos pilares de piedra a cada lado, pasando escritorios donde los contadores trabajaban diligentemente. La mayoría ni siquiera se molestó en mirar. Todo sobre este lugar parecía diseñado para evocar pensamientos de religión. La arquitectura incluía todos los motivos visuales que había visto en las pocas iglesias que había visitado y sin embargo, no había púlpito. Las iglesias generalmente no tenían bóvedas construidas en ellas.

Presionando sus labios, Desa sintió arrugas en la frente. "Este lugar…" dijo "¿Siempre fue un banco?"

El corpulento empleado se detuvo a medio paso y miró hacia ella. "Sin duda se refiere a la arquitectura" dijo "El señor Phillips le encargó al gran Jian Castelli que diseñara este edificio. Dijo que quería algo que inspirara sobrecogimiento y esto es lo que obtuvo."

Desa resistió el impulso de hacer un comentario sobre los hombres y su aparentemente interminable necesidad de exigir respeto a través de la construcción de grandes y molestos monumentos a su poder. Solo un prestamista optaría por imbuir un lugar de comercio con significado religioso.

El empleado deslizó una llave en un agujero en la puerta de la bóveda y con un fuerte movimiento de su muñeca, la abrió.

La puerta gimió cuando se abrió hacia afuera para revelar un lugar que se parecía mucho por dentro a un bloque de celdas.

Desa entró con los labios fruncidos, sacudiendo la cabeza. "Jaulas para la gente" dijo. "Jaulas para dinero. Es curioso cómo deberían verse tan similares."

A ambos lados de un pasillo estrecho, las puertas con barrotes miraban hacia montones de lingotes de oro o montones de billetes atados con cintas delgadas. La fortuna contenida aquí probablemente podría alimentar a una ciudad durante al menos un año.

Marcus la siguió hasta la bóveda, luego cerró los ojos y exhaló. "Era el lugar más seguro que pude encontrar para almacenar la radio" dijo "Si le parece, Sr. Hatch, me gustaría inspeccionar el equipo que dejé a su cuidado."

El corpulento empleado no se quejó mientras se abría paso entre el estrecho espacio entre Desa y Marcus y se alejaba por el pasillo. Los condujo a una puerta más pequeña al final, luego la abrió.

En el interior, encontraron una mesa simple que sostenía una caja de madera ornamentalmente tallada con una parrilla en el frente y dos antenas que sobresalían de la parte superior. Había algún otro dispositivo conectado a la caja por cables.

"Gracias, señor Hatch" dijo Marcus "Eso sería todo."

El empleado se cruzó de brazos y le dirigió a Marcus una mirada de desaprobación. "Estoy obligado a supervisar sus movimientos siempre que permanezca en la bóveda" dijo "Pero si desea privacidad, estoy seguro de que la oficina del Sr. Kent será suficiente."

"No, gracias", dijo Marcus. "Puede quedarse."

Se acercó a la mesa y sacó algo de su bolsillo. Se parecía mucho a un pequeño botón de metal con tres puntas sobresaliendo. Levantando la radio para exponer su parte inferior, conectó esas puntas en las ranuras hechas para encajarlas. "Una Fuente Eléctrica" dijo. "Infundido con suficiente energía para durar casi un día de uso continuo. Esto solo debería tomar un momento."

Marcus comenzó a jugar con los diales, produciendo un crujido de la parrilla en la radio y el empleado saltó hacia atrás sorprendido. "Hechicería" susurró mientras el color desaparecía de su rostro. "¿Qué clase de magia negra es esta?"

"No es magia negra" dijo Marcus "Es tecnología."

Con una pequeña sonrisa, Desa inclinó la cabeza hacia el pobre hombre. "Es un dispositivo" dijo "No es diferente a una máquina de vapor."

"Pero cómo…" tartamudeó el secretario.

Desa solo palmeó el brazo del hombre y esperó que eso fuera suficiente para calmarlo. Una década de viajar por el continente Eradiano le había dado un poco de simpatía por los pueblos de esta tierra. Marcus necesitaría aprender tanta paciencia si pretendía unirse a ella en su misión.

Era fácil llamar a estas personas primitivas, pero eso no las hacía inferiores. No había nada especial en los ciudadanos de Aladri más allá de la buena fortuna de haber nacido en una sociedad con una comprensión más avanzada de la física.

El empleado volvió a saltar cuando una voz salió de la parrilla de la radio, usando el idioma Aladri. Por eso Marcus había permitido que el empleado se quedara; Sabía que había muy pocas posibilidades de que el hombre entendiera lo que había escuchado.

"Marcus Von Tayros" dijo una mujer a través de la radio. "Has estado fuera de contacto durante bastante tiempo."

Plantando los puños en sus caderas, Marcus se paró con la espalda vuelta y asintió como si el orador pudiera verlo y también oírlo. "Disculpas, prelado" dijo en Aladri. "Pero tengo a Desa Nin Leean conmigo."

"¿La encontraste?"

"Lo hice."

"Bueno, entonces…" Esa voz altanera solo podía pertenecer

a Daresina Nin Drialla, la mujer que había dirigido el Sínodo cuando Desa huyó de Aladar en busca de Bendarian. Parecía que ella había conservado su posición durante los años intermedios. "¿Qué tienes que decir exactamente, Desa? ¿Abandonando a tu gente?"

"Mi lealtad no es solo hacia Aladar sino hacia todas las almas vivas de esta Tierra" respondió Desa *"Nosotros los abandonamos* cuando permitimos que Bendarian entrara a sus tierras sin oposición."

"Y sin embargo, diez años después, su mundo permanece intacto."

"No estés tan segura" replicó Desa "Marcus y yo hemos visto cosas que justificaron la idea de que Bendarian era, en el peor de los casos, una amenaza menor. Ha torcido el Éter de alguna manera y ha desatado… algo."

"¿Algo?"

Desa frunció el ceño cuando el recuerdo de lo que había visto en esa granja le envió un escalofrío por la espalda. "No sé qué fue" explicó "Una entidad de algún tipo, pero muy inteligente y tengo la sensación de que ha estado buscando una forma de entrar en nuestro mundo desde hace bastante tiempo."

"¿Se ha vuelto loca, Marcus? Daresina inquirió "Quizás la exposición a los lugareños la ha infectado con sus supersticiones."

Marcus apretó la mandíbula con obstinado desafío y Desa se preparó para lo peor. Tal como iban las cosas, no la sorprendería si él decidiera negar ver algo fuera de lo común. Tal vez pensó que eso la haría más propensa a regresar a Aladar con él. "Desa Nin Leean dice la verdad" dijo para su sorpresa "Algo despojó la vida y el color de la tierra."

"¿Qué quieres decir con 'despojó del color'?"

"Quiere decir que la tierra era gris" interrumpió Desa "Y los árboles y la gente. Todo era gris: cada piedra, cada hoja, cada brizna de hierba. Encontré balas que se habían vuelto grises y resisten cualquier intento de infundirlas con una conexión al Éter. Fuera lo que fuese, parecía destruir el orden natural."

"¿Puedes confirmar esto, Marcus?"

Él cruzó las manos detrás de la espalda y sus labios se separaron para mostrar los dientes apretados. "Acabo de hacerlo" dijo con fuerza "La amenaza es real".

"Necesitamos Enlazadores de Campo" agregó Desa.

"Enlazadores de Campo?" Daresina exclamó "¿Estás loca o simplemente tonta? No puedo disponer de un recurso tan precioso en un rumor. De hecho, esta ciudad necesita que su Enlazador de Campo más hábil regrese a casa."

Desa se quedó con las manos en los bolsillos de su gabardina, con la cabeza gacha mientras dejaba escapar un suspiro. "No puedo volver a casa" dijo "Lo que Bendarian ha hecho puede amenazar al mundo entero."

"No me interesan tus excusas, Desa."

Levantó la vista lentamente y luego entrecerró los ojos. "Esas no son excusas" dijo, su voz tan fría como una helada de invierno. "Si no me ayudas a proteger a estas personas, entonces no hay nada más que decir."

"Marcus" dijo Daresina "Tomarás a Desa Nin Leean bajo custodia y la devolverás a Aladar en el barco más rápido que puedas encontrar."

No dispuesto a desafiar el Sínodo, Marcus se volvió hacia ella y la miró de arriba abajo. "No hagas esto más difícil de lo que tiene que ser". Su mano se acomodó una vez más en su arma. ¿El tonto realmente iba a forzar el problema?

"No voy a volver contigo" dijo Desa.

"¿Cómo puedes desafiar al Sínodo?"

"Hazlo el tiempo suficiente y se vuelve notablemente fácil."

"Marcus" dijo Daresina "Vas a…"

Antes de que pudiera terminar esa oración, Desa levantó la radio y extrajo la Fuente Eléctrica de su parte inferior. La transmisión terminó con un sonido chisporroteante, y luego Desa empujó el dispositivo hacia Marcus.

Tropezó hacia atrás cuando lo recibió en sus manos, luego giró la cabeza para mirar a la pared. El cambio que siguió fue bastante visible. Su expresión se endureció con resolución. "Vas a hacer que te lleve".

"No podrás llevarme."

Girando con un ademán ostentoso, la gabardina ensanchada con el movimiento, Desa salió de la celda. El empleado retrocedió sorprendido, parpadeando, pero ella ya estaba a mitad de camino por el pasillo y se dirigía hacia la puerta de la bóveda.

Escuchó el sonido de pasos detrás de ella y estaba claro por el ritmo de Marcus que tenía la intención de alcanzarla. Quizás tenía la intención de contenerla antes de que ella pudiera salir del banco. O tal vez trataría de razonar con ella otra vez. De cualquier manera, ella estaba preparada para hacer lo que fuera necesario.

Podía sentir sus baratijas como pequeños paquetes de conocimiento en el fondo de su mente. El Sumidero de Gravedad en su cinturón, el Sumidero de Luz en su collar. Sus dagas que podían freír o congelar cualquier cosa que apuñalara, su pulsera que podía detener siete u ocho balas antes de que tomara toda la energía cinética que podía manejar: todos estaban con ella, pero eso hizo poco para calmar su miedo. Habían pasado años desde la última vez que se vio obligada a luchar contra otro Enlazador de Campo.

Abrió la puerta de la bóveda y se congeló.

Cinco hombres con uniformes azul oscuro y gorros de pico estaban de pie uno al lado del otro al final del pasillo. El que estaba en el medio, un sargento, junto a las charreteras sobre sus hombros, dio un paso adelante y dijo: "Por orden de la Guardia de la Ciudad, estás bajo arresto."

CAPÍTULO ONCE

Desa levantó la vista con una expresión sombría y sintió una oleada de calidez en su rostro. "¿Bajo qué cargo?" preguntó ella, caminando a través del pasillo entre los pilares. "Solo somos viajeros que pasan por la ciudad. No hemos violado ninguna ley."

En medio de una línea de cinco hombres, el sargento se mantuvo desafiante con la espalda recta y los hombros firmes. Parecía listo para mirar fijamente una ola de marejada. "El cargo es brujería y la práctica de las artes oscuras."

Hizo una mueca, sacudiendo la cabeza mientras cerraba más de la mitad de la distancia. "Eso es una tontería" dijo "Como le dije al Sr. Hatch, el dispositivo que mi amigo guarda dentro de la bóveda no es más que una pieza de maquinaria."

En segundos, Marcus se acercaba para pararse a su lado y dirigía una mirada dura a los hombres que se cruzaban en su camino. "Se te ordena partir" dijo "Por la autoridad del Sínodo de Aladar".

Cruzando los brazos sobre su pecho, Desa se volvió hacia él y levantó la vista para encontrarse con su mirada. Su ceño se frunció. "Te das cuenta de que *justo* estaba tratando de convencerlos de que no somos más que simples viajeros, ¿verdad?"

"Retírense de nuestro camino" insistió Marcus.

Al unísono, los cinco hombres sacaron sus armas. El sargento dio un paso adelante y sacudió la cabeza. "No nos hagan recurrir al uso de la fuerza" declaró "Vengan al Magistrado y lo solucionaremos."

"No hay necesidad de esto" comenzó Desa "Nosotros…"

Marcus metió la mano en su bolsillo y les arrojó una moneda, el metal brillante atrapó la luz mientras giraba por el aire. En ese instante de sorpresa, los cinco hombres fueron arrojados de sus pies, como por un fuerte viento, arrojados al suelo.

Cuando la ola cinética la golpeó, Desa no se resistió. Ella simplemente cayó hacia atrás, golpeó sus manos en el suelo y se puso de pie. Aprovechó la oportunidad para correr hacia el pilar más cercano y esconderse detrás de él antes de que los vigilantes comenzaran a abrir fuego.

Cerrando los ojos mientras respiraba hondo, Desa apoyó la cabeza contra el pilar de piedra. "Cinco hombres" se susurró a sí misma "Todos en una línea… Ataca desde el lado donde no pueden disparar todos a la vez."

Abrió los ojos para encontrar a Marcus apoyado contra un pilar al otro lado del pasillo, mirando a la vuelta de la esquina para ver bien a los vigilantes. "Están sin aliento" dijo levantando el martillo de su pistola. "Ataca ahora antes de que se recuperen."

"¡Espera!" Desa siseó.

Se subió el collar por encima de la cabeza y cerró el puño con tanta fuerza que el colgante metálico se clavó en su piel. "Hombre tonto", gruñó, arrojando el collar alrededor del pilar. Se deslizó por el suelo y no tuvo que mirar para saber que había aterrizado justo donde lo quería. "Hay otras formas de resolver problemas."

Desa desenvainó sus cuchillos.

Con un pensamiento, activó el Sumidero de Luz y escuchó los resoplidos de los hombres que se habían encontrado en la oscuridad. Una rápida mirada alrededor del pilar le mostró un extraño parche oscuro en medio del banco, como si toda la penumbra del mundo hubiera decidido unirse en un solo lugar.

Su collar solo tomó suficiente luz para reducir a cada hombre a una silueta sombría. Podía ver las formas de sus cuerpos, pero no había color y por la forma en que tropezaban, estaba claro que estaban petrificados.

Desa corrió hacia ellos.

Un hombre tenía su pistola levantada, pero no sabía a dónde apuntar. "¡Todopoderoso, ayúdanos!" otro bramó "¡Ayúdanos!"

Con un cuchillo en cada mano, Desa saltó a la oscuridad, eligiendo a un hombre al final de la línea como primer objetivo. Oyó el ruido de sus botas en las baldosas, se volvió para mirarla y trató de levantar su pistola.

Desa abanicó con un cuchillo, golpeó el arma y se la arrancó de la mano. Ella usó el otro para causar un corte delgado y poco profundo en el cuello del hombre, produciendo un grito cuando su enemigo tropezó hacia atrás.

Desa lo pateó en el pecho.

Perdiendo el equilibrio, cayó de espaldas hacia el siguiente hombre de la fila y ambos cayeron al suelo. El tercer hombre de la fila, el sargento, pareció darse cuenta de que había suficiente luz para distinguir la forma de cada cuerpo. Giró su brazo, apuntando con su arma a Desa.

Cayendo hacia atrás, Desa se sostuvo golpeando ambas manos contra las baldosas. Hubo un trueno y las balas pasaron por encima de ella, cada una enterrada en la pared.

Ella dejó que la luz volviera.

El sargento cerró los ojos, no estando preparado para el brillo repentino y se tambaleó. Eso le dio a Desa la apertura que necesitaba. En un instante, ella estaba erguida y arrojaba una daga.

Cayó de punta a punta, golpeó el arma del hombre y le quitó el arma. Jadeó y se estrechó su mano frenéticamente por el aguijonazo de dolor de los cortes superficiales. Ahora que podían ver de nuevo, los dos hombres finales se estaban separando para no estar en una fila.

"¡Ni se les ocurra!" Gruñó Marcus.

Estaba de pie en el pasillo entre pilares con una mano extendida, apuntando con su arma a uno de los dos vigilantes restantes. La expresión de su rostro –la sombría resignación en sus ojos– lo dejaba claro: no quería apretar el gatillo, pero lo haría.

En esa breve pausa, los dos primeros hombres que Desa había derribado se pusieron de pie y lanzaron miradas nerviosas por la habitación. "Ella es un demonio" tartamudeó uno. "Un jodido demonio. No podemos dejar que se escape."

"Han visto nuestro poder" dijo Marcus "No nos obliguen a pelear con ustedes."

El sargento seguía mirando el corte en su mano y cuando volvió la mirada hacia sus hombres, el miedo en su voz decía mucho. "Estos dos tienen un poder diferente a todo lo que hemos visto" dijo "Podríamos tomarlos, pero algunos de nosotros moriremos."

"Estoy dispuesto" dijo un hombre.

Siseando el aire entre los dientes, Desa sacudió la cabeza. "Esto es más que una tontería" dijo "¿El hecho de que hayamos hecho todo lo posible para evitar hacerles daño no significa nada? Matarlos hubiera sido mucho más fácil."

El sargento volvió su mirada fría hacia ella y asintió a regañadientes. "Eso es cierto" dijo "Pero usted es culpable de un delito, señora. La brujería está expresamente prohibida por la ley."

"Lo que hacemos no es brujería."

"Lo que he visto aquí dice lo contrario."

"¡Bien ahora!" una fuerza punzante retumbó por la habitación. Desa se encogió tan pronto como lo oyó. Ella conocía esa voz demasiado bien.

Los cinco vigilantes de la ciudad se separaron para revelar a un hombre con el torso de barril en pantalones negros y una camisa blanca de pie en la puerta. Era pálido, con un bigote grueso y oscuro que mostraba más que unas pocas motas plateadas y sus ojos estaban sombreados por el ala ancha de su sombrero negro. "Quieres que se haga algo bien" dijo "¿Cómo va el resto de eso?"

"¡Morley!" Desa siseó.

Sin pensarlo, sacó su revólver, amartilló y apuntó directamente al pecho del vil. Disparó una, dos, tres veces, llenando la iglesia de truenos furiosos y Morley tropezó cuando las balas masticaron su cuerpo. La sangre negra empapaba su camisa impecablemente blanca.

El hijo de puta cerró los ojos y cuando los abrió de nuevo, eran tan negros como los que había visto en la gente gris. Como si alguien hubiera llenado el interior de su cráneo con alquitrán. Pero esto no era lo mismo. Aparte de sus ojos, Morley estaba a todo color y no parecía estar bajo el control de esa criatura. "¿Algo pasa, Desa?" preguntó "No es exactamente lo que esperabas, ¿verdad?"

Morley abrió rasgando su camisa, enviando sus botones volando y expuso tres agujeros en su pecho. Agujeros de los que rezumaba limo negro. En cuestión de segundos, se cerraron, dejando solo la piel inmaculada.

Morley levantó la vista para mostrarle una sonrisa beatífica, luego sacudió la cabeza muy lentamente. "Es parte de mí ahora, cariño" dijo "No puedes matarme."

Desa gritó.

Corrió hacia él, saltó y echó su puño hacia atrás para golpear su cara vil. Cuando se acercó lo suficiente, la mano de Morley se levantó bruscamente para agarrar su camisa y sostenerla con sus botas colgando a varios pies del suelo.

Ella lo golpeó de todos modos.

El hombre le sonrió con sangre negra goteando de sus fosas nasales, gotitas de sangre deslizándose sobre su barbilla. "Lord Bendarian me ha dado una nueva vida" declaró "¡Y tú querida, no eres más que un insecto!"

Lanzó a Desa con una fuerza increíble y la envió volando hacia atrás por el pasillo. Ignorando su temor, Desa usó la hebilla de su cinturón para liberarse del tirón de la gravedad. De esa manera ella volaría todo el camino de regreso a la bóveda.

Cuando se acercó, dio un giro hacia atrás, presionó los pies contra la puerta de metal y se empujó para lanzarse hacia su enemigo. Morley estaba sacando un revólver de su funda y apuntando.

Desa dejó que la gravedad se reafirmara.

Aterrizó en el pasillo y corrió a toda velocidad, levantando su mano izquierda para protegerse. Hubo un CRACK ensordecedor, CRACK y luego dos balas se detuvieron justo en frente de ella. Corrió hacia el pilar más cercano.

Desa golpeó su hombro contra él, refugiándose en la seguridad de la cubierta. ¡Y ni un segundo demasiado pronto! Las balas rozaron el costado del pilar, rompiendo trozos de piedra. Sus oídos resonaban por el ruido.

Levantando su arma frente a su cara, su cañón apuntando hacia el techo, Desa jadeó. "Balas" jadeó "Balas."

Abrió el cilindro y cargó rápidamente tres balas grises más que había sacado de la granja. Ninguna estaba infundida por supuesto, pero harían el truco. Oh sí, lo harían.

Desa se arrojó de lado, rodando por el ancho del pasillo y se arrodilló. Ella extendió su brazo y disparó.

Otra bala atravesó el pecho de Morley, obligándolo a tambalearse hacia atrás con los brazos agitándose. Eso le dio un segundo para levantarse y correr hacia el siguiente pilar, cubriéndose detrás de él y recuperando el aliento.

"¡No puedes ganar, perra!" La voz de Morley resonó por el banco. "¡No hay nada que tengas que pueda matarme! ¿Entiendes?"

Hubo un bramido triste cuando Marcus salió volando de espaldas atrás para aterrizar sobre uno de los escritorios de madera de los contadores. Toda la estructura cedió bajo su peso y él cayó al suelo.

Ella giró alrededor del pilar para encontrar a Morley caminando por el pasillo con los dientes al descubierto. "¿Qué puedes hacer contra mí?"

"Algo como esto."

Levantando el arma con ambas manos, Desa entrecerró los ojos mientras apuntaba. Disparó una y otra vez, quemando las cinco municiones. Con cada golpe, Morley tropezaba y la sangre negra empapaba su ropa.

Estaba fuera de balance.

Desa corrió hacia él, saltó y empujó su hombro hacia la cara del hombre, arrojándolo sobre su espalda. Desenfundó su única daga restante y la hundió hasta el fondo en el estómago de Morley.

Echó la cabeza hacia atrás y gritó. Entonces, el hombre aún podía sentir dolor. Bueno, esa era ciertamente una buena noticia. Sin embargo, antes de que pudiera celebrar, Morley agarró dos puñados de la camisa de Desa y la arrojó hacia arriba.

Que era exactamente lo que ella quería.

Desa activó el Sumidero de Gravedad de la hebilla del cinturón para que no se cayera y cuando su espalda golpeó el techo, gruñó. Girándose para colgar en posición vertical, agarró una viga del techo abovedado y se balanceó como un péndulo. Luego activó la Fuente de Calor que había infundido en el cuchillo. Los gritos de Morley llenaron sus oídos.

En la cúspide de su arco, se soltó, se hizo un ovillo y dio un salto mortal en el aire. Cuando estuvo lo suficientemente lejos, dejó que la gravedad volviera a tirar y cayó para aterrizar en el pasillo.

Ella se dio la vuelta.

Morley estaba en el suelo, retorciéndose de dolor cuando su piel se volvió roja y profunda. Su ropa se incendió y en segundos, manchas oscuras de carne carbonizada aparecieron por todo su cuerpo. Se estaba quemando ardiendo vivo.

Desa se desplomó, con la cabeza caída por la fatiga. El sudor le empapaba el pelo y le gruesas gotas se deslizaban por su frente. "Se acabó" susurró "Cinco largos años cazándote y finalmente estás…"

Morley, chamuscado y ennegrecido, se incorporó con un jadeo. Luego, para su sorpresa, se levantó y se dio la vuelta para mirarla con una sonrisa. "¿Eso es todo lo que tienes, perra?" Su voz sonaba como hielo picado. "¿No estás escuchando? *¡No puedes* matarme!"

Solo empeoró cuando sus quemaduras comenzaron a sanar. La carne quemada se volvió roja y luego rosada y finalmente recuperó un tono de carne pálida. Las ampollas se encogieron y se encogieron hasta que todas desaparecieron, dejando atrás una carne suave. La mayor parte de su ropa, ahora solo cenizas ennegrecidas, se desmoronó, dejando solo la parte superior de sus pantalones como un par de pantalones cortos irregulares.

Su bigote se había ido, sus cejas y su cabello también, pero se mantuvo sano y fuerte. "¡Ven entonces!" Dijo Morley "Terminemos".

Cuando miró más allá de Morley, vio a Marcus parado en el pasillo detrás de él. Estaba claro que no podían ganar esta pelea. La misma fuerza que Bendarian había desatado en el mundo había transformado a Morley en algo inhumano.

Desa volvió a mirar a los vigilantes de la ciudad.

Estaban agrupados cerca de la entrada principal del banco,

todos pálidos, todos sudando y uno de ellos rezaba por su vida. "¡Corran!" ella gritó "¡Esto está más allá de ustedes!"

Desa usó su Sumidero de Gravedad.

Ella saltó y pateó la cara de Morley, luego giró en el aire y lo pateó nuevamente con la otra pierna. El crujido áspero de una nariz rota le dio una sensación de satisfacción cuando Morley retrocedió.

Aterrizó en cuclillas, metió la mano en el bolsillo y se deslizó los nudillos de latón. "¿Quieres pelear conmigo?" ella siseó "¡Ven entonces! ¡Prueba el olvido!"

Morley se enderezó de golpe, la sangre goteaba de su barbilla y recibió un regalo con la desagradable visión de su nariz que literalmente volvía a su lugar. "¡Te destrozaré, perra!" Y entonces él estaba cargando hacia ella.

Lanzó un golpe perverso.

Desa se agachó y sintió una ráfaga de aire sobre su cabeza. Ella golpeó con su propio puño contra el pecho de Morley y los nudillos de bronce liberaron una terrible explosión de energía cinética que lo levantó.

Fue impulsado de espaldas por el pasillo, agitándose impotente mientras trataba de agarrarla. Segundos después, cayó al suelo y patinó unos pasos más, deteniéndose justo frente a Marcus.

Como se esperaba, Marcus saltó y disparó hacia arriba, sin restricciones por la fuerza de la gravedad. Sacó su pistola, giró el cilindro y luego apuntó su arma directamente hacia su enemigo.

El aire se partió con el sonido del trueno.

La bala de Marcus no golpeó a Morley, sino que aterrizó justo frente a él. Rugió de risa. "Tu puntería es terrible, Enlazador de Cam..." Morley cortó repentinamente cuando rayos de chisporroteante rayo azul salieron de la bala. Algunos golpearon los pilares; algunos golpearon el techo y otros golpearon a Morley.

Gritó cuando la corriente eléctrica atravesó su carne recién curada, quemándola de nuevo. Era el aullido de un alma condenada, el lamento triste de un hombre que sentía un dolor más allá de las palabras.

Milagrosamente, ninguno de los rayos golpeó a Marcus, que se cernía a unos pocos pasos sobre la cabeza de Morley. La infusión que había creado debe haber sido diseñada para liberar energía eléctrica en cualquier objeto cercano *menos* a él, de la misma manera que el brazalete de Desa solo tomaba energía cinética de los objetos que se acercaban a ella. Ese era un Enlace de Campo verdaderamente notable. Tendría que aprender ese truco.

Lanzando su pistola detrás de sí mismo, Marcus disparó una bala contra la pared. El retroceso lo impulsó hacia adelante, sobre Morley y por el pasillo hacia Desa. Cuando se acercó, cayó al suelo.

Marcus se puso rígido. "Eso no lo someterá."

"Deberíamos correr" coincidió Desa.

Se apresuraron por la puerta sin otra palabra de discusión, estallaron en una calle con edificios grises y rechonchos al otro lado. Uno o dos tenían chimeneas que arrojaban humo al cielo.

Desa y Marcus cruzaron la calle corriendo y con una sincronía casi perfecta, dispararon sus Sumideros de gravedad y saltaron. Libres del tirón de la Tierra, se elevaron a la azotea del edificio más cercano y aterrizaron allí.

Desa cerró los ojos, el sudor rezumaba de sus poros. Su aliento llegó en jadeos desiguales. "¿Me crees ahora?" ella jadeó "¿Ves el peligro que representa Bendarian?"

Marcus estaba inclinado con las manos sobre las rodillas, gruñendo de irritación. "Este no es el momento" dijo "Si nos quedamos aquí, morimos."

Tan pronto como emitió esa advertencia, el sonido de las puertas que salían volando de sus bisagras los sobresaltó para darse la vuelta. Con nada más que un par de pantalones cortos hechos jirones, Morley estaba debajo de la entrada en forma de arco del banco. "¡Tú!" gritó, empujando un dedo hacia Desa "¡Esto termina ahora!"

De repente, estaba saltando al otro lado de la calle.

Desa salió corriendo a toda velocidad por la azotea plana, tratando de ignorar el temor helado que le apretaba el corazón. Cuando se acercó al borde, activó su Sumidero de Gravedad y saltó, cruzando la brecha en un largo arco. Marcus la siguió un segundo después.

Aterrizó en el techo inclinado de una casa y trepó por su superficie hasta la cima. Allí, se detuvo el tiempo suficiente para mirar hacia atrás. Morley estaba cargando a través del tejado que acababa de dejar.

Por el otro lado del techo entonces. Se cayó a medias, corrió a medias hasta llegar a la repisa y luego saltó. Una vez más, la hebilla del cinturón la protegió de lo que habría sido una caída desagradable y la llevó como un halcón volando a la casa de enfrente. Aterrizó allí y liberó su control de la gravedad. Su hebilla casi había tomado toda la energía que podía. Unos minutos más de esto y ella sería incapaz de saltar de techo en techo. "Necesitamos un nuevo plan."

Jadeando en el borde del techo inclinado, Marcus miró por encima del hombro. "Creo que tienes razón."

Corrieron hacia la cima y Desa sacó una bala del bolsillo interior de su abrigo. Cuando se giró, vio a Morley bajando rápidamente por la pendiente del techo al otro lado de la calle, sus pies descalzos dejando grietas en las tejas a cada paso. "Dispara tu Sumidero de Gravedad" dijo Desa "Y déjalo encendido hasta que te diga lo contrario."

Ella hizo lo mismo.

Morley saltó de la repisa del techo sin la ayuda de Enlace de Campo y voló a través de la calle a una velocidad cegadora. Aterrizó en la cima de esta nueva casa con la fuerza suficiente para enviar trozos de azulejos negros volando, luego echó la cabeza hacia atrás y rugió.

"Los hombres y sus interminables muestras de agresión" murmuró Desa.

Lanzó la bala y la vio pasar sobre la cabeza de Morley para aterrizar en la calle detrás de él. Luego activó la fuente de gravedad que le había infundido. Morley fue empujado hacia atrás por manos invisibles, arrancado del tejado. Aterrizó en la calle con un rugido desgarrador.

"Hora de irse" dijo Desa.

Corrieron por el otro lado del techo y saltaron, permitiendo que la gravedad reafirmara una astilla de su poder y los tirara al suelo. También desaceleró su movimiento hacia adelante. La bala todavía los empujaba hacia atrás.

Cuando aterrizaron en la calle, Marcus rápidamente llevó a Desa a un callejón. "Ven" dijo "No podemos vencerlo con la fuerza. Nuestra única opción es escondernos y rezar para que no nos encuentre."

Una vez que estuvieron fuera de la vista, Desa extinguió la fuente de gravedad que había infundido en esa bala. Dejarlo activo era peligroso. Tiraría de cualquier cosa dentro del alcance. Los cuchillos saldrían volando de las mesas; las personas en casas cercanas serían arrojadas a las paredes. Usar una fuente de gravedad era solo un poco menos arriesgado que usar una fuente eléctrica, pero Morley la había dejado sin opción. El hombre los habría matado a ambos si ella no lo hubiera sometido.

Corrieron la mayor parte de una hora antes de que Desa estuviera convencida de que Morley ya no los perseguía.

CAPÍTULO DOCE

En el instante en que cruzó la puerta de la habitación que compartía con Miri, Desa se quitó el sombrero y lo arrojó sobre su cama. Se acercó a la ventana, apoyó los puños en las caderas y sacudió la cabeza. "¿Ahora que hacemos?" murmuró ella "Morley nunca antes había tenido tanto poder."

Cuando se volvió, Marcus estaba encorvado en la puerta con una mano sobre su estómago, respirando con dificultad. "Era más que solo poder crudo" dijo "Debes haberlo sentido: la incorrección en él."

Desa se sentó en el alféizar de la ventana, se cruzó de brazos y frunció el ceño al suelo. "Ciertamente lo sentí" murmuró ella "Fue lo mismo que sentí en esa granja."

"Este hombre debe morir."

"Y no podemos matarlo."

Hubo un sonido de raspado cuando Marcus entró en la habitación, levantó la barbilla y le dio lo que podría haber sido una mirada conciliadora. El hombre parecía tener mirada para fulminar para cada ocasión. "Me equivoqué al oponerme a ti" dijo "Este Morley debe morir antes de que podamos siquiera considerar la idea de regresar a Aladar."

"Gracias."

"Entonces, ¿cómo lo hacemos?"

Con un codo en la rodilla, Desa se cubrió la boca con una mano. Ella cerró los ojos y consideró la pregunta. "La entidad que encontré en la granja parece estar manteniendo vivo a Morley."

Marcus se sentó en el borde de su cama y luego miró fijamente algo en la pared. "Entonces, si podemos cortar su conexión con él" comenzó "eso podría quitarle sus extraños poderes."

"O matarlo directamente."

Fueron interrumpidos por el sonido de alguien tocando la puerta y cuando Desa dio permiso para entrar, Lommy entró tropezando en la habitación… ¡Tommy! Maldición, pero el extraño apodo de Miri para el chico se estaba volviendo contagioso.

Tommy jadeaba, con la cara enrojecida y brillante como si acabara de subir los cuatro tramos de escaleras entre esta habitación y el salón. "¿Escuchaste?" tartamudeó. "Algún alboroto en el distrito del mercado."

"Me temo que hicimos algo más que escucharlo" dijo Desa.

"Lo causamos" agregó Marcus.

Por alguna razón, Tommy estaba pálido como un fantasma después de escuchar eso, pero para su crédito, el muchacho cerró los ojos, contuvo el aliento y tomó el control de sí mismo. "Debería haberlo imaginado" dijo "¿Entonces qué pasó?"

"Nos encontramos con Morley."

"¿Y lo mataron?"

Gruñendo por el dolor en sus piernas y espalda, Desa se levantó y marchó hacia adelante para pararse frente a él. Ella sacudió su cabeza. "Me temo que no. Parece que Morley no puede ser asesinado por ningún medio a disposición."

"¿Qué quieres decir con 'no se puede matar'?"

Explicó brevemente que Morley estaba en contacto con lo

que sea que había animado a las personas grises en la granja y vio cómo el horror en los ojos de Tommy se hinchaba hasta el punto del pánico total. Esta vez, el muchacho tuvo que trabajar un poco más duro para reducir el miedo, pero lo logró.

Cuando preguntó qué deberían hacer a continuación, Desa estaba perdida. Si Morley hubiera sido simplemente invulnerable a la mayoría de las cosas que matarían a un hombre común, eso habría sido una cosa. Podrías arrojar a un hombre así a una celda y dejar que se pudra. Pero Morley también había mostrado hazañas de increíble fuerza. ¿Podrían los muros de piedra sostenerlo?

Desa habría dicho que necesitaban más Enlazadores de Campo, pero qué bien haría eso cuando sus mejores infusiones solo hubieran frenado a Morley. Tenían que encontrar una manera de aislarlo de la entidad.

Ella y Marcus pasaron la mayor parte de media hora debatiendo cómo hacerlo mientras Tommy escuchaba sin comentarios. El pobre muchacho probablemente deseaba haberse quedado en su pequeño y tranquilo pueblo. Para algunas personas, una sentencia de muerte sería preferible a los horrores que Tommy había visto.

"Bendarian intentó infundir a las personas con el Éter" dijo Marcus.

"Si."

"¿Sabemos cómo lo logró?"

Desa arrugó los ojos con fuerza, luego contuvo un suspiro tembloroso. "No creo que lo haya logrado" dijo "Esta cosa… sea lo que sea… parecía implicar que no era de nuestro mundo."

"¿Qué significa eso?"

"Significa…"

Antes de que pudiera terminar esa oración, la puerta se abrió hacia adentro para revelar a una mujer alta y delgada parada en el pasillo. Esta era dolorosamente hermosa con un vestido blanco que le dejaba los hombros desnudos. Su rostro estaba inmaculado con una barbilla con hoyuelos, mejillas hundidas y profundos ojos azules y el cabello dorado le caía hasta la parte baja de la espalda. "¿Eres Desa Kincaid, supongo?"

Desa se sintió bastante tonta, sentada en el suelo de espaldas a la pared y con las piernas estiradas. "Sí, y ¿quién podrías ser?" ella preguntó con una ceja levantada. "Más concretamente, ¿cómo supiste encontrarme aquí?"

La mujer se deslizó en la habitación con el aire altivo de alguien que asumió que una invitación era una conclusión inevitable. "Mi nombre es Adele Delarac" comenzó "Sé lo que hiciste esta mañana."

"¿Lo que hice?"

"No seamos remilgosos, Sra. Kincaid" dijo Adele "Estoy muy al tanto de tu escaramuza con Morley. Conocía al hombre antes de que se transformara en… lo que sea que se haya convertido y entonces lo encontré odioso. Ahora, él es una amenaza para todos en esta ciudad y creo que nadie está mejor calificado para poner fin a esa amenaza que tú."

Marcus se puso de pie en un instante, de pie justo detrás de Adele y frunciendo el ceño hacia la parte posterior de la cabeza de ella. "La pregunta relevante" dijo "es *cómo* sabes tanto. Y por qué deberíamos confiar en ti."

Un ligero toque carmesí inundó las mejillas de Adele, pero ella asintió como si hubiera estado esperando esa pregunta. "Soy sensible" dijo. "He estado en comunión con el Éter desde que era una niña y lo he usado para vigilar los eventos en esta ciudad. Desa Kincaid, eres la única que puede detener a Morley antes de que haga más daño."

"¿Una sensible?" Tommy preguntó. Nadie se molestó en responder su pregunta.

Desa se puso de pie.

En dos zancadas rápidas, ella estaba cara a cara con la otra mujer y miraba con ceño de desaprobación. "Parece estar muy bien informada, señorita Delarac" dijo "¿Qué te hace pensar que puedo destruir a Morley?"

Adele cerró los ojos y se marchitó como una flor moribunda. "Sé que eres una Enlazadora de Campo" respondió ella. "Te he visto a través del Éter".

"Entonces sabes que mis mejores esfuerzos no tuvieron un efecto duradero en Morley. Entonces, te preguntaré de nuevo: ¿por qué vienes a mí?"

"Lo he visto en el Éter. Lo destruirás."

Alejándose de la otra mujer, Desa cruzó los brazos mientras caminaba hacia la pared. "Me perdonarás si no te tomo tu palabra" dijo "Por lo que sé, Radharal Bendarian te envió aquí. No hay nada que hayas dicho que él no podría haberte dicho."

"Nadie desprecia a Bendarian más que yo".

"¿Cómo conoces siquiera a Bendarian?" Marcus exigió.

Esa era una muy buena pregunta. La curiosidad hizo que Desa se diera la vuelta y cuando lo hizo, se sorprendió al descubrir que Adele estaba bastante nerviosa. La mujer se revolvió como si no estuviera completamente segura de qué hacer consigo misma. "Tal vez has notado mi apellido" dijo al fin "Delarac. Como en el alcalde Timothy Delarac. Soy su sobrina."

"Eso no responde a mi pregunta" insistió Marcus.

En el rabillo del ojo, Desa vio a Tommy parado junto a la ventana y rascándose la barbilla mientras consideraba la historia de Adele. El chico parecía haberse formado una opinión, pero no estaba dispuesto a compartirla.

Adele se quedó allí parada con los brazos colgando y los ojos fijos en las puntas puntiagudas de sus botas de cuero. "Mi tío con frecuencia organiza fiestas para la aristocracia de la ciudad" dijo "Bendarian suele estar presente."

Bueno… era un comienzo. Al menos, ahora, Desa tenía alguna idea de dónde podría encontrar al hombre, pero el hecho de que Bendarian se hubiera estado congraciando con las élites de la ciudad no era un buen augurio. Sugería que sus planes eran lo suficientemente grandes como para necesitar un respaldo financiero considerable.

"Entonces, lo emboscamos fuera de una de estas fiestas" sugirió Marcus.

"No" interrumpió Desa antes de que alguien más pudiera hablar. "La probabilidad de que personas inocentes queden atrapadas en el fuego cruzado es demasiado alta. Nuestro objetivo debería ser descubrir el lugar de residencia actual de Bendarian."

"¿Y confrontarlo allí?"

"Quizás."

Adele abrió su bolso, recuperó un pequeño trozo de papel y se lo entregó a Desa. La nota era solo una dirección escrita en una escritura suave y fluida, una dirección en el barrio noroeste de la ciudad a menos que Desa no supiera. "Mi tío le ha enviado a Bendarian no poca cantidad de correspondencia" dijo "Pude conseguir eso fácilmente."

Desa levantó la vista para estudiar a la mujer, luego entrecerró los ojos. "Qué conveniente" dijo "Supongo que si fuera a este lugar, ¿encontraría a Bendarian completamente preparado para mi llegada?"

"¿Qué quieres decir?"

"Ella quiere decir que es una trampa" dijo Marcus sin rodeos. El hombre se colocó detrás de Adele y acercó sus labios a su oído. "Desa tiene razón; esto es demasiado conveniente."

Adele se estremeció cuando sintió su aliento en la mejilla. "Solo quiero ayudar" dijo "Por favor, deben creerme."

"Creo, señorita Delarac, que debería irse ahora" La voz de Desa no solo era fría; fue una ráfaga de aire helado. "Mis amigos y yo tenemos mucho que platicar."

"¿Crees que ella irá?" Sebastián preguntó.

Bañado por la luz del sol que entraba por la ventana, Tommy

se sentó al borde de la cama con las manos sobre las rodillas. Sacudió la cabeza y gruñó en respuesta. ¿Quién podría decir qué haría Desa Kincaid? ¿O por qué lo haría?

Sebastián estaba apoyado contra la pared al lado de la ventana, golpeándose la pierna del pantalón y sin mirar nada en absoluto. "Eso es lo que quiere hacer, ¿no?" continuó "¿Ir a matar a este personaje Bendarian?"

"No sé lo que quiere."

"Tú estabas ahí."

Tommy se dejó caer sobre el colchón de plumas y parpadeó hacia el techo. "De hecho ahí estaba" dijo "Por todo el maldito bien que hizo. Hubo varios puntos en los que estaba seguro de que se habían olvidado de mí."

Sebastián le dio la espalda, apoyó las manos en el alféizar de la ventana y se inclinó para mirar por el cristal. "¿Es eso algo malo?" él murmuró "Que ella nos olvide. Podemos seguir nuestro camino."

"Hemos hablado de esto…"

"Sí, pero…"

La puerta se abrió para admitir a Marcus, y el hombre no mostró preocupación por haber interrumpido su conversación. Caminó por la habitación con botas que golpearon el piso de madera, arrojó un trozo de papel sobre la pequeña mesa en la esquina y suspiró.

Un momento después se giró, miró por encima del hombro y observó a Tommy con toda la sospecha de un lobo que esperaba que su presa saliera corriendo. "¿De qué están hablando ustedes dos?" se quejó él "¿Todavía están tratando de decidir si abandonan a Desa Nin Leean?"

"Nunca haríamos tal cosa" protestó Tommy.

"Debieran."

Tommy se enderezó y sintió que se le caía la mandíbula. Le tomó un momento recuperar la compostura, pero empujó la ansiedad hasta el fondo de su estómago. "No entiendo. ¿Por qué quieres que la traicionamos?"

"¿Traicionarla?" Marcus se burló "Chico, la liberarías de la carga de tener que mantenerte con vida. Hemos viajado lo suficientemente lejos. Hay pocas posibilidades de que te encuentres con alguien de tu pequeño y tranquilo pueblo. ¡Toma tu caballo, baja por el camino sur y no mires atrás! Incluso te proporcionaré suficiente dinero para reservar un pasaje en un barco si estás dispuesto a hacerlo."

Cada palabra era como un puñetazo en el intestino. Todo lo que Tommy podía hacer era evitar desgarrarse. Odiaba sentirse como una carga. El Todopoderoso tenga piedad, se había sentido así toda su vida –con su hermano, con su padre, con la mayor parte de la aldea– y estaba jodidamente cansado de eso.

Sebastián se apartó de la ventana con una sonrisa maliciosa y luego se encogió de hombros. "¿No es eso lo que te he estado diciendo?" preguntó "Deberíamos irnos."

"Escucha a tu amante, muchacho" Marcus dijo irritantemente "Si sabes lo que es mejor para ti, estarás en camino en una hora."

Tommy quería argumentar, pero ¿qué podía decir? Cuando veías algo de una manera y el resto del mundo te decía que estabas equivocado, bueno… La opinión de una persona no equivalía a mucho cuando estaba en contra de todo eso. Estaba siendo egoísta al quedarse aquí y obligar a Desa a cuidarlo.

Pero tenía miedo de irse…

Quería decir eso, pero Marcus salió de la habitación sin decir una palabra y cerró la puerta con tanta fuerza que hizo temblar el marco. Eso dejó a Tommy solo con un muy engreído Sebastián.

El otro hombre estaba sentado junto al alféizar de la ventana con las manos juntas, sonriendo al suelo. "Deberíamos irnos" dijo de nuevo "No hay nada para nosotros aquí."

"Y nada para nosotros allá afuera."

"Tommy…"

"Es verdad."

Con un gemido, Sebastián se levantó y caminó hacia la mesa en la esquina. Cogió el trozo de papel y escaneó su contenido. "Ahora, ¿qué crees que es esto?"

"La dirección de Bendarian" murmuró Tommy.

El otro hombre se dio la vuelta para mirarlo con una ceja levantada. "¿Me estás diciendo que esto es lo que Desa Kincaid ha estado buscando?" Sebastián preguntó "Bueno, entonces ella ya debe estar a medio camino de la casa del hombre. Apuesto a que estará muerto al atardecer."

"Desa cree que es una trampa" explicó Tommy "Ella no confía en la mujer que nos dio eso y no puedo decir que la culpo."

Sebastián sonrió mientras sostenía el papel a la luz. Luego lo arrugó y lo tiró al suelo. "¡Excelente!" él dijo "Mientras ella y Marcus están ocupados deliberando, tú y yo podemos escapar."

"No me iré."

"Escuchaste lo que dijo Marcus. Mi amor, quiero decir que no te ofendas, pero en una pelea, eres menos que inútil. De hecho, en realidad eres un obstáculo. Lo mejor que puedes hacer es alejarte de Desa Kincaid para que no tenga que desperdiciar energía protegiéndote."

La furia impulsó a Tommy a ponerse de pie y lo hizo elevarse sobre el otro hombre. El calor en su rostro solo rivalizaba con el infierno que ardía en su pecho. "¡No me importa lo que dice Marcus!" el insistió "¡Desa no se habría ofrecido a enseñarme Enlace de Campo si no creyera que podría ser de utilidad! ¡Me niego a verme a mí mismo como una carga!"

"Todavía estás decidido a aprender su magia vil" murmuró Sebastián "Lo juro por todo lo sagrado: conocer a Desa Kincaid es lo peor que nos ha pasado."

"Ella nos…"

"Me vuelves a decir cómo nos salvó y podría tener que darte

una bofetada. No quiero tener nada que ver con una bruja, Tommy."

Sebastián marchaba por la habitación y abría la puerta antes de que Tommy pudiera siquiera pensar en protestar. Hizo una pausa breve, ofreció una última mirada fulminante y luego salió al pasillo. "Es hora de que te enfrentes a los hechos, Tommy" dijo "Este no es lugar para ninguno de nosotros."

CAPÍTULO TRECE

Miri fluyó a través de las multitudes de personas con facilidad, pasando a hombres con abrigos oscuros y bombines, mujeres con vestidos coloridos y el extraño carruaje tirado por caballos que se abría paso por la calle estrecha. Ofalla era una ciudad cosmopolita con todo tipo de personas diferentes. Algunos eran claros, otros oscuros. Algunos tenían las características de los hombres del extremo sur. Nadie la notaba; en una multitud como esta, ella no se destacaría.

Un pequeño grupo de personas se separó, permitiéndole echar un vistazo a su presa. Sebastián caminaba por la calle arrastrando su abrigo con fuerza, moviéndose con la prisa de un hombre con un lugar importante donde debía estar.

Apretando los dientes, Miri lo miró. Su boca se torció. *¿Qué te traes, muchacho?* Ella se preguntó. *Desa y Marcus se centran tanto en este personaje de Morley que te ignoran por completo.*

Sebastián se giró.

Miri dejó que la multitud la rodeara como agua sobre una roca en un río. En segundos, una docena de personas bloquearon su vista del niño y la vista de él hacia ella. ¿La vio él? Sólo había una forma de averiguarlo.

Comenzó a avanzar nuevamente, deslizándose alrededor de dos hombres bien vestidos que se pararon al pie de las escaleras que conducían a una casa y luego doblaron una esquina hacia otra calle estrecha. Esta tenía menos gente.

Sebastián estaba a poca distancia con la espalda vuelta y los hombros encorvados. La forma en que apretaba su abrigo a pesar de la cálida luz del sol de la mañana solo se sumaba a la nube de inquietud que irradiaba de él. Chico tonto. Caminar así era una buena manera de convencer a un agente de la ley de que eras un ladrón… o algo peor.

Miri comenzó a caminar calle arriba con contoneo en su paso y una sonrisa en su rostro, asintiendo a varias personas que pasó. Todos respondieron con sonrisas amistosas.

A su izquierda, vio un carrito de frutas junto a la carretera donde un hombre de piel cobriza en su mediana edad proclamó que tenía las mejores manzanas que alguien haya probado en su vida. Bueno… No podías dejar que un reclamo como ese quedara sin respuesta.

Cuando pasó el carrito, dejó unos centavos en el borde y tomó una manzana antes de que el hombre pudiera siquiera ofrecer su asentimiento de aprobación. "¿No quiere su cambio?" él la llamó. Ella lo ignoró.

Lanzando la manzana hacia arriba, Miri echó la cabeza hacia atrás y la atrapó con los dientes. Sus incisivos arrancaron un trozo de piel y cuando la manzana cayó, aterrizó en la palma de su mano. La práctica era una buena forma de mantener su coordinación.

Sebastián estaba a unos treinta pasos por delante de ella, todavía acurrucado y todavía moviéndose a un ritmo rápido. El niño triste ni siquiera se molestó en mirar hacia atrás. Lo que solo podría significar una de dos cosas. O realmente era tan inútil como parecía…

O era un maestro en fingir tal ineptitud.

Ella siguió.

Su viaje los llevó alrededor de dos esquinas más y bajó una colina inclinada hacia la orilla del río. Entonces Sebastián pasó por uno de los puentes más pequeños que se extendía a través del Vinrella. Naturalmente, ella lo siguió.

Miri arrastró los piés con ambas manos en los bolsillos de su abrigo, sacudiendo la cabeza mientras estudiaba los adoquines. "Quizás ya haya tenido suficiente. Quizás finalmente haya decidido dejarnos a todos" murmuró "Ciertamente facilitaría las cosas."

Al otro lado del río, subieron otra colina inclinada donde hombres con ropas ásperas corrían hacia abajo dirigiéndose a los muelles. Marineros, a menos que ella perdiera en su suposición. Bueno, ciertamente asustaron a Sebastián. Él dio un salto y luego miró a su alrededor.

Miri se perdió de vista detrás de un conjunto de escaleras que conducían a la puerta principal de una casa gris. Mirando a través de las barras de metal que sostenían la barandilla, vio a Sebastián salir por una calle lateral.

Cerrando los ojos con fuerza, Miri sintió una gota de sudor en la frente. Un suspiro se le escapó. "Por supuesto…" susurró ella "Era demasiado esperar que el niño se dirigiera hacia las afueras de la ciudad."

Ella lo siguió.

Unos cuantos giros más los llevaron a una calle sin pretensiones con casas que se veían uniformemente similares a todas las demás que había visto hasta ahora. A los ojos de Venganza, esta ciudad era un lugar triste. Lo que ella no daría por ver algo con un poco de estilo. ¡Una casa amarilla con persianas verdes! ¿Era demasiado pedir?

Sebastián eligió una unidad en el medio de la calle, subió los escalones hacia el porche y golpeó la puerta. Un momento después, fue respondida por una sirvienta con piel oliva oscura y rizos de cabello castaño que enmarcaban su rostro.

Miri estaba demasiado lejos para escuchar lo que se decía, pero Sebastián fue admitido sin mucha protesta.

Esto no podía ser bueno.

El vestíbulo de la casa de Radharal Bendarian estaba débilmente iluminado, pero la pequeña ventana redonda en la puerta proporcionaba suficiente iluminación para que Sebastián viera una escalera que conducía al segundo nivel y alfombras de color rojo oscuro en el estrecho pasillo que se extendían hasta la parte posterior de la casa.

Un hombre apareció en la parte superior de las escaleras y Sebastián saltó hacia atrás con la fuerza suficiente para hacer sonar la puerta cuando la golpeó. Este tipo parecía sacado de un cuento de hadas. Una mirada y estaba claro que debía haber sido Bendarian.

El hombre era alto y delgado, guapo con un abrigo azul bien hecho. Su rostro podría haber sido cincelado por un escultor y el cabello tan rubio que era casi blanco caía hasta la parte baja de su espalda. "Debo felicitarte" dijo, descendiendo los primeros pasos. "Muy pocas personas podrían haber entrado en mi casa. Pero muy pocas personas han escuchado el nombre Desa Nin Leean."

Cerrando los ojos, Sebastián dejó caer la cabeza diciendo. "Ella ha sido una compañera de viaje mía durante algún tiempo" dijo, dando un paso vacilante hacia adelante. "Y me libraría de ella si pudiera."

"Palabras más verdaderas nunca fueron habladas."

Sebastián miró al hombre con los ojos muy abiertos y sintió una contracción en la comisura de su boca. "Pareces ser la persona a la que ella teme" comenzó "Tú y esa monstruosidad de servidor tuyo."

Una sonrisa iluminó el rostro de Bendarian y sacudió la cabeza mientras descendía al pie de las escaleras. "¿Y qué sabrías de los hombres que tengo a mi servicio? El frío en la voz del hombre hizo que Sebastián se sintiera incómodo."

"Solo lo que me dice mi amante" insistió "Desa Kincaid… Es decir, Desa Nin Leean, peleó con tu hombre esta mañana."

"Eso hizo."

"Y perdió."

"¿Perdió? Ella todavía vive, ¿verdad?" Había amargura en esa pregunta. "Apenas lo llamaría una pérdida… ¿Qué estás haciendo aquí, muchacho?"

Fue todo lo que Sebastián pudo hacer para evitar que su voz temblara, pero se armó de valor, dio un paso adelante y sostuvo la mirada del otro hombre. "Deseo proponer un intercambio" dijo "Te digo dónde encontrar a Desa Kincaid…"

"La Herradura Dorada."

Sebastián se encogió.

Eso trajo otra sonrisa a la cara de Bendarian, ésta más fría y cruel que la anterior. "¿Cómo crees que mi gente encontró a Desa Nin Leean esta mañana?" preguntó "El señor Jarvis en el banco, corrió a reunir a la Guardia de la Ciudad mientras Desa estaba ocupada en su bóveda. Vale la pena tener aliados en los lugares correctos."

"Yo… Bueno…" Forzándose a cerrar los ojos, Sebastián tragó saliva y respiró entrecortadamente. "Supongo que no me necesitas entonces."

"Tonterías" respondió Bendarian. "Solo un tonto deja pasar la oportunidad de convertir a un enemigo potencial en un aliado. Pero mucho dependerá de su precio."

"Solo quiero irme" susurró Sebastián "Te contaré todo lo que quieras saber sobre Desa Kincaid y a cambio, mi amante y yo nos vamos. Sin hacer preguntas."

Bendarian hizo un gesto hacia la escalera y luego subió al segundo piso como si el hecho de que Sebastián lo seguiría fuera una conclusión inevitable. Por supuesto que lo fue. Sebastián había llegado así de lejos; no tenía sentido volver ahora.

En el segundo piso, encontró otro pasillo estrecho con profundas alfombras y puertas de color burdeos en una pared. Una conducía a lo que parecía ser una sala de estar con dos sillas a la luz de una ventana que daba a la calle de abajo.

Bendarian fue a una pequeña mesa, destapó un decantador y vertió vino rojo oscuro en dos vasos. Se giró y se dirigió hacia Sebastián con un vaso en cada palma, los tallos de las copas entre sus dos dedos medios. Esa sonrisa fría había regresado.

Sebastián tomó un vaso sin dudarlo, se lo llevó a los labios y tomó un sorbo de vino. "Bastante bien" murmuró "Mejor que cualquier cosa que mi padre tuviera, de todos modos."

"Entonces" comenzó Bendarian "Solo quieres irte. Estar libre de Desa Nin Leean y su imprudente venganza. Un objetivo bastante modesto, si lo digo yo mismo."

"Es lo que quiero" insistió Sebastián.

Levantando su vaso con exquisito equilibrio, Bendarian volvió a sonreír y luego tomó un trago. "¿Estás seguro de que eso es todo lo que quieres?" preguntó "Un hombre en mi posición podría ser un amigo valioso para ti."

La sangre se fue de la cara de Sebastián cuando recordó las cosas que había visto en el viaje a esta miserable ciudad. "Vi lo que hiciste" susurró "Esas criaturas grises. Yo... no quiero ser parte de eso."

"Qué poco entiendes" dijo Bendarian, volviéndose hacia la ventana. La cálida luz del sol en su rostro casi lo hizo parecer hermoso. Angelical. No se parecía en nada al hombre que podía invocar los horrores que Sebastián había visto. "Mi objetivo es nada menos que la perfección de la humanidad."

"Convertiste a esas personas en bestias salvajes."

"Y lo que aprendí al hacer esto me permitió regalarle a mi asociado, el Sr. Morley; un poder que nunca podría imaginar. Tú también puedes tener ese poder, muchacho.

"No quiero tal poder."

Sebastián sintió un extraño aleteo en el vientre, una sensación similar a la que había experimentado al caer de una rama muy alta de un roble en el borde de la propiedad de su padre. Pero lo que lo sorprendió fue la forma en que Bendarian soltó su vaso… y no se cayó. "El poder" dijo el hombre "no debe dejarse de lado casualmente."

Abrazándose, Sebastián se frotó los brazos y dio un paso atrás. "No quiero ser un Enlazador de Campo" dijo "Mi alma ya está manchada sin caer en la brujería."

"Enlace de Campo" se burló Bendarian "Has pasado demasiado tiempo con Desa Nin Leean. Ella te ha entrenado para pensar en pequeño."

"¿Qué más hay?"

Un trozo de hielo se instaló en el estómago de Sebastián cuando Bendarian dio un paso adelante con una sonrisa burlona. "Ven conmigo, muchacho" dijo "Ve por ti mismo."

Subiendo los últimos escalones hasta el segundo piso de la Herradura Dorada, Miri suspiró cuando encontró a Tommy parado en medio de un pasillo con paneles de madera en las paredes y linternas de parafina para complementar la luz que entraba por las ventanas en cada extremo del corredor.

El joven estaba parado allí como una estatua que solo rogaba a las palomas que se posaran sobre sus hombros. Su inquebrantable mirada estaba fija en la pared y ella podía decir que estaba rumiando sobre las mismas preocupaciones que lo habían plagado desde el momento en que salieron de Glad Meadows.

Ahora, ella tenía que empeorar eso.

Miri cruzó el pasillo a paso ligero, sacudiendo la cabeza con frustración. "Creo que deberíamos hablar, Lommy" dijo "Las cosas han empeorado".

Se volvió hacia ella, levantó la vista y luego apretó la mandíbula. Bueno. El muchacho tenía algo de fuego en el vientre. "Mi nombre es Tommy" insistió "Hemos pasado por esto una y otra vez y me he cansado tanto de tu pequeño nombre de mascota por..."

"Sebastián nos ha traicionado."

Tommy parpadeó y luego dio un paso atrás. Cualquier aspecto de confianza se desvaneció cuando se desplomó contra la pared. "¿Que pasó?" Sin protestas. Sin declaraciones vehementes de que su amante nunca haría tal cosa. Quizás estaba empezando a creerle.

Miri dio un paso adelante con los puños cerrados, incapaz de levantar la vista del piso de madera polvorienta. "Fue a una casa en el barrio noroeste de la ciudad" respondió ella "Y como no conoce a nadie fuera de nuestro grupo..."

"Fue a ver a Bendarian" se quejó Tommy.

"No pareces sorprendido."

El muchacho hizo el tipo de cara que uno podría ver en un niño de cinco años que se vio obligado a tragar aceite de hígado de bacalao y luego sacudió la cabeza. "Ha estado hablando de irse durante días" dijo Tommy "Y odia a Desa."

Apoyada contra la pared frente a él, Miri dejó escapar un suspiro. "Sí... tienes razón en eso" dijo en voz baja "Empaca tus cosas; debemos irnos de una vez. Se lo diré a los demás."

"Tal vez deberían dejarme."

"Disparates."

Tommy levantó la vista y su rostro se endureció. La ira en su mirada en realidad la puso un poco incómoda. "Tu hermano no lo cree" espetó "¿Cómo lo dijo? Toma tu caballo y vete, muchacho. No eres más que una responsabilidad."

"Marcus está equivocado acerca de muchas cosas."

"No acerca de esto."

"Ahora, escúchame, Lommy... Lommy... ¿Cuál es tu apellido, de todos modos?"

"Smith."

"No, ese no es bueno" Miri arrugó la nariz con desagrado ante un apellido tan común. "Como sea, trabajaremos para hacerte más interesante más tarde. El punto es que, de todos los hombres de pensamiento retrógrada en este pequeño continente ignorante, no estabas amenazado por una mujer como Desa Nin Leean. De hecho, estabas dispuesto a aprender de ella. Si me preguntas, eso cuenta para algo."

"Gracias..."

"Empaca tus cosas" dijo Miri "Iré a buscar a los demás."

CAPÍTULO CATORCE

Desa flotaba en un mundo de pequeñas partículas arremolinándose, cada una infinitamente más pequeña que una partícula de polvo y sin embargo, distinta a su mente. Era impresionante. En este estado, podía ver un mundo que permanecía oculto a sus ojos despiertos. Podía sentir casi todo a unas pocas cuadras del Viajero a la Luz de Luna, el hotel que Marcus había elegido después de haber sido forzados a huir de la Herradura Dorada.

Vio grupos de partículas que representaban a hombres caminando por la calle afuera del hotel. Podía ver cada farola en la acera. Podía sentir a la joven doncella en el pasillo fuera de su habitación. No importaba que hubiera paredes entre ella y las cosas que ella deseaba ver.

Incluso podía sentir la galaxia giratoria de partículas que formaban su propio cuerpo, sentada al borde de su cama. Podía sentirlo pero nada más. Algo tan simple como tratar de levantar su mano era casi imposible en este estado; ser uno con el Éter era entregar casi todo el control de tu forma física. Casi como si hubiera separado su mente de su cuerpo.

Cuidadosamente, construyó un entramado entre las partículas que formaban su brazalete. Poco a poco y pieza por pieza, infundió una conexión que le permitiría drenar aún más energía cinética. Casi terminaba cuando sintió una nueva forma en el pasillo. Con un poco de reticencia, Desa dejó que su mente se alejara del Éter.

El mundo volvió a caer en un reino de objetos sólidos. Vio paredes con paneles de madera y una lámpara de parafina en una pequeña mesa redonda en la esquina. La ventana cuadrada que daba al establo mostraba un cielo que se había oscurecido a un azul profundo.

Con la calmante presencia del Éter desaparecida, su ira regresó. Miri le había contado sobre el viaje de Sebastián a la dirección que Adele había garabateado en ese papel. A los ojos de Venganza, ella debería haberse librado de ese chico antes. O tal vez ella debería haberlo matado. Era una opción que no tomaría a la ligera, pero tampoco la descartaría.

Desa cerró los ojos, respirando profundamente para relajar su cuerpo. "Puede entrar, señorita Delarac" gritó antes de que la otra mujer llamara. "He completado mi trabajo por el momento."

La puerta se abrió.

Cuando Desa giró sobre el colchón, vio a la otra mujer entrar a la habitación con un vestido rojo oscuro con mangas transparentes que revelaban sus brazos sobre sus hombros. Una vez más, el escote de Adele atraía la atención. La mujer se había trenzado el pelo y había cambiado sus pendientes por unos finos aros de plata. Todo eso desde la última vez que Desa la había visto a primera hora de la tarde.

"Vine a decirte que no estás a salvo aquí" dijo Adele.

Desa se levantó con un gruñido, se cruzó de brazos y rodeó los pies de la cama. "Mientras Bendarian viva, ninguno de nosotros está a salvo" dijo acercándose a la otra mujer. "Aunque sospecho que no tengo que decirte eso."

Adele bajó los ojos, respiró hondo y luego asintió. "Usted no" ella estuvo de acuerdo. "Vine aquí para decirte que Bendarian tiene contactos dentro de la Guardia de la Ciudad. No pasará mucho tiempo antes de que descubra dónde has ido."

"¿Y cómo descubriste esto?"

"Te lo dije; soy una Sensible."

"Ciertamente lo hiciste" dijo Desa "Y me perdonarás, pero todavía tengo dificultades considerables para creerlo. Cuando me conecto con el Éter, ¿puedo sentir todo dentro de aproximadamente media milla, pero percibir toda la ciudad? Eso está más allá de mí."

La cara de Adele se endureció, pero su mirada nunca flaqueó. No por un instante. "Es un talento muy raro" murmuró "Aunque debo preguntar, señorita... ¿Nin Leean? ¿Cómo *crees* que te encontré?"

Sonriendo tímidamente, Desa dio un paso atrás y sacudió la cabeza. "Significa 'hija de Leean'" explicó. "No hay 'señorita'. Aladri no usa esos títulos."

"Entonces, ¿cómo debería llamarte?"

"'Desa será suficiente."

Eso produjo un silencio incómodo que pareció durar una eternidad. Por la mirada en el rostro de Adele, estaba claro que la mujer se esforzaba por decir algo, por palabras que cambiaran esta conversación a su favor.

"A su otra pregunta" dijo Desa "¿Cómo podría haber sabido cómo encontrarme si no fuera a través de su conexión con el Éter? Me parece que la respuesta más lógica es también la más obvia: Bendarian te dijo dónde encontrarme."

Una ola de carmesí inundó la cara de Adele y sus ojos se cortaron como dagas. "¿Qué debo hacer para convencerte?" ella escupió "¡He venido aquí para ayudarte!"

"¿Y cómo exactamente planeas hacer eso?" Desa avanzaba antes de darse cuenta, cada paso obligaba a la otra mujer a retirarse. "Debes pensar que soy una tonta si crees que simplemente caminaré a la dirección que me diste y desafiaré a Bendarian a un duelo."

Adele chocó contra la pared al lado de la puerta y sus labios temblaron mientras buscaba palabras. Desa no le dio la oportunidad de hablar. "Debes saber" continuó "que tu regalo brindó a uno de mis compañeros la oportunidad de traicionarme."

"¡Esa no era mi intención!"

Presionando sus labios en una delgada línea, Desa levantó la vista y sostuvo a la otra mujer atrapada por la fuerza de su mirada. "No me preocupa lo que pretendías" dijo ella "Regresa con Bendarian para ver si te perdona por no atraerme a su trampa."

De todas las cosas, Adele comenzó a llorar. Grandes lágrimas se deslizaron por sus mejillas y ella sollozó mientras su cuerpo temblaba. "¡No sé por qué no creerás!" ella gimió "¡No debería ser tan difícil!"

"¿Engañarme?"

Adele abrió la boca pero no salió ningún sonido. Sus lágrimas arruinaron la ligera capa de colorete que había usado en sus mejillas. Finalmente, la mujer encontró el coraje suficiente para gritar: "¡Para ganar la confianza de tu alma gemela!"

"¿Disculpa…?"

"Te he visto a través del Éter" susurró Adele. "Hace tiempo que sé que vendrías a Ofalla, que nuestros destinos estarían conectados. He soñado contigo. Mi padre trató de arreglar un compromiso con el hijo de un hombre dueño de una compañía naviera, pero lo pospuse porque no lo quería. ¡No quería a ningún hombre! ¡Yo te quería *a ti*!"

Esto era más que ridículo. Era todo lo que Desa podía hacer para no reír. Aun así, había una parte de ella que no podía evitar preguntarse… Si se trataba de un intento de maniobrarla hacia una de las trampas de Bendarian, era notablemente descuidada. Lo que significaba que Adele era una maestra en el arte de la manipulación… o que realmente era lo que decía ser.

Desa retrocedió con los brazos cruzados, miró a la otra mujer de arriba abajo y luego resopló. "Primero, tratas de ganar mi confianza con una historia ridícula" dijo "Cuando eso falla, recurres a las lágrimas. ¿Y ahora intentas la seducción? Señorita Delarac, ¿alguien le ha dicho alguna vez que es extremadamente mala para…?"

Adele se lanzó hacia adelante como un gato saltando, tomó la cara de Desa con ambas manos y luego la besó en la boca. Todos los nervios del cuerpo de Desa respondieron. El pensamiento racional huyó; fue todo lo que pudo hacer para aferrarse a un poco de sospecha. *Esto está mal*, se dijo a sí misma. *Te estás dejando caer bajo su hechizo.*

No importaba.

Tal vez esto *era* una trampa –tal vez se arrepentiría más tarde– pero habían pasado meses desde que había sentido el toque reconfortante de otra mujer y en este momento se sentía demasiado bien. Ella lidiaría con las consecuencias cuando se presentaran.

Desa sacó una de sus dagas y con un deslizamiento rápido, ella hizo un corte en la parte posterior del vestido de Adele. La otra mujer chilló, pero la mano entrenada de Desa era lo suficientemente hábil como para cortar tela sin estropear la piel suave y flexible debajo de ella.

La prenda se cayó y Desa empujó a la otra mujer sobre la cama. Después de eso, dejó de pensar y dejó que el instinto se hiciera cargo.

Mientras recuperaba el aliento, Desa miró boquiabierta el techo y sintió que el sudor le cubría el pelo oscuro con la frente. "Wow…" dijo ella, alzando las cejas. "Esa fue… una experiencia única."

Adele se acurrucó con la cabeza sobre el pecho de Desa y la

apretó con fuerza. "Lo fue" ella estuvo de acuerdo "¿Has… has hecho eso antes? Con una mujer, quiero decir."

Desa besó la frente de la otra mujer, luego se dejó caer con la cabeza sobre la almohada y sonrió perezosamente al techo. "Por supuesto que sí" murmuró ella "Pero tengo la clara impresión de que no puedes decir lo mismo."

Adele se rio.

Por instinto, Desa pasó los dedos por el cabello de la otra mujer. Esto se sintió extraño para ella; no se inclinaba a confiar fácilmente y aún existía la posibilidad de que Adele fuera uno de los agentes de Bendarian. Pero cuando miró a Adele, no vio a un asesino. La chica probablemente se desmayaría ante la idea de sostener un arma. Y a pesar de sus veintitrés años, hubo momentos en que Adele parecía bastante femenina.

Ahora, por ejemplo. Se acurrucó con Desa como una joven loca de amor en el abrazo de su amante por primera vez. ¿Y por qué no? Si lo que la mujer decía era para creerlo, esta era su primera vez.

"Entonces" dijo Desa. "¿Cómo planeas ayudarme?"

Otro ataque de risitas brotó de la boca de Adele mientras se sentaba y miraba a Desa con encantadores ojos azules. "Me gustaría pensar que ya lo he hecho". Se inclinó y besó a Desa nuevamente. Por un breve momento, Desa lo permitió.

Luego rompió el beso y giró la cabeza para presionar la mejilla contra la almohada. Su ceño se frunció. "Hablo en serio" dijo "¿Cómo planeas ayudarme a detener a Bendarian?"

"Te dije dónde encontrarlo."

"Sí" estuvo de acuerdo Desa. "E incluso si tus intenciones eran puras, la traición de Sebastián casi seguramente ha hecho que acercarse a la casa del hombre sea un plan insensato."

La otra mujer se sentó con las sábanas pegadas al pecho, luego hizo una mueca y sacudió la cabeza. "No sé qué más puedo hacer" dijo "No soy una Enlazadora de Campo como tú."

"¿Has intentado alguna vez?"

"¿Qué? ¡Por supuesto no!"

"¿Por qué no?"

El ceño fruncido de Adele se profundizó y apartó la cara como si la pregunta le causara vergüenza. "Todo lo que he leído sobre el tema sugiere que es extremadamente peligroso" murmuró "Tenía miedo."

Interesante; entonces la mujer había leído algo sobre el tema. Los libros sobre la teoría de Enlace de Campo eran raros fuera de Aladar, pero no era imposible que alguien en una ciudad tan grande como esta pudiera haber tenido uno. Especialmente un miembro de la familia del alcalde.

Riendo suavemente, Desa sacudió la cabeza. "Esas son mentiras contadas por hombres poderosos que evitarían que descubrieras todo tu potencial" dijo "El Enlace de Campo puede ser peligroso si no sabes lo que estás haciendo, pero esos peligros se minimizan en presencia de un buen maestro."

"¿Estás ofreciendo enseñarme?"

"¿Estás dispuesta a aprender?"

En lugar de responder, Adele besó a Desa nuevamente. Dulce misericordia, ¡la mujer estaba ansiosa! Una muestra de pasión y ahora no podía tener suficiente. Quizás esta era realmente su primera vez.

Adele se echó hacia atrás, parpadeando y mechones de cabello dorado le cayeron sobre la cara. "De ti" dijo "estaría dispuesta a aprender cualquier cosa."

Cuando Desa miró por la ventana, solo vio un cielo negro. Toda la noche había caído. Acercó a Adele y sonrió cuando la mujer se acurrucó con la cabeza apoyada en el pecho de Desa. "Por ahora" dijo Desa "lo único que necesitas aprender es dormir. Ya es tarde."

Sostuvo a Adele cerca y esperó a que se durmiera. Luego se deslizó suavemente, colocó las mantas sobre los hombros de Adele y se vistió.

. . .

Desa salió de su habitación con pantalones de color canela, una camisa azul y su larga gabardina marrón, el sombrero de ala ancha sentado firmemente sobre su cabeza. El peso familiar de su revólver y sus dagas en su cinturón la consolaron. Ella había infundido todas sus armas con una nueva conexión al Éter.

Estaba lista.

El pasillo con paneles de madera era oscuro, iluminado solo por velas montadas en la pared debajo de cubiertas de vidrio, pero era fue suficiente para ella. No le sorprendió en lo más mínimo encontrar a Marcus apoyado contra la pared.

El hombre giró la cabeza para dirigirle un ceño fruncido. "¿Supongo que disfrutaste de tu encanto con esa tonta?" preguntó. Su tono desdeñoso hizo que Desa quisiera golpearlo.

Cerró los ojos, hundió la ira en la boca del estómago y luego sacudió la cabeza con fuerza. "Dime" dijo ella, dando un paso adelante "¿Eres incapaz de expresar alguna emoción además del desprecio?"

Por supuesto, no respondió.

Desa pasó junto a él sin pensarlo dos veces, dirigiéndose a las escaleras al final del pasillo. Se detuvo en el escalón superior, miró por encima del hombro y levantó una ceja.

Marcus estaba de pie en medio del pasillo con los puños cerrados y los labios entreabiertos en una despectiva burla. "¿Y a dónde vamos ahora?" preguntó "Para encontrar al padre de la chica y rogarle la mano en matrimonio."

"Vamos a matar a Bendarian" dijo Desa "¿Vienes?"

CAPÍTULO QUINCE

Desa aterrizó en una azotea inclinada, luego se agachó en el borde, inclinándose hacia adelante y mirando a lo lejos. El viento frío y húmedo asaltó su rostro. "Aquí estamos" dijo "Ahora, decidimos qué hacer a continuación."

Le ordenó a su hebilla de cinturón que dejara de drenar energía gravitacional y así, sus brazos y piernas se sentían extrañamente pesados. Podrías acostumbrarte a la sensación de ingravidez. Solo tomaba unos minutos de libertad para hacer que la atracción natural de la Tierra se sintiera mal.

Al otro lado de la calle, vio una hilera de casas con luces tenues en sus ventanas. La que pertenecía a Bendarian estaba oscura, excepto por una ventana redonda en el tercer piso que la miraba como el ojo de un cíclope.

Marcus aterrizó a su lado y cayó sobre una rodilla, sacudiendo la cabeza con un gruñido. "Matar a Bendarian es una cosa" dijo "Pero si tenemos que luchar contra esa bestia de nuevo, hay pocas posibilidades de que sobrevivamos."

Desa hizo una mueca al pensar en otra confrontación con Morley, luego se pasó el puño por la frente. "Tienes razón" admitió con gran renuencia. "Uno de nosotros tendrá que mantenerlo distraído."

"Uno de nosotros" dijo Marcus con mofa "Te refieres a mí."

Encaramada en la cornisa con los brazos cruzados, Desa resolló con desdén. "Parece que te enorgulleces de tu capacidad para intimidar a la gente" dijo "¿Quieres decirme que le tienes miedo a Morley?"

Marcus mostró sus dientes en un gruñido cruel, luego giró la cabeza para mirarla. Podía sentir sus ojos tratando de perforar agujeros en su cráneo. "¡Sería un tonto si no temiera a ese hombre!" escupió "¡Y lo sería doblemente si no lo hiciera!"

Desa asintió con la cabeza.

Se puso de pie en la repisa y el viento hizo que su gabardina estallara detrás de ella. "Entra primero" dijo con un breve asentimiento. "Puedes atravesar la ventana del segundo piso. Apuesto a que Morley está en esa casa."

"¿Y qué quieres que haga?"

"Llévalo lejos de aquí."

Con un suspiro de frustración, Marcus se levantó y su cuerpo se puso tenso. "A los ojos de Venganza", maldijo. "Desde que nos conocimos, no me has causado más que problemas, Desa Nin Leean. Deberíamos luchar contra este Morley juntos."

"Uno de nosotros tiene que quedarse para matar a Bendarian."

"¿Y reservas ese placer para ti?"

Al mirar por encima del hombro, Desa sintió que sus cejas intentaban escalar su frente. "No lo considero un placer, Marcus" dijo "Por eso debería ser yo."

No hizo más protestas; saltó del tejado y lo que sea que usara como Sumidero de Gravedad lo llevó al otro lado de la calle. Verlo irse retorció el estómago de Desa en nudos. Marcus tenía razón en una cosa; condenarlo a enfrentar a Morley solo después de que lo que habían visto esta mañana era reprensible.

Pero Morley no era la mayor amenaza. Sin su maestro, el hombre podría ser contenido.

Pero bendarian…

Dejado a sus propios recursos, Bendarian destruiría este mundo y cada alma viviente en él. Si podía transformar a Morley en un monstruo, no se sabía cuán poderoso se había vuelto. Por mucho que odiara hacerlo, Desa enviaría a Marcus para tratar con Morley porque ella sería la que enfrentaría la mayor amenaza.

Marcus se estrelló a través de la ventana en una lluvia de vidrio, aterrizando en una habitación que era completamente negra para sus ojos. No se molestó en usar su anillo para la luz; habiendo estado afuera solo con la luz de la luna y la extraña lámpara, sus ojos se ajustarían más rápido que los de cualquiera que hubiera estado escalera arriba. En el mismo instante en que sus pies tocaron el piso, escuchó el sonido distintivo de la gente corriendo a su encuentro.

Marcus resopló por su boca abierta, luego cerró los ojos y trató de ignorar las gotas de sudor en su frente. "Vamos entonces" murmuró "Vamos a terminar con esto."

Sacó su pistola y la sostuvo junto a su cabeza con el cañón apuntando hacia el techo. Luego dio dos pasos hacia adelante. Se le escapó un jadeo cuando dos placas de vidrio en las paredes comenzaron a brillar con una luz intensa. Sin duda, Bendarian los había infundido.

Era una habitación sencilla con alfombras de color burdeos, paredes de color rojo oscuro y dos sillas que daban a la ventana. Una pequeña estantería en la esquina estaba llena de textos encuadernados en cuero sobre la teoría de Enlace de Campo; cada uno tenía escritura de Aladri en el lomo.

Mostrando los dientes, Marcus aspiró aire en sus pulmones y luego sacudió la cabeza. "Bueno, al menos sabemos que esta es la dirección correcta." Tenía ganas de poner una bala en el cráneo de Bendarian. El bastardo se había ganado una sentencia de muerte del Sínodo.

Un hombre irrumpió en la habitación.

No... No era un hombre sino una bestia con un abrigo marrón y un sombrero de ala ancha. Su cara canosa estaba marcada por una pequeña cicatriz en la mejilla y un grueso bigote gris. "¡Tú!" Morley escupió "Pensé que tendrías más sentido que venir aquí."

En menos de un segundo, el hombre cruzó la habitación, pateó una de las sillas y la envió volando hacia Marcus. Un pensamiento fue todo lo que se necesitó para desencadenar el Sumidero de Fuerza que había infundido en el colgante debajo de su camisa.

La silla se detuvo a mitad del vuelo.

Luego cayó al suelo.

Sin esperar, Marcus extendió el brazo, amartilló su pistola y disparó varias veces. Las balas grises que Desa había robado de la granja perforaron la carne de Morley y lo hicieron tropezar hacia atrás.

Marcus se giró con un gesto de su abrigo y luego saltó por la ventana abierta. Una fracción de segundo para dejar que la gravedad lo empujara hacia abajo y luego activó los sumideros que había infundido en tachones de metal en sus zapatos.

Marcus aterrizó en la acera, luego cayó sobre una rodilla, gruñendo de disgusto. Miró hacia atrás, luego se puso rápidamente de pie y corrió. Había luces en algunas ventanas y personas asomando la cabeza para ver la conmoción.

Marcus siguió corriendo.

Sus labios se retorcieron mientras jadeaba y gruesas gotas de sudor se deslizaron por su frente. "Vamos" se atragantó "¡Sígueme bastardo!"

Su deseo fue concedido cuando escuchó el sonido de los zapatos en los adoquines detrás de él. Una rápida mirada reveló que Morley había saltado por la ventana. El hombre se levantaba lentamente de una posición agachada.

Volvió los ojos odiosos a Marcus.

Sin previo aviso, Morley saltó y voló en un arco alto que lo llevó justo sobre la cabeza de Marcus. El hombre chocó con la pared frontal de una casa vecina y luego clavó los dedos en la piedra. Se aferró al edificio como una araña en la pared.

Morley saltó, agarró una de las farolas negras con ambas manos y arrancó la maldita cosa de sus soportes mientras caía al suelo. Dio vueltas y vueltas en círculos, balanceando la farola y finalmente se la arrojó a Marcus.

Pulsando sus sumideros de gravedad, Marcus saltó y dejó pasar el poste de metal debajo de él. Aterrizó con un gruñido, levantó su arma y disparó.

Más balas atravesaron el cuerpo de Morley, cada una produciendo un chorro de sangre negra cuando el hombre tropezó hacia atrás. Esa visión por sí sola habría sido desconcertante, pero la risa suave de Morley la hizo aún peor.

Una sonrisa maliciosa partió la cara del hombre en dos. "Tonto" escupió sacudiendo la cabeza. "Nunca aprendes, ¿verdad?"

"No" dijo Marcus "¡*Tú* nunca aprendes!"

Sacó un centavo del bolsillo de su abrigo y lo arrojó sobre los adoquines justo a tiempo para ver a Morley pasar por encima. El otro hombre cargaba como un toro furioso, listo para derribar a Marcus al suelo.

Marcus activó los Sumideros de Gravedad en sus zapatos junto con Fuente de Gravedad que había colocado dentro de la moneda. Sin previo aviso, Morley fue tirado hacia atrás, arrojado al suelo.

Apagando la Fuente pero dejando el sumidero activo, Marcus corrió hacia adelante a toda velocidad. Dio un salto, se volteó en el aire y extendió su brazo para disparar su última bala hacia su enemigo.

Atravesó la frente de Morley.

Con un grito de triunfo, Marcus se enderezó y apagó sus sumideros. Aterrizó en cuclillas, gruñó y luego lentamente se puso de pie. "Bueno, entonces" dijo, dándose la vuelta. "Supongo que eso pone fin a…"

El agujero en la frente de Morley se selló y el hombre gimió cuando se sentó. "Realmente no aprendes" jadeó. "Debo haberlo dicho una docena de veces ya. ¡No puedes matarme!"

Cuando vio a Morley seguir a Marcus calle arriba, Desa hizo su movimiento. Respiró hondo, activó su Sumidero de Gravedad y luego saltó desde la azotea. En segundos, estaba atravesando la ventana rota en la pared frontal de Bendarian y luego aterrizando en lo que parecía ser una sala de estar.

Desatando su control de la gravedad, Desa se mordió el labio y asintió. "No hay tiempo que perder" susurró "Vamos a terminar con esto."

Se quitó el abrigo, sacó la pistola de la funda y amartilló. El vidrio crujió bajo sus pies mientras cruzaba lentamente la habitación, pero Desa pensó que con toda la conmoción afuera, nadie se daría cuenta. Todo lo que tenía que hacer era subir las escaleras y luego…

Bendarian entró en la puerta abierta.

El hombre se parecía mucho a cuando lo recordaba: alto y delgado, vestido con un fino abrigo con leones dorados bordados en las mangas. Su rostro estaba inmaculado y enmarcado por el largo cabello rubio que le caía hasta la parte baja de la espalda. "Es bueno verte de nuevo, Des…"

Desa fue empujada hacia atrás y hacia los lados por una fuerza invisible.

Su hombro fue directo a la pared, e hizo una mueca al impactar, una lágrima rodando por su mejilla. "Marcus," siseó ella "Nunca fuiste cuidadoso." Duró solo un momento, pero esa oleada de gravedad podría haber herido gravemente a cualquier número de personas en esta calle. El sonido de los disparos afuera la hizo estremecerse.

Bendarian se había apoyado contra el marco de la puerta y la sorpresa le había quitado la mayor parte del color de la cara. "Parece que tu amigo Marcus es un instrumento contundente" Recuperó el equilibrio con poca dificultad y la enfrentó como la imagen misma del equilibrio majestuoso. "Crudo pero efectivo."

Desa levantó la vista para fijar su mirada en él, luego entrecerró los ojos. "Sabrías algo sobre eso, ¿no?" ella respiro "He tenido el placer de enredarme con tu instrumento contundente favorito muchas veces."

La sonrisa en el rostro de Bendarian solo se amplió cuando dio unos elegantes pasos en la habitación. "Ciertamente" dijo "Ni siquiera pudiste matar a Morley cuando no era más que un hombre ordinario. Y ahora... Ahora, él es algo completamente distinto."

"¿Qué le hiciste?"

Bendarian se encogió de hombros y luego se rio mientras sacudía la cabeza. "Hice solo lo que me pidió que hiciera" De alguna manera, Desa tuvo dificultades para creer que incluso un bastardo como Morley pediría convertirse en una abominación. "Lo hice inmortal."

"No tienes ese tipo de poder."

"¿No lo tengo?"

La ira al rojo vivo se encendió en Desa cuando recordó las cosas que había visto en el camino a Ofalla. "La gente que mataste en esa granja" comenzó "Estaban poseídos por algo. ¿Qué es?"

Bendarian extendió los brazos, echó la cabeza hacia atrás y rugió de risa satisfecha. "¡El futuro!" exclamó "¡El fin de un mundo! ¡El comienzo de otro!"

Estaba a punto de burlarse de las grandiosas afirmaciones de Bendarian cuando la sorprendió al hacerse a un lado y revelar a

Sebastián en el pasillo. El traicionero joven estaba mortalmente pálido mientras miraba a Desa con los ojos muy abiertos. "Su amigo aquí ha visto la sabiduría de la cooperación" dijo Bendarian "Como muchos de su edad, no está dispuesto a dejar que la humanidad se vea limitada por ideas obsoletas y…"

¡CRACK!

Sebastián se estremeció cuando una bala atravesó su cuerpo, agitando los brazos al caer al suelo. La sangre se acumulaba a su alrededor, empapando las gruesas alfombras rojas.

Desa estaba de pie con un brazo extendido, el humo saliendo del cañón de su arma. Incluso ella estaba sorprendida por la facilidad con la que había matado al muchacho. Quizás Tommy la odiaría, pero ella podría lidiar con eso más tarde. Sebastián ya había causado suficientes problemas. No estaba dispuesta a arriesgar su seguridad dejándolo con vida.

Por el miedo en los ojos de Bendarian, estaba claro que el hombre no había esperado que ella matara a uno de sus antiguos compañeros. "Te has vuelto despiadada, Desa" susurró "Una pena. El chico tenía potencial.

"Esto termina ahora" susurró.

"En efecto."

La habitación se oscureció y Desa se arrojó al suelo justo antes de escuchar el golpe de un cuchillo en la pared. Hubo pasos apagados en la alfombra y luego la silueta sombría de Bendarian saltó por la ventana, cruzando la calle.

Apretando los dientes con un gruñido gutural, Desa sacudió la cabeza. "Entonces, escapar es tu juego, ¿verdad?" murmuró, poniéndose de pie "Lamentablemente, Bendarian, no te será tan fácil."

Se dio la vuelta y corrió hacia la ventana, luego saltó y ordenó que la hebilla de su cinturón suprimiera el poder de la gravedad. Al cruzar la calle volando, se detuvo apoyando la mano contra la pared de una casa.

Sin gravedad que la empujara hacia abajo, era fácil escalar

esa pared y subir al techo. Allí, encontró a Bendarian saltando desde la cima y cruzando la siguiente calle. Aterrizó ligeramente en un tejado y corrió.

"No me vas a eludir esta vez" Desa gruñó "Esto termina esta noche."

Arriba del techo inclinado y abajo del otro lado; ella ni siquiera se molestó en apagar su Sumidero de Gravedad. Correr sin peso facilitó evitar dañar las baldosas o resbalar y caer hasta su muerte.

Saltó de la repisa y cruzó la calle volando con los brazos extendidos ante ella. El viento le acarició la cara y se quitó el sombrero. Ella no trató de atraparlo. Todo lo que importaba era terminar con Bendarian de una vez por todas.

Desa golpeó el siguiente techo y luego dio un salto mortal a través de las tejas. En un instante, se agachó y luego se puso de pie.

Ella corrió en persecución.

A este ritmo, gastaría el poder de su Sumidero de Gravedad en unos cinco minutos. Tenía que ser cautelosa. Forzarla a usar su arsenal infundido podría haber sido el plan de Bendarian todo el tiempo. Era hora de cambiar de táctica.

Desa mataba apagaba el Sumidero de Gravedad cada vez que aterrizaba. Al hacerlo, la obligaba a moverse a un ritmo más lento, era muy posible perder el equilibrio en estos techos precarios, pero tenía que conservar su poder para la lucha que se avecinaba. Mantenerse al paso con Bendarian no era tan difícil.

Se dirigía hacia el río, saltando de un techo a otro.

Ella siguió.

Finalmente, el hombre se instaló en la azotea plana de un pequeño almacén junto a los muelles. Él eligió ese lugar para mantenerse firme, girando para enfrentar a Desa y sacando su propia arma. Entonces, parecía que el hombre era capaz de algo más que cobardía desenfrenada.

Desa aterrizó sobre una rodilla cerca de la repisa, luego se levantó lentamente para enfrentar a su enemigo. Las ráfagas de viento la golpearon mientras avanzaba. "Esta noche, vas a responder por todas las personas que mataste" dijo "Por todas las vidas que destruiste."

Desde aquí, podía ver el río oscuro que se abría paso a través de la ciudad y más allá, más edificios, algunos con luces en sus ventanas. La luna gibosa le permitía distinguir barcos de madera atracados a lo largo de la orilla del río.

Bendarian se rió suavemente y se acercó a ella con los ojos fijos en la piedra bajo sus pies. "Tu talento para la severidad nunca deja de sorprender, Desa Nin Leean" dijo "Si realmente deseas matarme, como sea posible, inténtalo."

Con reflejos rápidos como el rayo, ella sacó su pistola, extendió el brazo y disparó dos veces. Cada vez que apretaba el gatillo se producía un destello del cañón de su arma y las balas grises se detenían frente a Benwoth.

El hombre levantó su propia arma.

Desa activó su Sumidero de Gravedad y saltó.

El estruendoso trueno de los disparos llenó sus oídos mientras las balas pasaban por debajo de ella. Dejando que la gravedad reafirmara parte de su poder, ella voló sobre la cabeza de Bendarian en un amplio arco y luego descendió para aterrizar en la azotea detrás de él. Rápidamente, se dio la vuelta para apuntar su arma.

Bendarian fue más rápido.

Él ya estaba frente a ella y arrojaba una moneda de oro que brillaba cuando atrapaba la luz de la luna. Una poderosa ola de energía cinética golpeó a Desa como un vendaval. Fue impulsada de espaldas fuera de la azotea.

Su sumidero de Gravedad le impidió caerse, pero ahora estaba atrapada en un vuelo incontrolado sobre los edificios vecinos. Los humanos no fueron hechos para cabalgar sobre corrientes de aire. Ella no podía ajustar fácilmente su trayectoria.

Y Bendarian estaba apuntando.

Dejándose caer unos metros, Desa se encogió cuando sintió que las balas pasaban por su cabeza. Apuntó su propio arma a la distancia detrás de ella, apuntando ligeramente hacia abajo y disparó varias veces. El retroceso envió una sacudida de dolor a través de su brazo, pero fue suficiente para empujarla hacia el almacén. También agotó las últimas municiones y no se sabía cuándo tendría la oportunidad de recargar.

Desa agarró el borde del techo, plantó los pies contra la pared del almacén y luego se lanzó hacia arriba sin gravedad para frenarla. Apagando su sumidero, ella volteó sobre la cabeza de Bendarian y cayó al tejado detrás de él.

Ella se volvió para mirarlo, arrojó su arma a un lado y dio unos pasos hacia adelante. "Durante diez largos años, te he perseguido a través de este continente" dijo. "Debo admitir que terminar esto con una bala sería mucho menos satisfactorio."

Bendarian giró silbando suavemente, luego dejó caer la pistola y se quitó el abrigo para revelar el estoque en su cadera. "Hablas la verdad, mujer". Desenvainó la espada con un amenazante rechinido. "Siempre supimos que terminaría de esta manera".

Desa se quitó el anillo del dedo y luego lo arrojó al centro de la azotea. Con un pensamiento, lo hizo brillar, produciendo suficiente luz para ver a Bendarian mientras adoptaba una postura de batalla.

Fluyó hacia ella con exquisita gracia, cruzando la azotea como un listón en el viento. No había miedo ni temor mientras Desa esperaba su aproximación. Ella sacó sus dagas, se concentró en su respiración y dejó que sus instintos se hicieran cargo. Bendarian levantó su espada y giró hacia abajo en un arco vertical.

Desa saltó hacia la izquierda, la espada silbando más allá de su hombro derecho. Ella dio un paso adelante, pateó la parte posterior de la pierna de Bendarian y obligó al hombre a arrodillarse. Ella balanceó su daga a un lado, tratando de cortarle la nuca.

Bendarian se lanzó hacia adelante, dando un salto mortal a través del áspero techo. Se levantó con elegante elegancia, luego se giró para mirarla.

Cuando se volvió, encontró al hombre caminando hacia ella con los dientes al descubierto en una mueca burlona. La luz se reflejó en la hoja curva de ese estoque mientras la levantaba en un saludo.

Realizó otro estoque hacia abajo.

Desa cruzó sus cuchillos sobre su cabeza, atrapando su espada en la x de sus hojas. Ella pateó el estómago del hombre con toda la fuerza que pudo reunir, produciendo un silbido de dolor cuando Bendarian se alejó tambaleándose.

Desa saltó, luego giró en el aire, un pie arremetiendo por una patada giratoria que golpeó a Bendarian a través de la mejilla. La sangre salió de la boca del hombre cuando se fue de lado hacia la repisa.

Desa aterrizó.

Rodeándolo, corrió por el techo a toda velocidad. La sorprendió cuando Bendarian metió la mano en el bolsillo de su abrigo, sacó una moneda y luego la arrojó frente a ella. Ella trató de detenerse, pero ya era demasiado tarde.

La escarcha se extendió por la azotea en una ola y el aire se volvió muy frío. Las orejas de Desa ardieron por el frío. Sus pies resbalaron sobre el hielo y luego se cayó, deslizándose sobre su espalda hacia Bendarian.

El hombre levantó su espada como si quisiera cortarla en pedazos.

Deslizándose para detenerse junto a él, Desa usó sus dagas para atrapar su espada antes de que la cortara. Bendarian aprovechó esa oportunidad para lanzar una patada rápida a las costillas. Un dolor agudo estalló en su cuerpo.

Desa rodó como un tronco por el techo, tratando de poner algo de distancia entre ellos. Se levantó lentamente y se obligó a ignorar la agonía en su mitad, un dolor feroz que la hizo querer duplicarse.

Bendarian se acercaba a ella en una marcha lenta e inexorable, la punta de su espada se balanceaba y en guardia a cada paso. Estaba sonriendo, mostrando dientes manchados de sangre.

Apretando los dientes y furiosa con cada respiración, Desa cerró los ojos. "Está bien" susurró "Terminemos esto".

Volvió a deslizar una daga en su funda. Luego metió la mano en el bolsillo de su gabardina y se puso los nudillos de latón. Con un bramido, ella golpeó su puño contra el techo.

La energía cinética se extendió a través de la piedra con un sonido retumbante. Ella mantuvo su puño en su lugar, drenando la Fuente de Fuerza de cada último pedazo de energía. Gruesas grietas se extendieron por la azotea y Bendarian tropezó.

La piedra cayó debajo de él cuando la azotea se derrumbó, pero Bendarian no cayó. Su Sumidero de Gravedad le permitió flotar con gracia sobre nada y su sonrisa nunca se desvaneció. No por un instante. Claramente, el hombre no entendía su predicamento. No podía moverse y Desa tuvo suerte de que un pequeño borde de la azotea permaneciera debajo de ella.

Ella saltó y se estrelló contra él, envolviendo sus brazos y piernas alrededor de Bendarian mientras su impulso los lanzaba hacia abajo. Sin gravedad, la caída pareció durar para siempre y un día.

Desa lo golpeó con los nudillos de latón, golpeando su nariz una y otra vez. Con toda su fuerza, habrían destrozado su cráneo, pero ella los había drenado hasta la última gota de energía cinética. Eso no lo hizo menos satisfactorio.

Aterrizaron y Bendarian levantó la rodilla para obligar a Desa a alejarse de él. Se dio la vuelta sobre una pila de cajas de madera destrozadas. Su ropa estaba cubierta de polvo cuando finalmente se levantó para encontrarse en una estrecha trinchera entre montañas de fragmentos de piedra.

Bendarian estaba en el otro extremo de esa trinchera con la espada en la mano. Su cabello estaba en un estado de desorden y había un corte feo en su frente. Desa imaginó que no se veía mucho mejor. Su anillo había caído con ellos y ahora proyectaba un brillo feroz sobre los dos.

Retirando los nudillos de latón, Desa los arrojó al suelo. Ella levantó la vista para fijar su mirada en su enemigo. "¿Qué fue?" ella preguntó de nuevo "Lo que desataste en este mundo."

"Un poder como nunca podrías imaginar."

Ella sacó sus dagas, se agachó y miró al hombre con sus cuchillas apuntadas a los lados. "Y aun así confías en el Enlace de Campo para derrotarme" dijo "Este poder del que hablas debe tener un costo terrible."

Bendarian no dijo nada.

Sólo avanzó con la gracia de un maestro espadachín. Ya no estaba jugando con ella, se movió con gracia serpentina y sorprendente velocidad, cerrando la distancia en cuestión de segundos.

Él abanicó la espada hacia su cuello.

Desa se agachó, permitiendo que la espada pasara sobre su cabeza. Ella se movió acercándose para cortarle la pierna, causando una herida roja en su muslo. Eso trajo un silbido de dolor a los labios de Bendarian y obligó al hombre a doblegarse.

Desa embistió su hoja hacia arriba en su estómago, produciendo un sonido crujiente cuando Bendarian se arrastró hacia atrás. La sangre se derramó de su boca y goteó sobre su barbilla. Intentó hablar, pero un ataque de tos lo alcanzó.

Había terminado.

. . .

Marcus corrió lo más rápido que pudo atravesando azotea tras azotea, luego bajó a las calles de la ciudad. Sus Sumideros de Gravedad estaban casi llenos al máximo. No podría evadir a Morley por mucho más tiempo.

Tenía los dientes descubiertos, la cara resbaladiza por el sudor mientras corría por una calle bordeada de edificios achaparrados de piedra a ambos lados. No había nadie a la vista, sin lugar a acudir en busca de ayuda. Estaba solo. Y el ruido sordo de los fuertes pasos de Morley llenó sus oídos.

Se dio la vuelta para encontrar al demonio de un hombre a solo seis metros de distancia y corriendo calle arriba sin la menor señal de agotamiento. Morley se detuvo frente a él y una sonrisa dividió la cara del hombre. "Finalmente decidiste dejar de correr y recibir lo que viene hacia ti, ¿eh?"

Marcus retrocedió.

"Oh, no seas tímido ahora" dijo Morley, sacudiendo la cabeza. Se adelantó con los movimientos cautelosos de un depredador que casi podía saborear a su presa acorralada. "No hay nadie aquí para ver tu vergüenza. Bien podría acabar de una vez."

Marcus cerró los ojos, una lágrima rodando por su mejilla. "Que la bendita luz de la Misericordia me dé la bienvenida a casa" susurró "Que mis pecados sean perdonados. Que mis fallas sean absueltas. Entro en esta nueva vida limpio."

"Tu dios pagano no puede salvarte, hijo" dijo Morley "Nadie puede..."

El hombre chilló mientras se doblaba con una mano sobre su vientre y la sangre negra se deslizaba por las grietas entre sus dedos. ¿Pero cómo? Marcus no lo apuñaló ni le disparó.

Morley comenzó a toser y cada espasmo de su cuerpo produjo una corriente de sangre negra de sus labios. El hombre se puso de rodillas, jadeando. ¿Qué estaba pasando aquí? ¿Misericordia había decidido intervenir? ¿Escuchó la oración de Marcus?

. . .

Bendarian estaba de rodillas y agarrándose el estómago. Le arrancó el cuchillo de la carne y luego chilló por el dolor. "Estúpida mujer" susurró "No tienes idea de lo que soy."

"Sé exactamente lo que eres" respondió ella "Un hombre cuya ira sobre este mundo ha terminado."

Bendarian la miró. Su rostro estaba pálido, sus ojos vidriosos. El hombre se estaba muriendo y sin embargo, de alguna manera mantuvo una muestra de desafío. "Te lo dije" se atragantó "he encontrado un poder diferente al que puedas imaginar."

Cerró los ojos y cuando los volvió a abrir, estaban completamente negros de esquina a esquina. Era todo lo que Desa podía hacer para no retroceder con horror. La entidad que había visto en el camino a Ofalla, la que había hecho que Morley fuera impermeable a cada uno de sus ataques: también había poseído a Bendarian.

A pesar de sus heridas, Bendarian se puso de pie. De hecho, no parecía estar preocupado por el agujero en su estómago. "Pensaste que entendías el poder" dijo "Tú y tus pequeñas baratijas."

Por instinto, Desa se alejó de él.

Extendió una mano hacia ella.

Algo levantó a Desa del suelo y la estrelló contra la pared del almacén. Ella gruñó cuando dedos invisibles se cerraron alrededor de su cuello y comenzaron a exprimirle la vida. Sus pies patearon.

Con un movimiento despectivo de su muñeca, Bendarian se adelantó. Desa se fue de lado hasta que su hombro golpeó un montón de escombros y trozos de piedra cayeron sobre su cabeza. Justo cuando estaba superando el dolor de eso, salió volando en la otra dirección y golpeó otra pila. *Por los ojos de Venganza...*

Bendarian levantó la mano.

Desa salió volando hacia el enorme agujero en el techo. El hombre bajó la mano y ella fue arrojada al suelo. Golpeó con fuerza, acostada boca abajo sobre su vientre. Le dolía el cuerpo de pies a cabeza.

Invocando toda su fuerza, Desa lo miró con lágrimas en la cara. "¿Qué es esto?" ella carraspeó "¿Qué dejaste entrar, Radharal?"

La sonrisa repugnante de Bendarian era aún más horrible que esos ojos negros y muertos. "Lo que yace más allá del Éter" respondió con voz ronca "La esencia primordial que existía antes de que tu preciosa Misericordia creara este universo."

Con las manos sobre las rodillas, se agachó y le sonrió. "La antítesis del Éter" dijo "El Inferior."

"Nos destruirá" chilló Desa.

"¡Nos liberará!"

Desa sintió que sus labios se retorcían, sintió sangre caliente gotear por la comisura de su boca. Ella sacudió su cabeza. "El Éter es natural" jadeó "Una parte de este universo. Lo que dejas entrar desarmará el orden natural."

"¡Nos liberará del orden natural!" Bendarian exclamó. Piénsalo, Desa. Creamos tecnología, refinamos nuestras infusiones. ¡Explotamos la naturaleza para mejorarnos a nosotros mismos, para mejorar nuestras vidas! ¡Imagina lo que podríamos lograr si pudiéramos escribir esas leyes!"

"No" suplicó Desa "Nunca fuimos destinados a tener ese poder."

"Eres una tonta" dijo Bendarian. "Atrapada por pensamiento obsoleto..."

Se tambaleó hacia atrás con una mano sobre su corazón, echó la cabeza hacia atrás mientras gritaba de dolor. Bendarian cayó de rodillas y de repente Desa ya no estaba segura de que moriría esta noche. Eso habría sido un alivio si no hubiera sido por la pesadilla que se desarrollaba ante sus ojos.

La piel de Bendarian se arrugó; sus mejillas se volvieron huecas y aparecieron manchas rojo intenso en su rostro. Su cabello creció, se volvió gris y luego se cayó. Fue como ver a un hombre vivir su vida adulta en cuestión de segundos.

Desa se obligó a ponerse de pie.

Con la boca abierta, parpadeó y luego sacudió la cabeza. "Radharal, ¿qué hiciste?" Ella susurró. "Dulce Misericordia…"

Ella corrió hacia él, ignorando sus dolores, cayó de rodillas y luego tomó su rostro con ambas manos. Los ojos vidriosos la miraron. Su boca se movió, pero no podía formar palabras.

"El Inferior" finalmente gimió. "El Inferior."

Marcus vio temblar a su enemigo.

Morley estaba de rodillas en medio del camino, abrazándose y tiritando. Cada jadeo irregular sonaba como el último aliento del hombre. ¿Marcus no estaba seguro de lo que debía hacer? Si viera a otro hombre con tanto dolor, trataría de ayudarlo. Quizás lo mejor que podía hacer por Morley era sacar al bastardo de su miseria. Excepto que cada intento anterior de matar al hombre había fallado.

Manchas rojas intensas aparecieron en las mejillas de Morley. Su bigote pasó de oscuro con manchas grises a blanco puro y las arrugas le cubrían la frente. Parecía haber envejecido treinta años en cuestión de segundos. ¿Qué estaba pasando aquí?

Desa sintió como si alguien la hubiera apuñalado en el pecho con un carámbano. Ver el dolor de Bendarian era surrealista. El hombre estaba temblando, alcanzándola con una mano que mostraba uñas largas y curvas. "El Inferior" susurró. "El Inferior."

El Inferior… Antítesis del Éter. Mientras que el Éter era

ordenado y predecible, el Inferior era un caos manifestado. Bendarian lo había dicho él mismo. El Inferior le permitiría reescribir las leyes naturales que gobernaban el universo. Lo que significaba que literalmente destruyó el orden natural con resultados que nadie podía anticipar.

Gente gris, hombres imposibles de matar, envejecimiento rápido: ¿quién podría decir qué horrores desataría esta fuerza? Bendarian pensó que podía controlarlo, pero a pesar de todo el poder que ofrecía, el Inferior estaba más allá del control de cualquiera.

Desa cerró los ojos y dejó caer la cabeza mientras dejaba escapar un suspiro. "Tienes que escucharme, Radharal" comenzó "Puedo llevarte de regreso a Aladar. Deberíamos ser capaces de ayudar…"

"¡No!"

"No puedes quedarte así."

Él la agarró por los hombros con dedos nudosos y la empujó hacia atrás. Agotada como estaba, Desa cayó al suelo con un gruñido. Cuando se sentó, Bendarian intentaba ponerse de pie. Se las arregló para levantarse lentamente.

La cara que la miraba podría haber sido digna, el rostro amable de un abuelo amoroso, si no fuera por su odiosa burla. "Nunca… volveré… contigo" susurró Bendarian "Nunca."

Él desapareció.

No hubo advertencia, ni preámbulo; En un momento estaba allí y al siguiente se había ido con solo una leve bocanada de aire llenando el espacio que había desocupado para anunciar su partida. Se terminó. Después de una década de perseguir a este hombre, ella había perdido.

Porque ahora podría estar en cualquier parte.

PARTE II

CAPÍTULO DIECISÉIS

Tommy se despertó con el sonido de su puerta abriéndose cuando Desa Kincaid entró en su habitación, iluminada por el anillo brillante en su puño izquierdo. Su feroz luz blanca proyectaba sombras sobre las paredes con paneles de madera y la cama vacía con sus cobertores intactos. Entonces, Marcus todavía estaba fuera.

Tommy se sentó.

Su boca se abrió y parpadeó hacia ella. "¿Qué está pasando, Desa?" preguntó, sacudiendo la cabeza. "¿Dónde está Marcus?"

"Muerto" respondió ella "Tenemos que irnos."

Apretando los dientes, Tommy hizo una mueca y presionó la palma de su mano contra la frente. "¿Qué quieres decir con 'muerto'?" susurró, frotándose la niebla de su cerebro. "Lo acabamos de ver hace unas horas."

Desa se detuvo a los pies de su cama, plantó los puños en sus caderas y luego sacudió la cabeza. "Fuimos a confrontar a Bendarian" explicó "Le dije a Marcus que distrajera a Morley y no lo he visto desde entonces."

"Tú… ¿Encontraste a Sebastián?"

Por alguna razón, el labio de Desa tembló y luego su rostro

se arrugó con el tipo de angustia que solo ves en alguien que había recibido un puñetazo en el estómago. "Lo siento mucho" dijo "Sebastián también está muerto."

Eso se sintió como una cuchillada en el pecho de Tommy. Había llorado hasta quedarse dormido, pensando en las implicaciones de la traición de Sebastián. No era ingenuo; Sabía que había muy pocas posibilidades de volver a ver a su amor. Pero ahora... ahora no había posibilidad. Tan enojado como estaba por lo que Sebastián había hecho, le dolía saber que el otro hombre estaba muerto. "¿Viste su cuerpo?" Tommy preguntó.

"Lo vi."

Tommy se levantó de la cama, sin desanimarse ante la posibilidad de que Desa lo viera con su ropa pequeña y rápidamente se puso un conjunto de pantalones marrones. Su camisa vino después; lo abrochó con considerable velocidad.

Al levantar la vista para mirar a los ojos de la mujer, Tommy sintió que su boca se tensaba. Él asintió una vez. "Supongo que Bendarian vendrá aquí" dijo "¿Nos mudaremos a otro hotel?"

"Bendarian es el menor de nuestros problemas" comenzó Desa "De hecho, no creo que tengamos que preocuparnos por él otra vez." Tommy estaba ansioso por descubrir qué se suponía que significaba eso, pero mantuvo la boca cerrada. Se había acostumbrado a guardar silencio y seguir el ejemplo de Desa. "Pero Morley podría estar en camino aquí mientras hablamos, e incluso si no lo está, la Guardia de la Ciudad nos estará buscando."

"¿Entonces adónde vamos?"

"Vamos a dejar Ofalla y..."

Marcus entró corriendo por la puerta, dio dos pasos en la habitación que compartía con Tommy y luego se congeló. "Sobreviviste" ladró cuando vio a Desa bañada por la feroz luz de su anillo brillante.

Ella cerró los ojos y luego inclinó la cabeza hacia él. "Al igual que tú" dijo ella "¿Puedo presumir entonces que Morley está muerto?"

"No creo que nada pueda matar a ese hombre."

Desa se puso rígido ante su respuesta. Apoyando una mano en el poste de la cama para estabilizarse, dejó escapar un suspiro. "No, supongo que no." El miedo en su voz hizo que Tommy se sintiera incómodo. "¿Cómo lo eludiste?"

Una mueca torció las facciones de Marcus y luego sacudió la cabeza con disgusto. "No se parecía a nada que haya visto antes" respondió "El hombre… El hombre envejeció justo en frente de mí. Consumido por los estragos del tiempo."

¿Envejecimiento rápido? ¿Qué podría causar algo así? Lo poco que Desa le había contado sobre el Ether dejó a Tommy seguro de que Field Binding no estaba en juego. Incluso teniendo en cuenta su escaso conocimiento del tema, estaba claro que si el Éter podía hacer algo así, Marcus no reaccionaría con tanto miedo y…

¿Por qué estaba Desa tan callada?

Tommy se obligó a mirar a la mujer y la encontró alejándose de Marcus a paso lento. El miedo en sus ojos le decía todo lo que necesitaba saber. Esto fue algo fuera de lo común.

Desa se sentó en el alféizar de la ventana, apoyó las manos sobre las rodillas y se acurrucó con los hombros encogidos. "También le sucedió a Bendarian" susurró "Yo lo vi. Justo después de que lo apuñalé en el estómago."

"¿Lo apuñalaste en el estómago?" Exclamó Marcus.

"Si… ¿Por qué?"

Con la boca abierta, incrédula, Marcus sacudió la cabeza lentamente. "Morley me estaba persiguiendo por el barrio noroeste cuando de repente se desplomó por una herida intestinal. Entonces, los dos hombres se reflejaron el uno en el otro. Pero que podría…"

No, eso estaba mal.

Las piezas se juntaron en la cabeza de Tommy. Desa había

infligido una herida intestinal en Bendarian, pero la herida de Morley fue espontánea. Si su relación fuera bidireccional, Bendarian debería haber mostrado las heridas de todos los disparos que Desa había infligido a Morley y ella habría mencionado algo así. "Así es como lo matas. Es tan simple."

Ambos lo miraron.

Con la camisa desfajada y medio abotonada, Tommy rodeó el pie de su cama y se colocó entre los dos. "¿No lo ven?" él farfulló "Herir a Bendarian lastima a Morley."

La boca de Desa se abrió y sus ojos se abrieron. "Por supuesto..." Ella se acercó a él, dándole una palmada a Tommy en el hombro. "¡Brillante!"

Tommy cerró los ojos, sus mejillas estaban de repente muy cálidas. "No es nada" dijo "Pero es posible que puedas eliminar dos problemas a la vez."

"Primero tenemos que encontrar a Bendarian."

La puerta se abrió de golpe para admitir a Miri. Alta e imponente con su mono desteñido y su abrigo desgastado por el clima, entró en la habitación con un gruñido que hizo que Tommy encogerse de miedo. "No" dijo ella "Lo primero que tienen que hacer es irse."

Miri se acercó a Desa con los puños en las caderas y sacudió la cabeza. "Lo que sea que hayan hecho allí afuera" comenzó "llamó más atención hacia ustedes de la que les gustaría, creo. La Guardia de la Ciudad está en alerta máxima."

Tommy notó a Adele en la puerta.

La mujer parecía un poco fuera de lugar con un par de pantalones color canela y una vieja camisa de trabajo que dejó sin fajar. Sus largas trenzas rubias eran un desastre de hebras voladoras como si hubiera estado sacudiéndose y girando durante una noche de sueño irregular. "Mi tío no ama a los alborotadores" dijo "Destruyeron un almacén."

Le sorprendió ver a Desa sonrojarse, no creía que la mujer fuera capaz de hacerlo, pero allí estaba, con las mejillas rosadas y desviando la mirada. "No se pudo evitar y… Espera, ¿cómo sabes sobre eso? La noticia no podría haber viajado tan rápido."

"Te lo dije" respondió Adele "Soy una Sensible."

Desa murmuró algo por lo bajo.

Dejándose caer sobre el borde de su colchón, Tommy se pasó las manos por la cara y luego se pasó los dedos por el pelo. "Tenemos que irnos" dijo "Deberíamos estar fuera de la ciudad al amanecer."

"Me alegra que te hayas puesto al corriente, Tommy" murmuró Desa. Eso dolió, pero decidió no hacer un problema. "Si no hay más objeciones, tal vez podríamos iniciar el camino."

"¡Voy contigo!" Adele insistió.

"¡No!" Desa espetó.

El veneno en esa reacción fue un poco más de lo que Tommy hubiera esperado. Y parecía que Adele compartía su reacción. La mujer parecía herida. Había algo sucediendo debajo de la superficie, pero no estaba dispuesto a entrometerse en eso. No era asunto suyo. Lo que Tommy quería era estar lejos de aquí. Si Desa quería divertirse con la sobrina del alcalde…

Todopoderoso ten piedad…

Sebastián…

Tommy había estado tan concentrado con la noticia de la escaramuza de Desa con Bendarian que realmente no se había tomado un momento para notar el fallecimiento de su amor. Sebastián los había traicionado a todos, pero… Pero Tommy aún lo amaba.

Cerró los ojos mientras las lágrimas ardían sobre sus mejillas y goteaban de su barbilla. "Sebastián…" gimió. Nadie pareció escucharlo. Estaban demasiado ocupados discutiendo entre ellos. El los dejó.

En ese momento, solo quería llorar.

El Inferior abrazó a Bendarian.

Flotó en una tormenta de oscuridad infinita, no un vacío, sino algo completamente distinto, más negro que los Pozos de la Desesperación y más violento que una tempestad. Se sentía como si lo estuvieran destrozando molécula por molécula. No creía poder soportarlo.

Una costura vertical apareció ante él, una grieta irregular a través de la cual se derramaba una luz brillante. La oscuridad se separó, dejándolo bañado en resplandor, un resplandor suave que se desvaneció lentamente para revelar la sala de estar destrozada de su casa.

Bendarian cayó sobre una rodilla sobre fragmentos de vidrio, sin aliento. Su cabeza colgaba y los pocos mechones restantes de cabello plateado que colgaban de su cuero cabelludo calvo acariciaron el piso. Cada aliento era un trabajo de parto.

"¿Qué hiciste?"

Levantó la vista para ver a un Morley anciano con el hombro pegado al marco de la puerta. El hombre estaba frunciendo el ceño mientras presionaba una mano contra su vientre. Casi como si estuviera tratando de contener las tripas. Como era de esperar, la herida de cuchillo que Desa había infligido a Benwrth se había traducido a través de su vínculo. Pero Bendarian se había curado con el Inferior. Lo que significaba que Morley debería haber estado... Bueno, al menos fuera de peligro mortal.

Bendarian entrecerró los ojos y siseó mientras respiraba hondo. "Ella es más fuerte de lo que le di crédito" susurró "Debemos acabar con ella."

"No estás en forma para luchar contra ella." Morley levantó unas manos temblorosas frente a su cara, manos nudosas con manchas rojo intenso y dedos huesudos. "¿Y yo tampoco? ¿Qué hiciste, Radharal?"

"Un revés menor."

"¿Un revés menor?" Morley retumbó "Me prometiste la inmortalidad, ¡pero en cambio me quitas la vida!"

Apretando los dientes, Bendarian gruñó mientras sacudía la cabeza. "Todavía tengo que aprender todos los secretos del Inferior" jadeó "Cuando lo haga, revertiré este... accidente y restauraré a los dos a una salud plena."

Morley se apartó de él y comenzó a arrastrarse por el pasillo con una mano en la pared. Se congeló en su lugar después de solo unos pocos pasos. "Asegúrate de darte prisa" dijo el hombre sin mirar atrás. "Porque si matarte es la única forma de acabar con mi dolor, puedes estar seguro de que lo haré."

Radharal...

La boca de Bendarian se abrió cuando un gemido bajo y doloroso brotó de su garganta. "No..." suplicó "Ahora no."

No estás manteniendo tu parte del trato.

"¡Por favor! Debo destruir a Desa Nin Leean."

Ella es irrelevante. ¡Liberame!

"Yo..."

¡LIBERAME! la voz exigió *¡LIBERAME!*

Se movieron por las calles de la ciudad en la oscuridad de la noche, dos en un caballo, a excepción de Marcus, que estaba sentado solo con su gris. Tommy sospechaba que era porque nadie más se sentía inclinado a sufrir la compañía del hombre; él con certeza no quería. El proceso de empacar sus cosas y buscar sus caballos se había visto obstaculizado por la constante insistencia de Adele de que ella vendría con ellos y la negativa de Desa a ceder en ese punto. La sobrina del alcalde seguía parloteando sobre el destino o algo por el estilo; Tommy no estaba seguro de creer en todo eso. En el fondo, no estaba completamente seguro de creer en el Todopoderoso, pero a pesar de todas las protestas de Desa por no traer a un aristócrata mimado en este viaje, Adele había logrado unirse a su grupo.

Se sentó detrás de Tommy en el viejo castrado marrón de su padre. Por la forma en que se mantenía inquieta –y por la forma en que miraba a Desa y Miri sobre *Medianoche*– estaba claro que hubiera preferido otros arreglos.

Se movían en silencio por una calle estrecha bordeada de pequeñas tiendas a ambos lados. Tommy vio una panadería, una carnicería, una sastrería. O al menos eso era lo que él pensaba que eran. Era difícil leer las señales con tan pocas lámparas encendidas. Todos los negocios estaban cerrados por la noche, pero aún tenía la extraña sensación de que alguien los estaba mirando desde las ventanas.

"Me necesitas" Adele susurró detrás de él.

A su derecha, Desa se sentaba sobre *Medianoche* con las riendas en la mano. Ella giró la cabeza, fulminó con la mirada a la otra mujer y siseó: "¡Cállate! No nos sirves si despiertas a todo el maldito pueblo."

"Como si alguien pudiera oírme" murmuró Adele.

Tommy hizo una mueca.

Un momento después, Marcus salió de una de las calles que se cruzaban, se detuvo y asintió una vez. "Otro grupo de vigilantes dos calles más allá" dijo en voz baja. "Tendremos que ajustar nuestra ruta."

Desa tomó las noticias con calma.

Tommy, sin embargo, se desplomó sobre la silla de montar, el cansancio hacía que su cabeza fuera tan pesada que pensó que podría caerse. "Cuánto falta" preguntó "Para llegar a las afueras de la ciudad, quiero decir…"

¿Cuánto falta antes de que pueda dormir?

Nadie le respondió, pero Adele lo golpeó entre los omóplatos con la fuerza suficiente para hacerlo saltar. "¡Mantén el juicio, muchacho!" Ella chasqueó "No quiero que nos lleves al río."

"¡Silencio!" Desa gruñó "¡Ustedes dos!"

Ella no estaba de buen humor.

Durante todo su viaje hacia el sur, Desa había mostrado una calma exterior que había tranquilizado a Tommy. Ahora, ella estaba exhausta. Quizás estaba perturbada por lo que había visto mientras se enfrentaba a Bendarian, pero Tommy sospechaba que la presencia de Adele tenía mucho que ver con eso.

Doblaron en una calle más ancha que corría hasta el extremo sur de la ciudad. Estaba vacía, hasta donde Tommy podía ver. Había algunas lámparas encendidas, pero no había señales de nadie cerca. Escuchó cascos de caballos en la distancia, lo que significaba que la patrulla más cercana de Vigilantes de la Ciudad probablemente también podría escucharlos. Con suerte, simplemente asumirían que era otra patrulla.

Después del incidente en el banco y luego de la destrucción del almacén, esos hombres ciertamente estarían buscando una mujer pequeña que cumpliera con la descripción de Desa. Puede que no la reconozcan a la vista, pero se llevarían a cualquiera que descubrieran a esa hora. *Solo un poco más*, se aseguró Tommy a sí mismo. *Ya casi estamos fuera de esta ciudad.*

Acercó su caballo junto a *Medianoche* y se inclinó hacia un lado para hablar con Desa. "Sobre Sebastián" susurró "¿Viste cómo murió?"

La cara de Desa se endureció.

"Señora ¿Kincaid?

"No... no lo vi."

Tommy tragó saliva, luego cerró los ojos y sintió una lágrima en la mejilla. "Supongo que tendré que conformarme con saber que pondrás al hombre que lo hizo en la tierra" Un escalofrío lo atravesó "Una vez que lo encontremos."

"Una vez que lo encontremos." coincidió Desa.

Tommy podía sentir a Adele alejándose de él. La mujer estaba inquieta; no podía decir por qué. Pero entonces debería haber sido bastante obvio. Cualquiera se sentiría incómodo cabalgando hacia la noche e intentando evitar a los hombres de la ley. Solo esperaba que Desa tuviera más de sus armas infundidas.

Mantuvo la boca cerrada por el resto del viaje. Probablemente fueron solo unos diez minutos, quince como máximo, pero se sintió como una eternidad. Tommy seguía mirando por encima del hombro, esperando ver a los vigilantes de la ciudad detrás de ellos. Todo lo que consiguió fue la extraña mirada de Adele, que era casi tan malo.

Una vez que estuvieron a salvo más allá de los límites de la ciudad, dejó escapar un suspiro de alivio. Por supuesto, Ofalla no terminaba en campo abierto. Había granjas a lo largo del camino, e incluso podía ver las luces de un pueblo en la distancia. Lo que significaba que tenían que seguir adelante. El sol estaba muy por encima del horizonte cuando finalmente se detuvieron para descansar en un pequeño claro.

Tommy no quería nada más que acurrucarse con su abrigo como almohada y dormir al menos unas horas, pero estaba bastante seguro de que una vez que hubieran tomado algo de comida, viajarían hasta el anochecer.

CAPÍTULO DIECISIETE

"Se dirige hacia el oeste" dijo Adele mientras estaba de pie sobre una pequeña roca en medio de un claro a aproximadamente media milla al sureste de Ofalla. Rayos de sol brillante se filtraron a través de los árboles y el viento suspiró mientras hacía que las hojas revolotearan.

La sobrina del alcalde estaba esforzándose y entrecerrando los ojos en la distancia como si esos pocos centímetros adicionales de altura de alguna manera la dejaran ver a Bendarian, quien, según ella; estaba a millas de distancia de aquí. Quizás ella realmente podía. La mujer estaba en comunión con el Éter; Desa podía sentirlo como una especie de resonancia. Que Adele incluso pudiera moverse o hablar mientras estaba en ese estado mental era… notable.

Desa estaba apoyada contra el tronco de un olmo con los brazos cruzados y el ala del sombrero sobre los ojos. "Eso has dicho" murmuró ella "Muchas veces ahora, de hecho. Me perdonarás si no tomo tu palabra."

Adele rompió el contacto con el Éter.

Saltó de su roca, luego se dirigió hacia Desa con los puños apretados y los brazos balanceándose. "He estado de tu lado desde el principio" dijo "Me estoy cansando de tus constantes insinuaciones de lo contrario."

Tommy estaba sentado con las piernas cruzadas de espaldas al tronco de un árbol. Tenía los ojos cerrados y estaba claro que estaba tratando de meditar. Intentando y fallando. El corazón de Desa fue hacia el muchacho. Su discusión con Adele ciertamente no estaba ayudando.

Tommy abrió un ojo cuando escuchó el acercamiento de la mujer, luego volvió a concentrarse. Funcionaría para él eventualmente. Desa ya podía sentir los más débiles susurros de la resonancia que había sentido en Adele.

Con pantalones marrones y un abrigo andrajoso, la sobrina del alcalde estaba de pie con los puños en las caderas, frunciendo el ceño y sacudiendo la cabeza. "Te conduje directamente a la casa de Bendarian" agregó "No fue una trampa."

"No, no lo fue" coincidió Desa.

"¿Bien?"

Quitándose el sombrero, Desa parpadeó a la otra mujer. "No estoy segura de lo que quieres de mí" dijo "Estás aquí a pesar de mis protestas. Quizás sería mejor aceptar tus victorias con gracia."

"Aceptar mis victorias.."

Fueron interrumpidos por el sonido de los árboles crujiendo cuando Marcus entró en el claro con Miri pisándole los talones. El hombre se incorporó en toda su altura, frunció el ceño y luego asintió hacia Desa. "Hice algunas preguntas discretas" dijo "Athrin está a unas dos millas al sur de la ciudad, pero hasta ahora no han sido visitados por ningún vigilante. Nadie sabe nada de lo que pasó anoche."

"Entonces, ¿es seguro pasar?"

"Tan seguro como se podría esperar."

Miri sacó una mochila grande que llevaba en la espalda, la dejó sobre la roca de Adele y luego la abrió para revelar una hogaza de pan y queso, todo cuidadosamente envuelto en algodón. "Suministros" dijo "Lo suficiente como para durar unos días. Sin embargo, supongo que si necesitaremos más depende en gran medida de hacia dónde vamos."

"¡Oeste!" Adele insistió.

"No hay nada al oeste de aquí" se quejó Marcus "Puedes seguir el río durante unas doscientas millas antes de que se doble hacia el norte. Encontrarás a Thrasa en su orilla norte pero no mucho en este lado. Y cruzar no será fácil. Después de eso, es campo abierto hasta Fool's Edge."

"¿Fool's Edge?" Tommy preguntó.

Presionando la espalda contra el tronco del árbol, Desa se deslizó hacia abajo hasta que su trasero tocó el suelo. Luego retrajo las piernas y las abrazó. "El último puesto avanzado a lo largo del borde del desierto de Gatharan" explicó "Aventurarte más allá de ese punto y puedes esperar un viaje doloroso que termina con la muerte por sed."

Marcus mostró sus dientes en algo que estaba a medio camino entre una sonrisa y un gruñido. "Hay oasis en el camino" protestó "Los comerciantes han hecho el viaje a Rela-noth al otro lado. Algunos incluso han ido hasta la costa occidental de este continente y han vivido para contarlo."

"¿Cruzar el desierto y luego las montañas Molarin?" Desa dijo "Posible pero no sabio. ¿Y por qué Bendarian iría por ese camino?"

"No sé" insistió Adele "Pero allá va."

Estirando el cuello para mirar a Marcus, Desa sintió que se formaban arrugas en su frente. "¿Ves con lo que he tenido que lidiar toda la mañana?" murmuró ella "Esta ha sido una fuente de información supuestamente útil."

Marcus deslizó sus manos en los bolsillos de su abrigo, su rostro se torció en el tipo de mueca que pertenecía a un hombre que estaba listo para vaciar su estómago. "Si vamos a ir hacia el oeste, salimos de la ciudad por el lado equivocado" dijo "Las carreteras se extienden desde Ofalla como radios en una rueda.

Tendremos que caminar por todo el campo para movernos entre ellos y eso nos llevará a través de varias granjas."

"¿Qué hay con los pueblos periféricos?" Sugirió Tommy "Seguramente, hay caminos que los conectan."

"Los hay" respondió Marcus "Pero seguir ese camino significa la probabilidad de un encuentro con la Guardia de la Ciudad. Eventualmente ampliarán su búsqueda más allá de los límites de la ciudad y muchos estarán buscando una mujer pequeña que se ajuste a la descripción de Desa."

"No creo que tengamos otra opción" dijo Desa "Movámonos. Cuanto antes estemos en camino, mayores serán nuestras posibilidades de pasar por una ciudad antes de que lo haga la Guardia."

El sol se estaba hundiendo rápidamente y el cielo era de un azul profundo que se desvanecía en una franja rosa en el horizonte. Un viento cálido soplaba a través de una ciudad de edificios de madera y calles polvorientas, la tercera por la que habían pasado hoy.

A esta hora, la mayoría de la gente estaba terminando la cena o tomando el té, pero todavía había unos pocos en las calles, atendiendo sus asuntos. Un hombre con una cara curtida y cabello blanco le dio a Desa una mirada repugnante al pasar.

Ella condujo a *Medianoche* con su brida, bajando la cabeza para que el borde de su sombrero pudiera proteger su rostro. "A la gente no le gustan los extraños" murmuró al caballo "No importa a dónde vayas."

Adele caminaba a la derecha de Desa y jugueteaba con el sombrero que Miri le había prestado. La mujer dejó escapar un resoplido. "No veo por qué debería tener que usar esta cosa ridícula" dijo por decimocuarta vez.

"Para que nadie te reconozca."

"Nunca he estado en Shovan" dijo Adele, señalando los edificios de madera a su alrededor. Se tropezó con una roca, trompicó unos pasos y luego maldijo. "¿Cómo podría alguien reconocerme?"

Sacando su pistola, Desa la giró alrededor de su dedo índice, luego agarró el arma y sostuvo la pistola frente a su cara, con el cañón apuntando hacia el cielo. "La primera regla que debes aprender, niña" dijo "Alguien siempre está haciendo lo que nadie debería ser capaz de hacer."

A su izquierda, Miri caminaba brazo a brazo con Tommy y se llenaba los oídos con charlas constantes mientras guiaba al caballo castrado de su padre. El chico parecía positivamente mortificado, lo que hizo que la sonrisa contagiosa en la cara de Miri fuera mucho más divertida.

"Ahora, escucha con atención, Lommy" dijo "Hay algunas cosas que debes saber sobre esta región. Sus dos principales exportaciones son el algodón y el tabaco, aunque los duraznos crecen bien en este clima y un agricultor puede obtener una buena ganancia vendiéndolos a los comerciantes que los envían río abajo. ¿Estás escuchando, Lommy?"

Desa se rio.

Marcus estaba al frente, dirigiendo ese masivo caballo gris suyo y sin duda lanzando deslumbrantes dagas con la mirada a todos los que pasaban. Tal vez por eso el viejo la había fulminado con la mirada. Podría haber sido más sabio dejar que Marcus tomara la retaguardia: los sentidos de Desa eran tan agudos como los de él después de una década deambulando por el desierto; ella detectaría problemas tan fácilmente como él, pero el hombre hizo lo que todos los hombres hacen.

Si había problemas en su camino, entonces Marcus quería ser el primero en enfrentarlos. O algunas tonterías. Desa podría haber protestado en otras circunstancias, pero estaba cansada y todavía tenían mucho camino por recorrer.

"¿Por qué iría Bendarian al oeste?" Murmuró Adele.

"Tú eres quien insistió en que lo hizo."

La joven se quitó el sombrero nuevamente, para disgusto de Desa y la suave brisa hizo que esos mechones dorados revoloteasen. "Sí, pero solo puedo ver dónde está" dijo "No tengo idea de por qué fue allí. Cuando lo revisé por última vez, estaba a unas diez millas río arriba."

Apretando los labios, Desa entrecerró los ojos en la distancia. "Podría ser capaz de alcanzarlo" dijo "*Medianoche* y yo deberíamos poder cubrir esa distancia en menos de una hora."

"Bendarian no está solo" dijo Adele "Ese personaje de Morley está con él y con media docena de otros hombres que no conozco. Y corrígeme si me equivoco, pero no has tenido tiempo de reponer tu arsenal de armas infundidas."

La chica tenía razón, aunque Desa odiaba admitirlo. Bendarian era un enemigo peligroso antes de adquirir sus nuevos poderes. Atacarlo mientras ella estaba exhausta y sin armas infundidas era una sentencia de muerte. Entonces, ella hizo lo único que pudo.

Ella siguió caminando.

Desa flotó en el abrazo del Éter, apenas consciente de su propio cuerpo fatigado. Todo lo que vio fue una tempestad de partículas que se arremolinaban. El agotamiento era un dolor leve en el fondo de su mente, fácilmente ignorado y los otros dolores en todo su cuerpo se desvanecieron rápidamente a medida que las heridas que había adquirido al luchar contra Bendarian se curaron. La comunicación con el Éter aceleraba el proceso de curación natural del cuerpo.

Ella infundió los nudillos de latón con una nueva conexión al Éter, estructurando un entramado de energía que les permitiría liberar una ola de fuerza cinética cuando se cumplieran dos condiciones físicas. Tenía que presionar sus dedos contra el interior de los cuatro anillos y la cara exterior de los cuatro anillos tendría que entrar en contacto directo con un objeto sólido. Dado que ella les había dado un mecanismo físico para desencadenar la liberación de energía, cualquiera podría usar esos nudillos de latón con pleno efecto.

Ella había infundido varias balas, tanto sus dagas como la hebilla de su cinturón con nuevas conexiones al Ether. Su pulsera todavía contenía un Sumidero de Fuerza que podría drenar la energía de al menos seis balas. Eso fue lo mejor que pudo hacer. Había límites en la cantidad de energía que podía manipular un Enlazador de Campo, aunque Desa sospechaba que Adele podría fabricar armas aún más poderosas si se lo proponía.

Adele...

La joven tenía un talento natural para manipular el Éter, un talento diferente a todo lo que Desa había visto antes. De hecho, Adele estaba en comunión con el Éter en este mismo momento. Desa podía sentir el escrutinio de la mujer.

Ella se dejó llevar nuevamente de regreso a su cuerpo.

Estaba sentada en un tronco, con los ojos cerrados cuando una brisa fresca le arrancó mechones de pelo de la cara. Este pequeño parche de bosque que habían descubierto aproximadamente a media milla al suroeste de Ofalla era el mejor campamento que probablemente encontrarían. Desa podía escuchar el canto de las cigarras a su alrededor.

Ella abrió los ojos.

Tommy estaba acurrucado en su saco de dormir con la oscura figura de Miri sentada a solo unos metros de distancia. Giró la cabeza como si pudiera sentir un cambio en Desa y aunque estaba demasiado oscuro para ver, Desa podía jurar que sintió los ojos de la otra mujer sobre ella.

Marcus estaba de pie entre dos árboles al borde de este bosque, mirando el vasto campo abierto más allá de ellos. El tonto de hombre probablemente insistiría en permanecer despierto toda la jodida noche para vigilar a pesar del hecho de que debe haber estado tan agotado como ella. ¡Hombres!

Eso dejó a Adele.

La necedad no se limitaba de ninguna manera a los hombres. La sobrina del alcalde estaba sentada principalmente en una roca, perdida en un trance. El ritmo lento de su respiración era inconfundible para cualquiera con un oído agudo.

Desa se levantó y caminó hacia ella. "Suficiente" dijo poniéndose frente a la mujer. "¿Por qué me estás vigilando?"

Marcus les echó un vistazo, pero rápidamente decidió que esto no era de su incumbencia y volvió a su "deber" como centinela. Bueno, al menos no era un idiota total.

Adele se levantó lentamente, era realmente bastante alta, respiró hondo y luego sacudió la cabeza. "Me comunico con el Éter todas las noches" dijo "Estaba viendo a Bendarian, pero tu Enlace de Campo es más bien distrayente y debo admitir que tenía curiosidad."

"Preferiría que…"

"*Yo* preferiría" interrumpió Miri "que si pudiéramos dormir un poco. ¿Quizás podría guardar sus pequeñas disputas para el largo viaje hacia el oeste? Estoy segura de que hará maravillas para aliviar el aburrimiento."

Desa quería gritarle a la mujer, pero eligió guardar silencio. Miri tenía razón; necesitaban descansar. Cuando se acomodó en su saco de dormir, cedió al impulso de suspirar. Esperaba tener al menos una noche más en una cama de verdad. Pero entonces, la vida del cazarrecompensas no ofrecía mucho confort. Ella mataría a Bendarian pronto. Casi podía sentirlo. Y luego… Y entonces, ¿quién podría decir dónde la llevaría su vida?"

CAPÍTULO DIECIOCHO

Miri captó la vista.

El camino de tierra que atraviesa un campo de exuberante hierba verde, paralela a un río de aguas negras y brillantes. El cielo sobre su cabeza era de un hermoso tono azul, con nubes esponjosas a la deriva.

Se sentó sobre el viejo caballo marrón de Tommy con las riendas sueltas. Las manos del joven estaban en sus caderas y tuvo que admitir que no le importaba. De alguna manera, Adele había logrado intercambiar lugares con ella por las objeciones de Desa Nin Leean. A Miri tampoco le importaba. Desa había sido una compañía terrible desde Ofalla.

Ella sonrió, luego dejó caer los ojos sobre el pomo de su silla de montar. "Entonces, Lommy" comenzó "Me doy cuenta de que eres un poco menos tímido... O al menos un poco más familiarizado conmigo" Miri movió las caderas para enfatizar la colocación de sus manos.

Se aventuró a echar un vistazo por encima del hombro.

Estaba haciendo una mueca ante su comentario, su cuerpo de repente tan rígido como una tabla. "Mire, señorita... Nin...

¡Miri!" Ahora, *ahí* estaba el muchacho incierto al que no podía evitar provocar. "No quiero ser grosero, pero…"

"Relajarse. Solo bromeo."

"Eso es bueno."

Era difícil forzar estas siguientes palabras de su boca –este era un tema difícil que había estado evitando– pero tarde o temprano, tienes que abordar las realidades dolorosas que preferirías esconder en el armario. "Debes tener mucho dolor" dijo "Después de perder a Sebastián."

"Pensé que odiabas a Sebastián."

Con los labios apretados, Miri miró hacia el cielo y luego se encogió de hombros. "No lo odiaba" explicó "Solo lo veía por lo que era. Un hombre triste y un tonto peligroso… Pero no lo quería muerto."

Tommy apretó las caderas con fuerza y se inclinó hacia delante, estremeciéndose. Podía sentir su aliento en la nuca. "Lo amaba" dijo "Pero… creo que siempre lo vi por lo que era también."

Miri le dio unas palmaditas en la mano.

Una rápida mirada hacia Desa reveló que la mujer cabalgaba con los ojos en el lejano horizonte. Nunca era inteligente concluir que Desa Nin Leean no estaba prestando atención, pero parecía estar distraída.

Podría tener algo que ver con Adele, que prácticamente se acurrucó con su mejilla en el hombro de Desa. La sobrina del alcalde ciertamente estaba contenta de compartir una montura con el objeto de sus afectos. Eso no terminaría bien, pero no era asunto de Miri. Lo mejor era concentrarse en las batallas que podía ganar.

"A veces" comenzó "a veces es difícil reconocer las fallas en los que amamos."

Tommy gruñó.

El sonido de un jinete que se acercaba fue seguido por Marcus galopando sobre su caballo gris y luego deteniendo a la bestia frente a ellos. "El camino está vacío por al menos tres millas por delante de nosotros. No hay barcos en el agua."

"Gracias, Marcus" dijo Desa.

Miri echó la cabeza hacia atrás y puso los ojos en blanco. Su hermano llevaba el manto del protector vigilante con tanta dedicación que era casi un cliché. A veces, ella quería golpear su cara de tonto.

"Bendarian todavía está adelante de nosotros" dijo Adele "Por veinte millas por lo menos. Quizás más. No puedo decirlo."

Tommy gruñó y Miri miró hacia atrás para ver al muchacho apretando los dientes y sacudiendo la cabeza. "Viajamos desde el amanecer hasta la puesta del sol y el hombre no sigue ganando terreno" escupió "¿Cómo es eso posible?"

"¿Magia negra?" Sugirió Miri.

"No es magia" dijo Desa automáticamente "Pero creo que tienes derecho, Miri. Cuando peleamos en ese almacén, él simplemente desapareció. Pensé que tal vez el poder lo había consumido, pero parece que se ha vuelto capaz de viajar instantáneamente."

"Si eso es cierto" dijo Tommy "entonces, ¿por qué no ir directamente a su destino? ¿Por qué perder el tiempo montando… o caminando… o lo que sea que esté haciendo?"

Desa se encorvó en la silla de montar, exhalando con fuerza y sacudiendo la cabeza. "No sé" se lamentó "Quizás no pueda. El Inferior parece ser un caos manifestado. Puede ser que la única forma de controlarlo sea restringir el alcance de cada hazaña que realiza."

Continuaron en silencio por un rato.

Miri se encontró deseando poder estar en otro lugar, tal vez en un barco que se dirigiera río abajo, lejos de Bendarian. Ella solo había sido una niña cuando sus experimentos con el Enlace de Campo habían matado a una docena de personas y enloquecido al doble. Cualquier ambición que hubiera sentido por encontrar el Éter por sí misma había desaparecido ese día.

Pero si Desa Nin Leean tenía razón, entonces el destino del mundo en sí mismo dependía de que evitaran que Bendarian hiciera lo que pretendía hacer. Bueno, ella haría su parte, pero no tenía que gustarle.

En ese momento, estaba más preocupada por el joven que compartía una silla con ella. Tommy se estaba manteniendo lo suficientemente bien, pero estaba claro que la muerte de Sebastián lo había sacudido… y aunque no podía estar segura, Miri tenía el desasosiego de la sospecha que Desa tenía culpa de alguna manera.

No era nada que pudiera precisar, pero la mujer tenía los labios apretados notablemente cada vez que surgía el tema. Si Desa le hubiera quitado la vida al joven, sería mejor para todos si ella simplemente le dijera a Tommy. Miri no quería ver qué pasaría si se enterara por su cuenta. Ella tendría que mantenerle el ánimo en alto.

Y podía pensar en varias formas en que podría hacer eso.

Tommy se arrodilló en la hierba junto a una olla humeante de estofado de pollo que había calentado con una de las monedas infundidas de Marcus. Prepararlo había agotado la mayoría de sus suministros, pero todos comerían bien esta noche. El sólo olor valía la pena en la estimación de Tommy.

El pequeño disco de luz que el anillo de Desa proyectaba sobre la hierba ofrecía muy poca visibilidad, pero podía distinguir a sus cuatro compañeros, todos de pie y esperando una buena comida. Era casi una hora pasada la puesta del sol; habían cabalgado todo el día y estaban muy hambrientos.

Desa estaba al borde de la luz, atendiendo a *Medianoche*, rozando suavemente la crin del caballo. Incluso a esta distancia, Tommy podía escuchar los suaves sonidos de sus murmullos, pero ella estaba demasiado lejos para que él pudiera distinguir algo específico.

Con las manos metidas en los bolsillos de su gabardina, Marcus recorrió una línea de ida y vuelta a través de la hierba. La expresión de concentración en su rostro dejó en claro que no quería ser molestado.

Luego estaba Adele.

La sobrina del alcalde se sentó en la hierba con las piernas contra su pecho, abrazando sus rodillas y mirando hacia el río. Una ligera brisa hizo que su largo cabello dorado revoloteara. Tommy había intentado más de una vez entablar conversación con ella, y solo había recibido desprecio por su preocupación. De hecho, la única que quería hablar con él era Miri. Marcus no tenía amor por él y Desa lo había estado evitando desde Ofalla.

Cerrando los ojos, Tommy se inclinó hacia delante para inhalar el aroma del guiso. Un cálido vapor acarició su rostro y dejó una humedad en su piel. "¡Creo que está listo!" gritó. "Probablemente deberíamos comer."

Marcus fue el primero en pavonearse y extender su mano con toda la arrogancia de un rey que simplemente esperaba que un sirviente trajera su vino. Tommy sirvió estofado en uno de los pequeños cuencos de peltre que Miri llevaba en su mochila.

Adele vino después y al menos tuvo la decencia de murmurar gracias antes de tomar su tazón y se fue a sentarse tranquilamente sola.

"Huele delicioso, Tommy" dijo Desa mientras se acercaba.

Él la miró con una gran sonrisa y dejó escapar un trino de risa nerviosa. "Ciertamente espero que sí, señora" respondió "Aprendí a hacerlo para mi padre antes de que me metieran en una celda."

Cuando él llenó su tazón, Desa le hizo un breve gesto de agradecimiento, luego le dio la espalda y se dirigió hacia la orilla del río. Quizás ella también quería estar sola. O tal vez solo estaba tratando de evitar a Adele. Cualquier tonto podía ver que esas dos se estaban enamorando la una de la otra y Tommy deseaba que simplemente se apuraran y lo admitieran. Haría maravillas para aliviar la tensión de este largo viaje hacia el oeste. También esperaba que Desa continuara guiándolo en sus meditaciones.

Miri se acercó para sentarse con él y cuando él le entregó un tazón, ella le ofreció una sonrisa y una palmadita en la pierna. "Hiciste un buen trabajo." Se llevó una cucharada de pollo a la boca y luego cerró los ojos mientras saboreaba el sabor.

"Me alegra que te guste."

"Me gusta. ¿Cómo estás?"

Echó la cabeza hacia atrás y Tommy parpadeó varias veces mientras reflexionaba sobre la pregunta. "Supongo que estoy bien" El cansancio en su voz fue sorprendente incluso para él. "Cuanto más lo pienso, más me doy cuenta de que Sebastián estaba destinado a llegar a un mal final."

Miri frunció el ceño pero asintió lentamente como si su respuesta fuera una conclusión inevitable. "Eso no lo hace más fácil" dijo "Por lo que vale, lo siento".

"No lo mataste."

"No… no lo hice."

Algo en su tono llamó la atención de Tommy y cuando miró, la encontró mirando con nostalgia hacia el río. Ahora, ¿de qué se trataba todo eso? Sabía que Miri había seguido a Sebastián a la casa de Bendarian. Sabía que ella había atrapado a Sebastián en el acto de su traición, pero… no le habría hecho nada, ¿verdad?

Tommy no era tonto; había visto a la mujer blandir cuchillos arrojadizos y usarlos con una habilidad mortal. Podría haber lastimado a Sebastián y si es así, ¿podría realmente confiar en ella, sabiendo que ella había…

"No, Lommy" dijo "No maté a tu amante."

Tommy sintió que se le abría la boca, luego sacudió la cabeza con la fuerza suficiente para marearse. "Cómo…" Tuvo que resistir el impulso de avanzar hacia atrás para alejarse de ella. "¿Puedes leer mentes?"

"Soy Ka'adri" explicó "Estamos capacitados en el arte de la observación. El Sínodo nos envía al mundo para mirar e informar lo que vemos. Aladar es fuerte, pero solo somos una pequeña nación. Si los demás decidieran invadir…

"Ya veo… ¿Por qué me estás diciendo esto?"

Miri se acercó un poco más a él, lo suficientemente cerca como para que su brazo tocara el suyo y cuando lo miró fijamente a los ojos, Tommy se sintió muy nervioso. "Porque" dijo ella "Para ganar confianza, debes ofrecer confianza. Y quiero que confíes en mí."

"Bueno… Eso era algo."

Habiéndose desechado su abrigo, Desa estaba parada junto al río en pantalones y una simple camisa de trabajo con las mangas enrolladas. El sonido del Vinrella pasando apresurado era casi relajante. En los últimos días, habían visto pasar dos barcos, ambos dirigiéndose hacia el este hacia Ofalla, pero por la noche; el río siempre estaba tranquilo.

El sonido de pasos la alertó de la llegada de Marcus. El hombre era bueno, solo un oído entrenado notaría su acercamiento, pero nunca había sido capaz de acercarse sigilosamente a ella. Sospechaba que él seguía intentando demostrar que podía.

"La chica es una carga" dijo "Envíala de vuelta a Ofalla."

Cerrando los ojos, Desa respiró lentamente. "¿Crees que no lo he intentado?" preguntó ella, girando para enfrentarlo. "Adele está decidida a seguirnos. Entonces, a menos que quieras que recurra a la violencia…"

De espaldas a la luz proyectada por su anillo, Marcus era solo una sombra para sus ojos, pero podía darse cuenta de que estaba frunciendo el ceño. "Quizás deberías" respondió "Le llegaría el mensaje."

"Contundente como siempre" dijo ella, acercándose a él "Realmente debo admirar tu singularidad de propósito."

"Tienes sentimientos por la chica."

"Por supuesto que sí" espetó ella "Pero si crees que es por eso que le permito que se quede, estás tristemente equivocado. No sé casi nada sobre Adele Delarac, excepto que su talento para manipular el Éter está más allá de todo lo que he visto antes. Si ella es realmente uno de los agentes de Bendarian, preferiría vigilarla."

Un silencio incómodo se prolongó mientras Marcus consideraba lo que ella había dicho. ¿Había sido siempre el hombre tan difícil? Habían aprendido a Enlace de Campo juntos, aunque Desa lo había aprendido más rápido. Ella podía recordar su brusquedad, pero la verdad era que no había pensado mucho en Marcus en esos días y –hasta donde sabía, de todos modos– él había pensado aún menos en ella.

Nunca había habido mucho afecto entre ellos. Se respetaban, pero nunca habían sido amigos. Y la idea de algo más allá de eso era risible. Incluso si Desa hubiera querido hombres, ella no lo hubiera querido. "Quizás tengas razón" dijo al fin.

"Me alegra que estés de acuerdo."

Levantó un solo dedo como para advertirle que el consenso entre ellos era bastante frágil. "Pero" dijo "si me convenzo de que es una amenaza para nosotros, la mataré yo mismo."

Escuchar eso dolió más de lo que a Desa le hubiera gustado, pero controló su cara y asintió. "No esperaría nada menos."

CAPÍTULO DIECINUEVE

El cielo nublado se estaba desvaneciendo de gris a azul cuando finalmente se detuvieron después del final de otro largo día en la silla de montar. Cruzando las oscuras aguas del Vinrella, Desa vio un pueblo de construcciones de madera que se extendiéndose caprichosamente a lo largo de la orilla opuesta y detrás de ella, un bosque de coníferas que empequeñecía cada una de las casitas.

Las lámparas estaban encendidas e incluso podía ver a algunas personas caminando por la calle más cercana a la orilla norte del río. Un gran ferry de madera estaba atracado en la marina, pero había pocas posibilidades de que alguien se cruzara a esta hora.

Su pequeño grupo estaba en la orilla sur, cerca de un segundo muelle para el ferry, todos mirando fijamente con melancolía a través del río hacia el pueblo al otro lado. Thrasa era un pueblo extraño; apretujado entre un bosque por un lado y el Vinrella por el otro, se extendió a lo largo de la costa en un patrón casi en forma de media luna.

Adele dio unos pasos hacia la orilla del agua, inclinó la barbilla y luego olisqueó con desdén. "Deberíamos continuar hacia el oeste" dijo "He visto a Bendarian a través del Éter y puedo prometerle que no está en esa ciudad."

Su sugerencia produjo un gruñido de Marcus. El hombre mostró los dientes mientras se adelantaba y sacudía la cabeza. "Niña tonta" escupió "¿Y dónde crees que encontraremos suministros si no nos detenemos aquí?"

Adele se sonrojó y bajó los ojos. Desa sintió muy poca simpatía. La sugerencia de la otra mujer era bastante tonta; de hecho, casi parecía *diseñada* para dejarlos varados en el desierto sin comida ni municiones. Resistir el impulso de mirar con furia a Adele tomó un poco de esfuerzo.

Tommy regresó de la orilla del río con la brida del caballo de su padre en la mano. Un ceño fruncido traicionaba su inquietud. "¿Cómo se supone que vamos a cruzar?" preguntó "Podríamos tener que esperar hasta mañana."

"Y perder otro día" se quejó Marcus.

En respuesta a la pregunta del joven, Desa levantó un puño cerrado hacia el pueblo distante y pulsó la Fuente de Luz en su anillo. Lo dejó parpadear una y otra vez a toda intensidad. Eso debería llamar la atención de alguien.

Por supuesto, tuvo que estar parada allí durante unos diez minutos antes de notar a dos hombres parados en la orilla opuesta y señalándola. Su brazo se estaba cansando. ¿Cuánto tiempo antes de enviar a alguien a investigar?

Tommy eligió ese momento para ponerse a su lado y fruncir el ceño pensativamente ante su intento de señalar a la gente del pueblo. "Eso es inteligente" dijo. "Um... Sra. Kin... Uh... Desa. ¿Todavía tienes la intención de enseñarme Enlace de Campo?"

"Te enseñaré" murmuró.

"Bien."

Sin duda esperaba alguna aclaración sobre por qué ella lo había estado evitando desde que salieron de Ofalla. ¿Cómo demonios le decía que era porque fue ella quien había matado a su amante? Otro problema que esperaba evadir por al menos un poco más de tiempo.

Cuando ella no ofreció ninguna explicación adicional, Tommy se dio la vuelta y regresó a los caballos, murmurando para sí mismo. Desa chasqueó la lengua. Tendría que lidiar con eso pronto, antes de perder toda la confianza del joven.

Por fin, vio a un equipo de hombres que soltaban el ferry de sus cables de amarre. No pasó mucho tiempo antes de que la gran nave de madera cruzara el río hacia ellos. Ya era hora. La última parte del crepúsculo se desvanecía del cielo. Desa siguió pulsando su anillo. Si ella se detenía ahora, podrían regresar.

Finalmente, escuchó los gritos y gruñidos de hombres que trabajaban en los remos cuando el Ferry se detuvo en el muelle. Un hombre en la cubierta se acercó a la barandilla con una linterna en la mano. Este era corto y delgado, con una cara arrugada y cabello blanco que sobresalía por debajo de su sombrero de copa. "¿De qué se trata esto entonces?" él gritó.

Desa se acercó al muelle, estirando el cuello para mirarlo de reojo. "Mis amigos y yo quisiéramos solicitar un pasaje a través del río" dijo "Perdónanos por nuestra repentina llegada a esta hora tardía."

El capitán del barco —al menos, eso era lo que ella supuso que era— no estaba muy contento con su respuesta. Él negó con la cabeza y luego se inclinó sobre la barandilla para mirarla. "¿Y qué hay de esa luz parpadeante?"

Levantó la mano y activó la Fuente dentro de su anillo, haciendo que brillara con una luz intensa. El capitán, aunque visible para ella a la luz de la linterna, ahora parecía estar parado bajo el sol del mediodía. "El regalo de Aladar" dijo Desa "Lo que te ofreceré a cambio de un pasaje. Además de cualquier dinero del que podamos disponer."

"¿Anillos que brillan?"

"Eso y mucho más" Le gustó ver que él estaba realmente curioso sobre el Enlace de Campo. Es cierto que muchas personas lo llamaron brujería –y algunos incluso llegarían a sacarla de la ciudad– pero había algunos con suficiente ingenio para darse cuenta de que algo no era malo simplemente porque no lo entendían. "¿Nos darás un pasaje?"

El hombre se mordió el labio mientras lo consideraba, luego asintió lentamente. "Muy bien" dijo al fin En un abrir y cerrar de ojos, él estaba dándole la espalda y ladrando órdenes a su tripulación. "¡Palmer! Fromm! ¡Extiendan la tabla! ¡Y sean rápidos, malditos sean! Ya tengo suficientes problemas con Elsa, cruzando a esta hora y que el Todopoderoso me tome por mentiroso, ¡no la tendré preocupándose mucho en la noche solo porque ustedes idiotas decidieron holgazanear!"

Poco tiempo después, estaba parada en la proa del barco y observaba cómo las luces naranjas de Thrasa se acercaban cada vez más. El sonido de los hombres gruñendo y algunas maldiciones murmuradas llenaron sus oídos, pero ella los ignoró. Su mente estaba centrada en cómo decirle a Tommy la verdad de lo que había hecho… y no tenía respuesta.

Unos pasos la sacaron de su ensimismamiento.

Se dio la vuelta para encontrar al Capitán Rufus Sharp –así se llamaba el hombre– pisoteando hacia ella con una mueca que podía romper rocas en la arena. "Idiotas, todos ellos."

Frunciendo los labios, Desa estudió al hombre por un largo momento. "Parece que no tiene en alta estima a su tripulación" dijo, alzando las cejas "Perdóneme, Capitán, pero eso no inspira confianza."

El hombre respondió con una sonrisa burlona y un movimiento de cabeza. "Confianza" dijo, acercándose a la barandilla. Apoyó las manos sobre ella y se inclinó para mirar en la oscuridad. "La mitad de mis hombres desearían haberte dejado a ti y a los tuyos en la orilla del río. Y la otra mitad piensa que debería haberte disparado."

Desa giró para pararse junto a él con las manos entrelazadas a la espalda, respirando profundamente para calmar su agitación. "Ya veo" dijo al fin "Entonces supongo que debo agradecerle por su paciencia."

"No soy tonto, mujer" murmuró "Tampoco soy un triste palurdo pueblerino que nunca pasó más allá de las fronteras de su pueblito. He navegado muchas aguas antes de que la edad me humillara."

Giró la cabeza para mirarla con una expresión pellizcada, luego asintió una vez. "He visto maravillas" continuó "Y los inventos de los Aladri no fueron los menos importantes entre ellos. Sé que no son mágicos."

"Entonces eres más sabio que la mayoría."

"Pero ahora debo pedirle perdón, señora" dijo "Y pedirle que explique cómo funciona ese anillo suyo."

Sintió que sus labios se curvaban en una pequeña sonrisa, luego bajó la vista hacia la cubierta bajo sus pies. "Extrae energía del Éter" explicó "Puedo hacer varios para ti antes de llegar a Thrasa, pero tendrás que aprender a tocar el Éter tú mismo si deseas reponerlos después de que se gaste su energía."

El capitán se cruzó de brazos, dio un paso atrás y luego sacudió la cabeza. "No creo que esto sea algo que puedas enseñar antes de llegar a la costa norte." Él debe haber notado algo en su rostro porque sofocó una mueca y luego giró la cabeza para mirar el agua. "No... pensé que no."

"Se necesitan años de práctica."

"Como sospechaba."

"Pero puedo enseñarte lo básico" agregó Desa rápidamente. Si se salía con la suya, enseñaría Enlace de Campo a todos los hombres, mujeres y niños de este continente. Dulce Misericordia, podrían necesitarlo si Bendarian desatara el Inferior sobre este mundo. "Ahora, tal vez deberías darme los objetos que deseas infundir. Necesitaré unos momentos de silencio para completar la tarea."

. . .

Una corpulenta matrona con el pelo castaño que llevaba recogido en un moño y las gafas montadas demasiado bajo en su nariz pecosa levantó la vista en el instante en que cruzaron la puerta de su pequeña posada. "Los viajeros llegan a todas horas" dijo, maniobrando entre las mesas redondas de madera que se extendían por el piso del salón.

Marcus dio un paso adelante para encontrarse con ella, con las botas golpeando el suelo de madera y luego extendió la mano para ofrecer varios billetes de banco. El posadero les hizo una inspección superficial, luego levantó la vista para estudiar su rostro. "Del banco de Ofalla, ¿eh?" ella preguntó "Supongo que son dignos de confianza."

Miri apoyó un hombro contra el marco de la puerta, bostezó y luego lo sofocó al taparse la boca con una mano. "Dios" murmuró, ignorando los tristes intentos de su hermano de regatear el precio de una noche de estadía. "Todo ese tiempo en la silla de montar deja a una chica agotada."

La estirada y remilgosa señorita Adele Delarc estaba esperando a las afueras de la posada con los pies juntos, los dedos apuntando hacia adelante y las manos cruzadas delante de sí misma. Estaba bastante concentrada en lo que decía Marcus. Bueno, deja que la tonta mujer se preocupe por eso. Sin duda pensó que podría hacerlo mejor. Quizás ella realmente podría.

Miri le dio la espalda a su hermano, pasó junto a Adele y salió a la calle abierta. A pesar de sus fronteras en constante expansión, Thrasa se parecía mucho a un pequeño pueblo pintoresco. Las casas hechas de troncos de madera estaban espaciadas casi caprichosamente en ambos lados de la carretera.

Tommy esperaba con las manos metidas en los bolsillos de los pantalones, los ojos bajos, como siempre y los hombros encogidos. "Me vendría bien dormir" dijo en respuesta a su comentario anterior. "Supongamos que voy a estar atrapado con Marcus de nuevo."

"Podrías quedarte conmigo" respondió Miri con una sonrisa diabólica.

El joven la miró y abrió mucho los ojos hasta que pareció que podrían salirse de sus órbitas. "Pero nosotros..." tartamudeó "Quiero decir... Hombres y mujeres... compartiendo una habitación juntos. No sería correcto."

"Curioso" respondió Miri "Compartiste una habitación con tu amante en Ofalla y nadie pensó en eso. ¿Por qué debería ser un problema sólo cuando se trata de un hombre y una mujer?"

"Yo..."

"No me digas que tú y Sebastián nunca compartieron una cama."

Manchas carmesí inundaron las mejillas de Lommy y él dio un paso atrás, presionando un puño en su boca y aclarando su garganta con fuerza. "Hemos... quiero decir..." Sus mejillas se hincharon justo antes de soltar un jadeo. "Hemos sido íntimos, sí."

Miri se acercó a él con las manos entrelazadas a la espalda y le sonrió a sus propios zapatos. "Bueno, entonces no entiendo por qué verías una incorrección al compartir una habitación conmigo."

"Yo..."

"Relájate, Tommy."

Tragó visiblemente, luego la miró de reojo como si no pudiera creer lo que estaba viendo. "Me llamaste, Tommy" observó.

Ahora, fue Miri quien se sonrojó. Maldito este tonto niño; Habían pasado años desde que había sido culpable de ese tipo de desliz. "Sí, supongo que sí" dijo "Bueno, toma la satisfacción que puedas encontrar en ello. No volverá a suceder."

Ella le acarició la mejilla.

. . .

Bendarian salió de su trance para encontrar su cuerpo casi como lo había dejado, sentado con las piernas cruzadas en la hierba cerca de un solitario roble con hojas que suspiraban en el viento fresco de la noche. La pequeña tienda en la que dormiría esta noche había sido levantada y podía escuchar el crepitar del fuego de Morley.

Gruñendo por el dolor en sus rodillas –las quejas del hombre sobre ese tema habían sido numerosas– Morley se sentó en una roca con los codos sobre los muslos y juntó los dedos mientras observaba las llamas. Él no dijo nada.

Un ceño fruncido apretó la boca de Bendarian cuando inconscientemente pasó una mano sobre su calva. Todavía le salían algunos pelos sueltos del cuero cabelludo. Tendría que ocuparse de eso, pero esperaba que restaurar su juventud aliviara la necesidad.

El Inferior le llamó.

Fue tentador.

Lamiendo sus labios, Bendarian cerró los ojos y luego dejó escapar un suspiro tembloroso. "Ella está en Thrasa" dijo "Y la niña todavía está con ella... Si hubiera sabido que Charles Delarac estaba albergando a una Sensible. Bueno... no importa."

Morley miró en su dirección, con el ceño fruncido traicionando la irritación del hombre. "¿Y de qué nos sirve ese conocimiento?" dijo "Volvería y la mataría yo mismo si no fuera por mi actual... predicamento".

Abruptamente, el hombre se puso de pie gruñendo por el esfuerzo, luego se dio la vuelta y levantó la roca como si no pesara más que una piedra. La arrojó a una velocidad considerable, enviándolo a volar al menos doscientos pies antes de que se estrellara contra el suelo y se hiciera añicos en el impacto. "Fuerza y fragilidad al mismo tiempo" murmuró "¿Qué me has hecho, Bendarian?"

"No más de lo que pediste" escupió Bendarian "Muestra algo de respeto."

"Respeto" se burló Morley, sin hacer ningún intento por ocultar su desdén. "Me prometiste la vida eterna, pero todo lo que has hecho es acelerar mi viaje a la tumba."

Con una mano sobre su boca, Bendarian cerró los ojos y respiró profundamente para calmarse. "Ya te aseguré que remediaré la situación" dijo "Te concedí invulnerabilidad atando tu vida a la mía."

"Y luego te hiciste viejo."

Bendarian chasqueó los dedos.

El gesto trajo un destello inmediato de dolor a Morley, quien se arrodilló con las yemas de los dedos masajeando sus sienes. "Detente" gimió "Detente por favor… por favor. Te obedeceré."

"Tu fuerza vital está ligada a la mía" dijo Bendarian "Eso me garantiza ciertos… vamos a llamarlos privilegios."

Ignorando el dolor en sus rodillas, Bendarian se levantó, luego exhaló y sacudió la cabeza. "Espero un poco de respeto en adelante" dijo "A menos que desees que tu eternidad sea de lo más desagradable."

Morley estaba doblado y agarrando su cuero cabelludo calvo con ambas manos. "¡Si! ¡Si!" jadeó "Lo que digas."

Con un gesto despectivo de su mano, Bendarian retiró el dolor del cuerpo de su sirviente y Morley comenzó a jadear. Era como si el hombre simplemente no pudiera llenar sus pulmones lo suficientemente rápido. "Ahora tengo trabajo que hacer" dijo Bendarian "Te quedarás aquí."

Hundiéndose en un trance profundo, se estiró con sus pensamientos para comunicarse con el Éter. El mundo cambió ante sus ojos, los objetos sólidos colapsaron en violentas tormentas de partículas. Se empapó de la conciencia de todo lo que lo rodeaba. Sabía que no había nadie más por millas, ni otra alma además de él y Morley.

Al estar en comunión con el Éter de la Tierra, su forma y curvatura, sabía la distancia exacta y la dirección que tendría que viajar para llegar a Thrasa. Por supuesto, no podría hacer el viaje en un solo salto.

El Inferior golpeó en su mente como el viento tratando de romper una ventana. Se hacía cada vez más difícil resistir esa llamada. Afortunadamente, no tendría que hacerlo esta vez. Se separó del Éter y dejó que el Inferior lo consumiera.

Fue tan… diferente.

Hubo un nuevo conocimiento sí, pero no la comprensión íntima precisa de su entorno que venía del contacto con el Éter. No veía el mundo como una tempestad de partículas. Era más una comprensión de las leyes naturales.

Y de cómo podría romperlas.

Bendarian sonrió cuando se le ocurrió una nueva idea. "Estarás contento, mi amigo" dijo, volviéndose hacia Morley. El hombre todavía estaba de rodillas en la hierba, todavía agarrándose la cabeza y tratando de superar el dolor. "He encontrado una manera de recuperar mi juventud."

Morley levantó la vista con asombro en sus ojos, la luz del fuego proyectaba sombras parpadeantes en su rostro. "¿Puedes?" titubeó "¿Cómo… cómo harías eso?"

"Es realmente bastante simple" respondió Bendarian "Todo lo que tengo que hacer es recuperar la fuerza vital que he malgastado contigo."

Levantó una mano con la palma hacia arriba y encorvó el dedo. Morley gritó y se estremeció mientras su cuerpo se encogía. Su piel se volvió gris, luego se convirtió en polvo, dejando solo un frágil esqueleto en su lugar. Segundos después, eso también se derrumbó en cenizas. Todo lo que quedaba de Morley era un montón de ropa hecha jirones.

Cerrando los ojos, Bendarian echó la cabeza hacia atrás y sintió que la fuerza renovada lo inundaba. Cabello sedoso y rubio le creció del cuero cabelludo, cayéndole hasta la parte baja de la espalda. Las arrugas en su rostro se desvanecieron. Sus músculos ya no le dolían.

"Ahora" dijo "A terminar esto."

Atrajo al Inferior y rasgó su camino a través del tejido de la realidad. ¡Y vaya que lo rasgó! Una grieta se extendió por el cielo de horizonte a horizonte. El mundo parecía desdibujarse y dividirse como una cáscara de huevo rota, dejando un nuevo mundo en su lugar.

Ahora estaba de pie a orillas del Vinrella, cerca de la curva donde giraba hacia el norte hacia High Falls. Había viajado unas treinta millas en cuestión de segundos. A este ritmo, debería estar en Thrasa por la mañana.

CAPÍTULO VEINTE

Desa se recostó en la bañera de cobre, sumergida hasta los hombros en agua jabonosa caliente, con la cabeza colgando hacia atrás sobre el borde. Tenía los ojos cerrados mientras se deleitaba con la bendita alegría de los músculos cansados que se relajaban.

La Sra. Collins, la matrona que había heredado esta pequeña posada de su esposo muerto, había estado más que ansiosa preparar el baño ella misma. "Lo menos que podía hacer" dijo "para una mujer que viaja con personas como él" Ella había favorecido a Marcus con el ceño fruncido que se intensificaba con cada sílaba.

Desa casi se ríe.

Si la mujer supiera…

Marcus era la menor de las preocupaciones de Desa. Entre los intentos gentiles pero insistentes de Tommy de descubrir por qué lo estaba evitando y la inclinación de Adele por convertirse en una molestia, era probable que se volviera loca antes de encontrar a Bendarian. Eso podría ser lo mejor. Una loca Desa Kincaid en realidad podría acabar con él de una vez por todas.

Ella chasqueó la lengua con molestia. ¿Cuándo exactamente

comenzó a pensar en sí misma como Desa Kincaid? Martin era un buen amigo y su farsa de matrimonio había aliviado ciertas complicaciones legales, pero ella siempre había sido Desa Nin Leean.

Por otra parte, tal vez ya no tenía derecho a ese nombre. Le había dado la espalda a su herencia Aladri no una sino dos veces. Y Martin... el dulce, querido Martin Kincaid. El hombre sabía que Desa nunca podría amarlo –no como una esposa debería amar a su esposo– y él se había casado con ella de todos modos.

En sus años juntos, lo había visto mirar a otras mujeres, verlo desarrollar un afecto por más de una jovencita de ojos brillantes, pero ninguna mujer lo tendría mientras él estuviera atado a ella. Ella había estado buscando una manera de liberar a Martin de su matrimonio.

Y luego Morley lo había matado.

Desa se sentó, recogió agua con ambas manos y se la echó sobre la cara. "Pagará por eso" se aseguró "La inmortalidad solo significa que puedo matarlo más de una vez."

Oyó el clic de la puerta abriéndose.

Al darse la vuelta en la bañera, vio a Adele parada a la luz de las velas con nada más que una delgada túnica blanca, una túnica que se desabrochó y dejó caer de sus hombros. ¡Dulce Misericordia! ¿La mujer tenía que ser tan hermosa?

Fluyendo con gracia por la habitación con los pies descalzos, Adele rodeó la bañera y luego sonrió a Desa. "A mí también me hace falta un baño."

Desa se deslizó hacia atrás hasta que estaba apretujada contra la pared de la bañera con las piernas dobladas contra el pecho. "No estoy segura de lo que crees que va a pasar aquí" dijo "Pero lo que compartimos esa noche..."

"Fue exquisito."

Adele se subió a la bañera, se puso de rodillas y se arrastró hacia adelante con un brillo casi depredador en los ojos. El largo cabello dorado colgaba suelto y enmarcaba su hermoso rostro. "No puedes huir de mí" susurró "Nadie puede huir del destino."

"Puedo intentarlo" insistió Desa "Por los ojos…"

Antes de que pudiera terminar esa frase, Adele se inclinó para besar su boca y Desa se derritió en el abrazo de la otra mujer. A pesar de sus objeciones, se encontró deslizando las manos sobre la espalda desnuda de la mujer, acercando a Adele y luego besando su cuello.

Misericordia salva a su tonta hija, pensó al sentir los labios de Adele en su clavícula. *Nunca tuve mucho sentido cuando se trataba de mujeres.*

Ahogando un bostezo con el puño, Tommy entró en la habitación que compartía con Marcus. Dio dos pasos hacia adelante, hizo una pausa y luego cerró la puerta detrás de él con un fuerte golpe. Todopoderoso, estaba exhausto.

La habitación era muy parecida a todas las que había visto desde que dejó Sorla: un espacio estrecho con dos camas, una a cada lado de una ventana cuadrada. Una vela solitaria en una mesa de madera proporcionaba lo suficiente para ver sin tropezar con sus propios pies y el aroma a lavanda llenaba el aire.

Extraño, eso…

Se había tomado el tiempo para quitarse el sudor y la mugre de una semana de su cuerpo –esto haría que dormir fuera mucho más fácil– pero ciertamente no se había puesto perfume y no creía que Marcus fuera el tipo de hombre que alguna vez hubiera hecho.

El hombre ya estaba dormido, un bulto en la cama a la izquierda. Marcus era una extraña contradicción en muchos sentidos. El hombre se despertaría en un instante ante cualquier sonido que pudiera indicar peligro, pero de lo contrario dormía como un muerto.

Tommy comenzó a avanzar con los brazos colgando, los pasos golpeando el suelo. Sacudió la cabeza. "¿Cómo me metí en todo esto?" susurró "Padre tenía razón. Realmente no tengo ningún sentido."

El bulto en la cama de Marcus se movió.

Pero no era Marcus.

Una vez que estaba sentada, estaba claro que él estaba mirando a Miri con su largo cabello suelto para caer sobre sus hombros. Sostuvo las mantas contra su pecho y Tommy estaba bastante seguro de que no llevaba un parche de ropa debajo de ellas.

Sintió que su rostro se calentaba, luego se cubrió los ojos con una mano. "¡Lo siento mucho!" soltó, retrocediendo a trompicones. "¡Debo haber confundido las habitaciones! A veces, realmente soy un tonto."

"No confundiste las habitaciones."

Tommy dejó de retroceder cuando su trasero golpeó la puerta. Él dejó caer su brazo y luego parpadeó hacia ella. "Pero…" tartamudeó. "Marcus me dijo…"

Pensó que la vergüenza podría matarlo, pero las cosas solo empeoraron cuando Miri salió y confirmó sus sospechas. Ella se movió hacia él como un gato acechando a su presa, su sonrisa incendiando su sangre. "No estás en la habitación equivocada."

"¿No?"

"Pasé una hora en el bar, regalando a una de las sirvientas con historias de las hazañas de mi hermano. Él pasará la noche con ella. Estoy bastante segura de que Desa y Adele apreciarán mi ausencia. Entonces… ¿qué quieres hacer?"

Tommy tragó saliva, luego cerró los ojos y sacudió la cabeza. "Yo… no creo que sea prudente decir… lo que quiero hacer." Mantener sus manos quietas requirió mucho esfuerzo. "No sería apropiado…"

Suavemente, ella tomó su rostro con ambas manos, luego se puso de puntillas para besar sus labios. Fue un beso suave, pero

Tommy sintió que respondía. Él la rodeó con sus brazos y la atrajo hacia sí.

Miri dio un paso atrás, sonrió y bajó la mirada casi tímidamente. "Nunca he sido una persona que se preocupara mucho por lo que es correcto" dijo "Eso depende de ti. Puedes dormir en la otra cama y no me ofenderé. O puedes dormir a mi lado. Pero si duermes a mi lado, entonces lo haces *sin* ropa."

Bueno, dicho así, la decisión fue fácil.

Besó de nuevo a Miri y ella respondió con tal entusiasmo que su espalda golpeó la puerta. Tommy la levantó y ella le rodeó la cintura con las piernas mientras la llevaba a la cama.

Sus manos se clavaron en su camisa, poniéndola sobre su cabeza y arrojándola al suelo. Tommy besó su cuello, su oreja… Se sintió un poco culpable, casi como si estuviera traicionando a Sebastián. Lo cual era una necedad puesto que Sebastián lo había traicionado. Sin embargo, por una vez; apartó esa voz y se concentró en el momento.

Adele rodó a Desa sobre su espalda, sus suaves manos se deslizaron suavemente sobre el vientre de Desa. La mujer se sentó y el cabello dorado se derramó sobre su rostro. "¿Todavía crees que estoy en liga con Bendarian?" ella jadeó "¿Todavía no confías en mí?"

Desa cerró los ojos con fuerza, sin aliento. "Creo que eres una tonta" Su mano se posó en la parte posterior de la cabeza de Adele, acercándola para poder presionar sus labios contra el cuello de la otra mujer.

"¿Por qué es eso?"

Desa retrocedió, parpadeando. "Porque has vivido toda tu vida sin querer nada" dijo "Y te alejaste de todo eso para seguir a una maldita mujer tonta en su búsqueda de venganza".

Jadeó cuando sintió el toque de Adele y se hizo muy difícil pensar a través de la bruma de la lujuria. Solo quería dejar a un lado el pensamiento consciente y perderse por completo en el abrazo de la otra mujer.

Pero Adele hundió los dientes en el cuello de Desa, luego acercó sus labios al oído de Desa y susurró: "¿Y si te dijera que fue el destino?"

"No existe el destino."

"Oh, no estoy de acuerdo…"

Incapaz de terminar esa oración, Adele gritó mientras se retorcía bajo el toque de Desa. Desa la empujó hacia abajo sobre su espalda, luego besó sus labios con una ferocidad casi salvaje. ¡Eso haría callar a la chica tonta o nada lo haría!

Acostado boca arriba con la cabeza hundida en la almohada, Tommy cerró los ojos y dejó que Miri tomara la iniciativa. Casi se sentía como si estuviera tratando de cuidarlo, como si pensara que podría calmar su dolor y tristeza. Y… ella no estaba equivocada.

Ella se inclinó para besarlo y Tommy se levantó para encontrarse con ella. Sus manos se deslizaron sobre la suave piel de su espalda. Le sorprendió cuando ella le mordió la oreja y luego raspó. "Eres muy bueno en esto."

Se congeló.

Miri le sonrió y sacudió la cabeza. "No te desanimes ahora, Lommy" bromeó "Quise decir lo que dije; eres bueno en esto."

"Nunca he hecho esto antes."

Miri acarició su nariz y se rió. Ella le dio un ligero beso en la mejilla. "¿No me dijiste que eras íntimo con Sebastián?" ella preguntó "Eso cuenta."

"Bueno… Fue sobre todo yo cuidando de él."

"Pues no estoy sorprendida."

Abrumado por una repentina oleada de pasión, Tommy abrazó a Miri y la hizo rodar sobre su espalda. Su boca encontró la de ella y luego sus dedos agarraron un puñado de su cabello. "Gracias" susurró.

"No tienes que agradecerme; Yo quería hacer esto."

"Bueno… de cualquier forma".

Con pantalones de color canela y su camiseta sin mangas, Desa se sentó en la pequeña mesa de su habitación y miró por la ventana la oscura noche afuera. Con dos dedos, deslizó un palillo de dientes en su boca y lo masticó ansiosamente.

Adele se acercó con su delgada túnica blanca, sentándose en la única silla de madera que el posadero había puesto en esta habitación. "Deberías estar durmiendo", dijo. "Estoy bastante segura de que querrás cubrir la mayor cantidad de terreno posible mañana."

"No necesitas preocuparte por mí."

Una sonrisa maliciosa se extendió en el rostro de Adele y ella se echó a reír. Fue una dulce risa musical que hizo que el corazón de Desa se agitara. "¿Ese no es uno de mis deberes?" la mujer preguntó "¿Los amantes no se preocupan el uno por el otro?"

Desa se sentó con sus manos agarrando el borde de la mesa, su cabeza colgando mientras dejaba escapar un suspiro. "Escúchame, Adele" comenzó "No soy el tipo de mujer que quieres cortejar. No te traeré nada más que miseria."

Para su gran frustración, la otra mujer se levantó de su silla, se inclinó hacia delante y la besó suavemente en la frente. "Algo te preocupa" dijo Adele "Cuéntame sobre eso y haré lo que pueda."

"No hay nada que puedas hacer."

Los dedos de Adele tocaron la parte inferior de la barbilla de Desa y volvieron la cara hacia arriba para que tuviera que mirar a los ojos de la otra mujer. Ella encontró simpatía allí. Simpatía y preocupación. Por los ojos de Venganza, ¿cómo era posible que Desa Kincaid hubiera dejado que esta niña mimada y rica la atrapara?

"¿De qué me preocupo?" Murmuró Desa "Me enfrento a un hombre que blande un poder que ni siquiera puedo comenzar a entender. Debería pensar que la fuente de mi incomodidad sería obvia."

"Lo vencerás."

Tocando con los dedos los párpados, Desa masajeó el comienzo de un dolor de cabeza. "Supongo que vas a decirme que es el destino" dijo "Me perdonarás si encuentro poco consuelo en eso."

"Voy a decirte que eres la mujer más talentosa que he conocido" Cuando levantó la vista para encontrar a Adele parada sobre ella, no encontró nada más que sinceridad en la mirada inquebrantable de la otra mujer. "Y que encontrarás un camino."

"Quizás haya una buena razón para mantenerte cerca" Las palabras salieron de su boca antes de darse cuenta de lo que estaba diciendo, pero ahí estaba. Ella estaba desarrollando rápidamente una afición por esta mujer.

"Me gusta pensar que sí" dijo Adele "Ahora ven. Déjame ayudarte a descansar."

Todavía recuperando el aliento, Tommy se dio la vuelta y deslizó un brazo alrededor del estómago de Miri. Ella se acurrucó contra él, suspirando suavemente y apoyó su mano sobre la de él. Tommy se sintió relajado... y un poco confundido.

Cerrando los ojos, le acarició la nuca. "¿Por qué?" murmuró él "Todavía estoy un poco confundido sobre por qué querrías hacer esto conmigo."

Ella se giró en sus brazos, frente a él y luego le dio un beso suave en la nariz. "Porque eres dulce" respondió ella "Y disfruto de tu compañía. Ahora, la verdadera pregunta es por qué te cuesta tanto creer que yo quería."

"Nunca fui popular entre las chicas."

"¿No?"

Una sonrisa que Tommy ni siquiera trató de combatir apareció de repente. "Ahora, ¿quién está teniendo dificultades para aceptar lo obvio?" él dijo. Mírame bien, Miri. No soy el gran hombre con el que sueñan las chicas."

Ella lo empujó sobre su espalda y luego estaba encima de él, ondas de cabello oscuro caían en cascada sobre ambos. Miri besó sus labios. "Tal vez no conoces a las mujeres tan bien como crees."

Se sentó, echó el cabello sobre su hombro con un rápido movimiento de cabeza y luego le sonrió. "Serías una pareja maravillosa para cualquier mujer" dijo "O cualquier hombre."

Sonrojándose fuertemente, Tommy cerró los ojos y dejó que su cabeza se hundiera en la almohada. "Bueno, me alegra que lo pienses" murmuró "Al menos alguien lo hace."

Ella lo golpeó.

Estaba a punto de protestar, pero antes de que pudiera decir una palabra, Miri cayó sobre él y lo besó de nuevo. De repente se dio cuenta de su cálido cuerpo. Sus manos se deslizaban sobre su espalda. "Si seguimos haciendo esto" jadeó "No dormiremos nada."

"A quién le importa" dijo entre besos. "Dormiremos cuando estemos muertos."

Bendarian caminó por la orilla del río. Por un momento así lo hizo, de todos modos. A medio camino entre un paso y el siguiente, llamó al Inferior y se abrió camino a través de la estructura del espacio y el tiempo. El mundo a su alrededor fue destrozado para dejar otro mundo en su lugar.

Sin interrumpir el paso, de repente se encontraba en el patio delantero de una granja, caminando hacia una pequeña y pintoresca casa con techo a dos aguas y luces naranjas en sus ventanas. Vio a una familia a través de una.

Y ellos lo vieron.

El granjero, un hombre calvo con una espesa barba que vestía un mono sobre su camisa blanca, giró la cabeza para mirar por la ventana. Sus ojos se abrieron cuando vio a Bendarian y rápidamente saltó de su silla.

Bendarian esbozó una sonrisa amenazante, sacudiendo la cabeza mientras se acercaba a la casa. "Abejitas ocupadas" susurró "Es hora de ponerse a trabajar."

La puerta principal se abrió y el granjero salió a su porche con un rifle en sus manos. "¿Quién eres, extraño?" demandó "¿Qué quieres apareciendo en mi puerta en medio de la noche?"

Bendarian se estiró para alcanzar el rifle.

Salió volando de las manos del granjero, cruzó rápidamente el patio y se estrelló contra la palma extendida de Bendarian. Cerró los dedos alrededor del arma, se detuvo durante medio momento para admirarlo y luego lo arrojó al suelo.

El granjero lo miraba boquiabierto, parpadeando lentamente como si no creyera lo que estaba viendo. "¿Qué eres?" susurró "¿Qué?... ¿Qué clase de brujería es esta?"

Bendarian entró al porche.

El otro hombre se encogió de miedo contra la puerta principal, las lágrimas brotaban mientras se movía para bloquear el camino de Bendarian. "Por favor" gimió "Perdona a mi familia. Tómame."

Suavemente, Bendarian tocó con un dedo la frente del otro hombre y observó al granjero ponerse gris. Hasta la última partícula de color se desvaneció. No solo de la piel y la barba del hombre, sino también de su ropa.

Sus ojos se volvieron negros.

Pasando junto a él, Bendarian encontró a la esposa del hombre encogida con sus brazos alrededor de su hijo. Ambos estaban justo dentro de la casa y ambos se alejaban de la puerta. "No te lastimaré."

Se volvieron y corrieron más adentro de la casa.

Bendarian recurrió al Inferior.

El mundo se dividió y de repente él estaba dentro de la pequeña sala de estar de esta familia con la madre y el hijo corriendo hacia él. Ambos se detuvieron en seco cuando lo vieron en su camino.

"No tengas miedo." dijo Bendarian "Vengo a darte un propósito."

Él tocó la frente de la madre y ella se puso gris. El chico fue el siguiente, transformándose ante sus ojos. "Ve y únete a tu padre" dijo Bendarian "Tenemos trabajo que hacer."

CAPÍTULO VEINTIUNO

Al descender las escaleras hacia el salón en el primer piso, Desa se puso el sombrero sobre la cabeza y asintió una vez en agradecimiento. "Dirige un buen establecimiento", dijo, deteniéndose en el último paso. "Fue la mejor noche de sueño que he tenido en meses."

La Sra. Collins estaba esperando al pie de las escaleras con un vestido gris con mangas largas, su cabello recogido en un moño. La mujer olisqueó pero le devolvió el asentimiento a Desa. "Eso espero" dijo "La Rueda de Vagón es el mejor establecimiento en todo Thrasa. Tenemos una reputación que mantener."

Desa pasó a la mujer y entró en un salón que ya estaba lleno de media docena de hombres. Un hombre con una gran barriga y una espesa barba marrón que se extendía de oreja a oreja estaba comiendo un desayuno de huevos y jamón. Desa podía olerlo desde aquí y eso la hizo dolorosamente consciente de su propia hambre.

Ella se dio la vuelta.

La Sra. Collins estaba parada allí con los puños en las caderas, con una leve sonrisa en su rostro mientras sacudía la cabeza. "A punto de salir corriendo sin desayuno, ¿verdad?" ella preguntó "Oh, me duele admitirlo; pero hay algunas mujeres con tanto sentido como el hombre promedio."

Sentándose en un banco, Desa cruzó las manos sobre su regazo e inclinó la cabeza hacia el posadero. "Voy a comer lo que él está comiendo" dijo "Y algo de té si lo tienes. Cualquier sabor será bueno."

La espera hizo que su barriga retumbara, pero le dio tiempo para pensar. Había hablado con Marcus mientras bajaba; el hombre tenía la intención de comprar nuevos suministros antes de que cruzaran el río. Desa comenzaba a preguntarse cuánto dinero le quedaba. Su propio suministro estaba disminuyendo.

Ella necesitaba una buena recompensa. Llevar a un ladrón o a un asesino a la oficina del sheriff local y se iría con suficiente dinero para mantener alimentado a un hombre adulto durante al menos un mes. Ella había pasado la última década viviendo con los fondos que ella y Martin podían reunir con las recompensas que conseguían. El hombre nunca había aprendido Enlace de Campo a pesar de sus muchos intentos de enseñarle, pero era un excelente rastreador. Ella había aprendido la mayor parte de lo que sabía de él.

Cuando no había recompensas para cazar, ella y Martin a veces tomaban trabajo como ayudantes. Cualquier reserva que un magistrado pudiera tener sobre una mujer bajo su cargo desaparecía rápidamente cuando veía lo que podía hacer. Suponiendo por supuesto, que no lloraba por ser "bruja" y la declaraba fugitiva buscada. Eso había sucedido más de una vez.

Quizás debería visitar la oficina del sheriff; ella podría ver un cartel de buscado. Pero eso significaría retrasar su búsqueda de Bendarian y no creía que pudiera permitirse hacer eso esta vez.

La Sra. Collins puso un plato de huevos fritos y jamón cocido frente a ella y Desa no perdió el tiempo para comer. Se metió un poco de carne en la boca, masticó a fondo y luego levantó la vista para decir: "Delicioso."

El posadero resopló.

Frotando su boca con una servilleta, Desa cerró los ojos y dejó escapar un suspiro. "Me preguntaba" comenzó "¿Ha habido extraños en la ciudad últimamente? Estoy buscando a dos viejos con talento para poner nerviosos a todos los demás."

La Sra. Collins cruzó los brazos y retrocedió hasta que casi golpeó el estante de botellas de licor detrás de la barra. "¿Y qué querría una mujer inteligente como tú con estos... viejos malévolos?"

"Soy una cazarrecompensas."

"¿Oh en serio?" La Sra. Collins entrecerró los ojos mientras estudiaba a Desa a través de las lentes de esos anteojos. "No he oído hablar de ningún hombre buscado que se ajuste a esa descripción. No es que me preocupe por tales asuntos, ¿entiendes?"

Desa se metió comida en la boca con el gusto de un hombre hambriento. Se detuvo el tiempo suficiente para decir: "Son extremadamente peligrosos. Si los ve, no se acerque a ellos ni haga nada para revelar que los reconoce."

"¿De dónde son estos hombres?"

"Río abajo" respondió Desa "De Ofalla."

"Qué típico."

Desa levantó la vista para favorecer a la otra mujer con una sonrisa. "Gracias por un delicioso desayuno" Saltó del taburete, apoyó la mano sobre la barra y la retiró para revelar varias monedas. "Te deseo buena suerte".

Con eso, se dio vuelta para irse.

Miri arrastraba los pies por las calles de Thrasa con las manos dentro de los bolsillos de su abrigo, encogiéndose de hombros contra un viento fresco que soplaba del río. Llevaba el pelo recogido hacia atrás de nuevo y su sombrero descansaba cómodamente sobre su cabeza.

A su alrededor, la gente fluía calle arriba, la mayoría yendo en la dirección opuesta: una joven madre con un vestido verde que escoltaba a su hijo e hija con una mano en el hombro de cada niño, un hombre con mono y una camisa de trabajo manchada que seguía a un carro lleno de madera hacia la orilla del agua.

La mañana era brillante y clara sin una nube en el cielo y se estaba haciendo más cálido ahora que la primavera se precipitaba a toda velocidad hacia el verano. Miró hacia el río y vio un barco de madera con grandes velas blancas que se dirigía hacia el este.

El sonido de pasos llamó su atención.

Sonriéndose a sí misma, Miri sacudió la cabeza. "Justo a tiempo" murmuró dándose la vuelta para encontrarse con el hombre que sabía que vería.

Tommy se apresuraba hacia ella y respiraba con dificultad, su rostro enrojecido con solo un poco de rosa en sus mejillas. "Hola" dijo, tropezando al detenerse frente a ella. "Pensé... pensé que debería ayudarte a conseguir suministros."

"No tienes que hacer eso."

"Bueno, es solo..."

Miri dio un paso adelante, tomándolo por los hombros y obligándolo a mirar hacia arriba para poder mirar esos hermosos ojos azules suyos. "Lommy" dijo "Estoy feliz de que hayas disfrutado anoche, pero no quiero que sientas que me debes algo."

Su sonrojo se intensificó y volvió a bajar los ojos, estirando la mano para rascar los nudillos en la frente. "Yo... yo no" dijo "Y nunca vas a dejar de llamarme Lommy, ¿verdad?"

Ella le acarició la mejilla.

Contenta de dejar que se uniera a ella si tenía la intención de hacerlo, Miri se dio la vuelta para pararse a su lado y unió los brazos con él. Caminaron hacia el agua, tomándose su tiempo. Era una mañana agradable, después de todo.

"¿A dónde vamos?" Tommy preguntó.

Presionando sus labios, Miri sintió que sus cejas se alzaban. "Escuché que había buena fruta en los mercados junto al río" dijo "La gente lo compra en barcos comerciales que surgen de la costa sur. Naranjas y duraznos frescos. ¿Alguna vez comiste una naranja?"

"No, no he comido."

Miri apoyó la cabeza sobre su hombro, sonriendo a pesar de la pequeña voz en el fondo de su mente. Una voz que le advertía que no empujara demasiado rápido con un hombre que acababa de perder a alguien que amaba. "Las tenemos en Aladar" dijo "Son deliciosas."

"Me gustaría ver a Aladar algún día."

Ella giró para pararse frente a él, se puso de puntillas y rozó sus labios con los de él. "¡Bueno, estás de suerte!" exclamó "Planeo volver allí algún día. Tal vez podrías venir conmigo."

Tommy parecía ahogarse en desazón, pero sonrió y asintió de todos modos. "Me gustaría eso" dijo "Mucho. Oh no..."

"¿Qué pasa?"

El no habló; simplemente dio un paso atrás y señaló a la distancia detrás de Miri. Cuando se volvió y vio lo que lo había asustado, se le cortó la respiración. "Oh no, no otra vez."

Había tres personas grises en la multitud: un tipo calvo en overol, una esposa de granjero con un cuchillo de trinchar y un joven con el pelo corto, todos privados de color de la cabeza a los pies. Y sus ojos eran negros.

Otras personas se alejaban de esos tres como si el gris fuera una enfermedad que pudiera extenderse. Miri no podía culparlos. La familia gris se movió con un propósito hacia ella y Tommy.

"Vete de aquí" siseó Miri.

"¡Puedo ayudar!" Tommy protestó.

"¡Por favor, solo vete!"

Se apartó de ella y se alejó para detenerse junto a una de las casas al costado de la calle, pero no se fue. El valiente, noble tonto. Si salía de esto con su piel intacta, iba a seguir su camino con él nuevamente.

Madre e Hijo se separaron del grupo, uno a la izquierda y el otro a la derecha y se movieron para rodear a Miri por todos lados. Eso dejó a Padre llegando directamente al medio con ojos vidriosos fijos en ella.

Ella lo dejó acercarse...

Cerca...

Miri giró su cuerpo para dar una patada arqueada que tomó a papá por la barbilla, rompiendo la mandíbula con un *crujido* devastador. Bajó la pierna y se dio la vuelta a tiempo para ver a la esposa de la granja que venía hacia ella, tratando de apuñalarla con ese cuchillo.

Miri se echó hacia atrás, una mano se levantó para agarrar la muñeca de la otra mujer. Levantó la mano de la mujer en el aire, hizo un pequeño giro debajo y luego giró para agarrar el brazo de su oponente con ambas manos.

Obligar a la Madre a doblarse fue difícil, pero una vez hecho eso, Miri levantó la rodilla para aplastar la cara de la mujer. Eso produjo un gemido y madre se cayó de lado.

Movimiento a su izquierda.

Miri se dio la vuelta para encontrar al joven cargando, gruñendo y prácticamente haciendo espuma en la boca. Por la velocidad de su arremetida, estaba claro que tenía la intención de derribarla y estaba bastante segura de que no se levantaría si él lo lograba. Miri retrocedió para ganar unos segundos extra.

Sus manos se difuminaron, sacando cuchillos arrojadizos de su cinturón y lanzándolos para atrapar la punta de cada hoja. Lanzó uno y luego el otro, cada cuchillo aterrizando en uno de los muslos del chico gris.

Vaciló en su siguiente paso, cayendo de bruces.

A pesar de una mandíbula rota y un moretón gris oscuro a lo largo de su mejilla, el padre se acercaba a ella nuevamente. "¡Corre, Tommy!" ella gritó "Encuentra Desa! ¡Consigue ayuda!"

Por supuesto, el chico tonto la ignoró, eligiendo en cambio salir al centro de la carretera con su pistola en la mano. Extendió su mano, entrecerrando los ojos mientras apuntaba con el arma a su padre.

Disparó.

Una bala atravesó un lado del cráneo del padre y estalló en el otro lado con un chorro de icor negro. El hombre –si aún podía llamarse hombre– se cayó; yaciendo muerto en el camino.

"¡Vamos!" gritó Tommy "¡Tenemos una mejor oportunidad si encontramos a los demás!"

Con un vestido azul con mangas cortas que debe haber comprado a una costurera en algún lugar de esta ciudad, Adele Delarac se paró a un lado de la calle y olisqueó con desdén el siguiente carro que iban a visitar. "No veo por qué debería tener que participar en esta tarea."

Marcus la ignoró y pasó junto a ella hacia un mercader de pescado con una espesa barba que vendía sus productos desde un carro cerca de la ribera. "Serás útil" dijo sin romper el paso "Y si no puedes hacer eso, entonces estaré feliz de ponerte en el primer barco que se dirija a Ofalla".

"No puedo ir a casa" protestó Adele.

Marcus se volvió hacia ella, inclinó la barbilla y luego le ofreció una de las miradas que generalmente hacían que la gente dejara de gritar y atender sus deberes. "Entonces aprenderás a contribuir" dijo "Incluso el niño tonto puede al menos cocinar, ¿pero tú? No haces nada más que aferrarte a las mangas del abrigo de Desa y quejarte."

No se molestó en darle la oportunidad de responder. La verdad era que ansiaba una excusa para enviarla a casa y acabar con ella de una vez por todas. Dándole la espalda, se dirigió hacia el pescaadero…

Y se congeló.

Allí, junto a la ribera; vio a cuatro hombres de espaldas al río, todos grises de pies a cabeza. Un hombre tenía el pelo largo y oscuro y otro tenía gruesos rizos plateados. El tercer hombre llevaba un pendiente prominente y el último tenía una cicatriz en la barbilla. Todos lo vieron y luego corrieron rápidamente hacia él como una jauría de perros cazando un conejo.

Marcus buscó en el bolsillo de su abrigo y sacó una bala que no había cargado en su arma. Lo arrojó a la basura a medio camino entre él y la horda que se acercaba. Luego activó el Sumidero de Calor en su interior.

El barro se congeló con un crujido y el hielo se extendió desde la bala en una ola. Los cuatro hombres ni siquiera parecieron darse cuenta. Simplemente siguieron corriendo. Cabello largo se resbaló, cayendo con fuerza sobre su trasero. Cicatriz cayó a continuación.

Pendiente logró mantener el equilibrio y continuó en una carrera loca hacia Marcus. El hombre mostró los dientes y siseó con cada respiración.

Sacando su pistola con un ademán ostentoso, Marcus se agachó y extendió su brazo para apuntar el arma. Disparó.

Una bala golpeó la espinilla derecha de Pendiente, arrancando la pierna del hombre por debajo de él y obligándolo a caerse. Aterrizó con la cara en la tierra helada, gimiendo por el dolor.

Rizos saltó por encima de su compañero caído.

Ese hombre era bastante grande y voló por el aire con los brazos abiertos como si quisiera atrapar a Marcus en un abrazo de oso. Sólo había una cosa que hacer. Marcus se levantó y activó el Sumidero de fuerza en su colgante.

Rizos se detuvo, colgando en el aire.

Marcus apagó el Sumidero y lo dejó caer al suelo. El hombre

aterrizó con un gruñido fuerte, desorientado y confundido. Eso funcionaría. El instinto entró en acción y Marcus apuntó su arma sin mirar.

Disparó un tiro directamente a través del pecho de Rizos, sangre negra rociando detrás del hombre pesado mientras tropezaba hacia atrás. Por supuesto, estas cosas grises no se caían fácilmente. Rizos recuperó el equilibrio y volvió a acercarse a Marcus.

Marcus le disparó por segunda vez.

Eso arrojó al hombre sobre su espalda con icor negro acumulándose alrededor de su cuerpo roto. Con Rizos caído, no había nada entre Marcus y los otros dos. Cabello Largo y Cicatriz estaban de pie.

Marcus se giró para mirar a Adele con los dientes apretados, luego sacudió la cabeza mientras caminaba hacia ella. "¿Vas a pararte allí?" Él bramó "¡Hazte útil niña y *ayúdame*!"

Estaba aterrorizada, alejándose de él con la boca abierta. Su rostro estaba mortalmente pálido. "No puedo…" ella gimió "Lo siento… ¡pero no puedo!"

Pasos en el lodo.

Marcus activó los Sumideros de Gravedad en sus zapatos, luego saltó y dobló las piernas mientras se elevaba en el aire. Dejó que Cabello Largo y Cicatriz pasaran por debajo de él, luego se dejó caer al suelo detrás de ellos.

Un disparo tomó la parte posterior del muslo de Cabello Llargo, obligando al hombre a arrodillarse. Otro le hizo lo mismo a Cicatriz. Marcus no apuntaría al centro de masa mientras estos demonios grises fueran lo único entre él y media docena de inocentes transeúntes. Los cuerpos humanos suaves no pararon las balas.

"¡Marcus!"

Levantó la vista y vio a su hermana trepando por la calle inclinada que se alejaba de la orilla del río. El joven Tommy estaba justo detrás de ella con otras dos de estas monstruosidades grises sobre sus talones.

"Brillante..." gruñó Marcus.

Al salir de la posada con un suspiro, Desa se bajó el ala del sombrero para sombrear sus ojos. La calle estaba llena al comienzo de la media mañana. La gente se apresuraba, yendo de un lado a otro, algunos saludando a los que pasaban. Ahora, ¿dónde estaban sus amigos? Estaba decidida a seguir su camino lo antes posible, pero podría tomar algún tiempo encontrar las provisiones adecuadas.

Caminó a paso lento cruzando la calle con las manos dobladas en la espalda, sonriendo mientras sacudía la cabeza. "Bueno, tienes que darle al menos este crédito a la chica" murmuró Desa "Se las *arregló* para sacar tu mente de tus problemas".

Whoosh

Desa se giró ante el sonido y encontró a Bendarian parado directamente debajo del letrero de Rueda y Vagón. El hombre había recuperado de alguna manera su juventud. El largo cabello rubio se derramaba sobre sus hombros y su piel era tan vibrante como siempre.

Sintió que su boca se abría y parpadeó varias veces mientras daba unos pasos temblorosos hacia adelante. "¿Cómo...?" De repente, su boca estaba seca. "Radharal, este poder que has encontrado nos destruirá a todos."

Una sonrisa dividió la cara de Bendarian mientras sacudía la cabeza. "No pensaste que vendría a verte, ¿verdad?" Su risa envió escalofríos por la columna de Desa. "Bueno, creo que se venció el plazo para que terminemos."

Echó un vistazo a la calle, tratando de tener una idea del peligro que representaba este hombre. Había casas de madera a cada lado y cualquiera de ellos podría contener a toda una familia hasta donde ella sabía. Vio a un hombre con un largo abrigo negro un poco más arriba, alejándose de ellos con la espalda vuelta.

Había niños en la otra dirección, un grupo de ellos jugando. Su risa llenaba el aire mientras se agachaban en el espacio entre dos casas. Si Bendarian eligiera usarlos como rehenes…

"¿Buscando a tus amigos?"

Cuando volvió su atención hacia él, encontró a Bendarian parado debajo del cartel colgante con una sonrisa maliciosa. "Me temo que no vendrán en tu ayuda, Desa" se burló "Ves, he arreglado un poco de privacidad".

Desa arrojó su abrigo a un lado para exponer el arma en su cadera, luego la sacó a la velocidad del rayo. Sin siquiera pensarlo, amartilló. "¿Quieres terminarlo?" ella dijo "Muy bien, terminemos."

Ella levantó su arma.

Bendarian levantó una mano para protegerse.

Desa disparó con un feroz trueno y observó cómo dos balas se detenían justo en frente de la mano levantada de Bendarian. Ese anillo en su tercer dedo… Debe haber sido un sumidero de fuerza.

Bendarian cerró los ojos y cuando los abrió, eran negros como la medianoche de rabillo a rabillo. Su sonrisa se ensanchó. "Me temo que eso no te va a ayudar esta vez, querida". Extendió esa mano hacia ella.

Desa se arrojó sobre su vientre justo a tiempo para escucharlo cuando sus propias balas silbaron sobre ella. Golpearon la pared frontal de una casa con un fuerte golpe. ¿Cómo se suponía que iba a matar a un hombre con tanto poder?

Desa rodó a un lado.

Barro manchó su abrigo mientras caía por la carretera. Con un gruñido, se arrodilló y levantó su arma de nuevo. Una vez más, disparó y una vez más; su bala se detuvo impotente a unos centímetros de Bendarian.

El hombre echó la cabeza hacia atrás con una sonrisa triunfante en su rostro y rio a carcajadas. "¡Honestamente, Desa!" el exclamó "¿Pensaste matarme con una pistola?"

Desa apuntó su arma hacia arriba.

¡CRACK!

Su siguiente ronda cortó la cadena que sostenía el letrero de madera colgante de la posada, haciendo que se cayera. Bendarian reaccionó por instinto.

Levantó una mano por encima de su cabeza, y la señal se detuvo a unas dos pulgadas por encima de sus dedos extendidos. Por supuesto, eso significaba que estaba momentáneamente distraído. Desa ajustó su puntería.

¡CRACK!

Una bala atravesó el muslo izquierdo de Bendarian con un chorro de sangre y saltó hacia atrás con un grito de dolor. Apretó una mano sobre la herida, chilló de dolor y luego desapareció antes de que Desa pudiera dispararle nuevamente.

Desa se levantó lentamente, mirando de un lado a otro en busca de cualquier signo de su adversario. Solo veía casas de madera y personas asustadas a lo lejos, cada una de ellas mirándola boquiabierta o protegiéndose la cara como si esperaran que sus balas volaran en su dirección.

Aprovechó la oportunidad para abrir el cilindro de su revólver y cargarlo con cuatro balas nuevas. Solo tomó unos segundos; Con los años, había aprendido a cargar una pistola a toda prisa.

Un suave sonido de aire le llamó la atención y se dio la vuelta para encontrar a Bendarian parado a unos diez pasos por el camino. Tenía la cara roja y había gruesas venas negras que subían por los costados de su cuello. "Tu intromisión ya no divierte."

El hombre extendió la mano y una pequeña bola de fuego salió de sus dedos. Chisporroteó en el aire con un crujido amenazante.

Desa cayó de espaldas y se contuvo apoyando ambas manos en el suelo. Sintió el calor cuando la bola de fuego pasó sobre su estómago, pecho y cara y luego se alejó rápidamente a la distancia detrás de ella.

En un abrir y cerrar de ojos, estaba de pie otra vez.

Bendarian extendió esa mano hacia ella, sus dedos se curvaron en una garra y ella sintió que algo la levantaba del suelo. Desa fue empujada hacia adelante con los dedos de los pies arrastrados por la tierra. Esos dedos invisibles se estaban cerrando alrededor de su cuello.

Sintió las lágrimas brotar, sintió cómo se derramaban sobre su rostro. "No" jadeó "No, no saldré tan fácil".

Apuntó su pistola hacia los pies de Bendarian y disparó bala tras bala, plantando cada una en la tierra. Cuando tuvo la última justo donde lo quería, activó la Fuente de Fuerza que había infundido en el metal.

Bendarian fue arrojado hacia atrás.

Voló por el aire con las piernas extendidas, los brazos agitándose y luego cayó para aterrizar sobre su espalda. Las ventanas a ambos lados de la calle se hicieron añicos cuando la fuerza cinética las atravesó.

Bendarian cayó hacia atrás a través del fango y luego se agachó. Su ropa estaba manchada, su cabello en un estado de desorden. "Oh, niña inteligente, inteligente", dijo. "Siempre te gustaba pelear."

Bendarian extendió los brazos como si buscara algo a cada lado de él. Los fragmentos de vidrio de las ventanas rotas de repente flotaron hacia arriba. Se mantuvieron suspendidos por un momento y luego convergieron hacia Bendarian, girando a su alrededor en un ciclón.

Liberada de los lazos que la habían sujetado, Desa se paró en medio de la calle con su arma en una mano, jadeando mientras intentaba recuperar el aliento. ¿Qué era este hombre? Ningún humano debería tener este tipo de poder.

Bendarian empujó sus manos hacia adelante.

Fragmentos de vidrio vinieron apresurados hacia ella.

Girando su hombro hacia la tormenta, Desa levantó el antebrazo para protegerse la cara y ordenó a su pulsera que drenara la energía cinética. Fragmentos finos se detuvieron en el aire a escasos centímetros de su cuerpo.

Sintió que su pulsera se llenaba a medida que aparecían más y más fragmentos. Bebió y bebió hasta que tomó todo lo que pudo. Una astilla de vidrio cortó una herida en la parte posterior del abrigo de Desa, dejando un corte en su piel.

Otra se enterró en su muslo.

Ella gritó y se dobló, cojeando hacia un lado de la calle y agachándose en el espacio estrecho entre dos casas. Ella iba a morir. Aunque se esforzaba por negarlo, sabía que no había forma de salir de esto.

Dejando caer el hombro contra la pared del callejón, Desa hizo una mueca y luego sacudió la cabeza. "No así" suplicó, su voz un ronco susurro "Por favor, no así."

El silbido del aire desplazado llamó su atención y luego Bendarian apareció en el otro extremo del callejón, sonriendo con esa sonrisa espantosa, sus ojos ahora en pozos de oscuridad. "Diste una buena pelea." dijo "Realmente, deberías estar orgullosa. Pero ya se acabó."

Con los dientes al descubierto, Desa echó la cabeza hacia atrás para mirar al cielo abierto. "Todavía no, mi amigo" susurró "No todavía."

Ella arrojó el arma.

Bendarian la agarró con una sonrisa. Dio un paso adelante y luego levantó el arma para apuntar al pecho de Desa. "Bueno, supongo que si quieres que te mate con tu propia arma, eso sería…"

Se interrumpió cuando Desa activó el disipador de fuerza que ella había infundido en la pistola. Drenado de energía cinética, estaba congelado en su lugar, atrapado. De hecho, ni siquiera se daría cuenta del paso del tiempo. Cada partícula en su cuerpo estaba inmóvil. Lo que significaba que cualquier cosa que el cerebro hiciera para generar conciencia estaba temporalmente suspendida.

Siseando el aire entre los dientes, Desa sacudió la cabeza. "Hombre idiota" murmuró. "¿Nunca se te ocurrió que podría desarrollar algunos trucos nuevos después de nuestro último encuentro?"

Por supuesto, ella no podía hacerle nada.

Este Sumidero de Fuerza no estaba refinado como el de su pulsera. Tomaría energía cinética de cualquier cosa que se acercara lo suficiente, incluida la propia Desa. Si ella intentaba apresurarse y apuñalarlo, ella también estaría congelada.

Pero luego había otras opciones.

Sacó una de sus dagas, la arrojó y atrapó la punta de la hoja. Lo arrojó con toda la fuerza que tenía y la vio viejar de un extremo a otro por el callejón.

Cuando su cuchillo se acercó a diez pies de Bendarian, ella apagó el Sumidero de Fuerza para dejar que continuara sin obstáculos. "Aceptable" dijo Bendarian en una fracción de segundo antes de que la daga se plantara en su ojo izquierdo.

Él chilló y tropezó hacia atrás, cayendo de culo y soltando su pistola. Un segundo después se había ido. Pero Desa todavía podía sentir su daga a millas al oeste de aquí. Nueve millas y ochocientas veintidós yardas para ser precisos. Un Enlazador de Campo sabría la ubicación exacta de cualquier cosa que infundiera, incluso si alguien la llevara al otro lado del mundo. Ella activó la Fuente de Calor en esa daga.

Tal vez ese sería el final de Bendarian… Tal vez no. Con un poco de suerte, no había sido capaz de sacar la espada de su carne antes de que ella la activara. Pero luego existía la clara posibilidad de que quemarse hasta quedar crujiente no fuera suficiente para matar al hombre. No con sus nuevos poderes.

Ella apagó la Fuente de Calor antes de que liberara su último bit de energía. De esa manera ella todavía podía sentir la Infusión. Si Bendarian todavía estaba vivo y si mantenía la daga en su persona, tal vez por algún deseo enfermo de burlarse de ella, le permitiría rastrearlo. Si él descartaba el cuchillo, al menos ella sería capaz de recuperarlo.

Salió cojeando del callejón, se alistó para buscar a los demás.

CAPÍTULO VEINTIDÓS

"¡A los salvadores de Thrasa!"

El hombre que dijo eso, un señor Todd Finnegan, se levantó de su mesa en La rueda del Vagón, levantó su taza al aire y agregó: "Que vivan vidas largas y felices que nunca los lleven lejos de esta ciudad."

Todos los demás en la sala repleta vitorearon, todos levantaron tazas o vasos, algunos golpearon las mesas con los puños. Un hombre llegó a meter dos dedos en la boca y silbar. La pobre señora Collins frunció el ceño y sacudió la cabeza mientras maniobraba entre las mesas. Claramente, ella no apreciaba el alboroto.

Desa se sentó en una mesa con las manos apoyadas sobre las rodillas, haciendo una mueca mientras soportaba otra ronda de elogios. Cuando era niña, todos sus maestros la habían advertido contra las exhibiciones públicas del Enlace de Campo. Los no-Aladri lo verían como brujería demoníaca, habían dicho. Desa nunca se había preocupado por esa regla.

Quería que *todos* aprendieran Enlace de Campo, era una tecnología útil, pero hubiera preferido que la gente lo viera como un medio para mejorar sus condiciones de vida y no como un método para infligir violencia. Últimamente, la mayoría de los lugares que visitó vieron lo último y no lo primero. Se volvió hacia Marcus, que estaba sentado a su lado.

Él le devolvió el ceño fruncido con uno de los suyos.

Se inclinó hacia delante, apoyó el codo sobre la mesa y se pellizcó el puente de la nariz. "Supongo que hay pocas posibilidades de escabullirse en silencio" murmuró "Estarán en esto toda la jodida noche."

Sentada frente a ella con las botas de los pies sobre la mesa, Miri tenía los brazos cruzados mientras escuchaba a la multitud. "Déjenles tener su momento" dijo "¡Tengamos *nuestro* momento! ¡Nos lo hemos ganado!"

Tommy estaba a su lado con una mazorca de maíz en ambas manos y atacaba la cosa con un entusiasmo casi salvaje. "Personalmente" dijo entre crujidos de su boca "Me alegro de que, por una vez, *no tengamos* que huir de una ciudad tres pasos por delante de una multitud enojada."

Bueno… Desa no podía discutir con eso. En verdad, le faltaba la energía para discutir sobre cualquier cosa. Extraer el cristal de su pierna había requerido el cuidado de un cirujano y luego había pasado una hora en comunión con el Éter para acelerar la curación natural de su cuerpo. No era perfecto –todavía sentía una leve picadura cuando caminaba– pero funcionaría por ahora.

Una de las chicas que servía, una muchacha bastante joven con piel bronceada y cabello castaño largo, mostró un pequeño seno mientras se inclinaba para rellenar la taza de Desa. "Ahí estás" dijo "Cortesía de la casa. Te lo has ganado."

Cerrando los ojos, Desa asintió.

Adele estaba entre Marcus y Tommy, sosteniendo el tallo de una copa de vino con dos dedos delicados y fulminando con tanta intensidad que Desa podría haber pensado que sus ojos podrían desollar a la criada. "Deberíamos continuar hacia el oeste" dijo "Bendarian va por ese camino."

Desa podría confirmarlo. O, al menos, podría confirmar que alguien estaba llevando su cuchillo hacia el oeste... Lo que casi seguro significaba que Bendarian todavía estaba vivo. El hombre era una cucaracha; matarlo se estaba volviendo extremadamente difícil. Había cubierto unas seis millas de terreno sin saltos repentinos que indicarían el uso de sus nuevos poderes. Quizás estaba cansado.

"Ella tiene razón" coincidió Desa.

Nadie discutió.

"Lo que quiero saber" dijo Miri, inspeccionando sus uñas con ociosa curiosidad. "Es por eso que esa gente gris fue un poco más fácil de vencer esta vez."

"Sospecho que Bendarian los estaba controlando" respondió Marcus. Según él, los demonios grises se habían derrumbado al mismo tiempo y aunque Desa no pudo determinar el segundo exacto de su derrota, estaba bastante segura de que sucedió justo cuando puso el cuchillo en el ojo de Bendarian.

"No, no del todo" reflexionó Desa. "No creo que él estuviera controlando cada uno de sus movimientos. Pero sí creo que estaban vinculados a él de alguna manera. Los que vimos en esa granja murieron cuando la inteligencia que los controlaba se retiró. Tendría sentido si sucediera lo mismo aquí."

"¿Y ahora qué?" Tommy preguntó.

Desa puso los codos sobre la mesa, entrelazó los dedos y apoyó la barbilla sobre ellos. Lentamente, ella exhaló. "Ahora, disfrutamos de nuestros laureles" respondió ella "Y luego cruzamos el río a primera hora de la mañana."

La tarde se acercaba rápidamente y las pocas millas que podrían recorrer antes del anochecer no eran nada contra una noche más en una cama real y una mañana más con un desayuno real. "Creo que todos nos hemos ganado un poco de descanso."

"Voy a secundar eso" respondió Miri.

A la mañana siguiente, mientras conducía a *Medianoche* fuera del ferry por su brida, Desa notó el inminente techo de nubes grises que se extendía de horizonte a horizonte. ¡Qué día tan maravilloso para emprender un viaje! Casi podía sentir la lluvia a punto de caer.

Con su brazalete reabastecido y algunas municiones adicionales de las que la gente del pueblo había estado más que dispuesta a separarse, estaba lista para lo que Bendarian le arrojara a continuación. Tan lista como podría estar, dadas las nuevas habilidades del hombre. La idea de lo que había hecho todavía le hacía sentir escalofríos en la espalda.

La ribera sur del río era casi como la recordaba: hierba verde, un árbol extraño y un camino que corría paralelo al Vinrella. No había mucho que ver, pero el Capitán Rufus Sharp se acercó para estar a su lado de todos modos.

Su boca era una delgada línea mientras contemplaba la vasta extensión de campo abierto. "Creo que lo pasarás mal ahora" dijo "Si tu hombre realmente se ha ido al oeste, bueno…"

"Lo sé" fue todo lo que Desa pudo decir.

Enganchando sus pulgares alrededor de su cinturón, el hombre hinchó el pecho y luego sopló aire a través de los labios fruncidos. "Me gustaría dejarte con algunos suministros adicionales" dijo "Es lo menos que puedo ofrecer después de lo que hiciste ayer."

Medianoche resopló de acuerdo, luego frotó su nariz suavemente con el hombro de Desa. "Todo lo que hicimos fue defendernos" dijo "Y el daño a tu ciudad no es insustancial. No nos debe nada, capitán."

"Maldita sea mujer, ¿eres realmente tan tonta?" Ella lo miró de reojo y vio que el hombre la había favorecido con el mismo ceño exasperado que había visto en muchos de sus maestros hacía tantos años. "El hombre era un demonio y tú luchaste contra él y no tengo mente para pensar en qué clase de brujería dio vida a esas criaturas grises. Si vas a buscar acabar con este Bendarian, entonces no puedo imaginar que no haya un solo hombre en Thrasa que no te preste su apoyo. Pero fue más que eso. Los muchachos están llenos de elogios por esas monedas de luz que me diste."

A pesar de sí misma, Desa sonrió. "Me complace escuchar eso" Fue un placer encontrar un Eradiano que pudiera apreciar la maravilla del Enlace de Campo. "Su amistad es muy apreciada, Capitán. Tenga la seguridad de que volveré a visitar si alguna vez vuelvo por acá."

El asintió.

Diez minutos después, el ferry navegaba de regreso a través del Vinrella y estaban en camino, subiendo la carretera. Desa podía sentir su cuchillo en la distancia. Tenían que recorrer unas treinta millas antes de alcanzar a Bendarian. El hombre debe haber realizado uno de sus saltos mientras ella dormía. Desa tuvo dificultades para creer que incluso él podría seguir adelante sin descansar ni comer.

Ella cabalgó con Adele detrás de ella y la otra mujer aprovechó cada oportunidad para acurrucarse con su mejilla en el hombro de Desa. Miri y Tommy compartieron una potranca que la gente de Thrasa había ofrecido como regalo. Era una yegua joven con patas fuertes. Desa estaba bastante segura de que podría seguirle el paso a *Medianoche* si llegaba el momento.

El caballo castrado de Tommy era ahora un caballo de carga que llevaba los considerables suministros que habían aceptado de la gente del pueblo. Por lo menos, tendrían suficiente comida para llegar a Fool's Edge, pero lo que harían después de cruzar al desierto era una incógnita.

Marcus, por supuesto, hizo lo que siempre hacía: salió

corriendo a la distancia y luego se apresuró a informar que el camino estaba despejado. Adele trató, en numerosas ocasiones, de ahorrarle el esfuerzo utilizando sus talentos como Sensible, pero Marcus estaba decidido a explorarlo él mismo y Desa se contentó con dejarlo.

Fue un viaje sin incidentes hasta que, en algún momento a media tarde, una ligera llovizna comenzó a caer sobre ellos. Al principio, fue un alivio temporal bienvenido del bochorno de un día de primavera, pero la llovizna pronto se convirtió en un diluvio y se vieron obligados a continuar durante más de una hora antes de refugiarse en un bosquecillo de árboles.

Había suficiente espacio para armar la tienda que Miri había comprado ayer. No fue un gasto pequeño, pero Desa sospechaba que el comerciante había estado dispuesto a ofrecerle un descuento a Miri después de que se difundieran las historias de sus hazañas.

Desa y Marcus usaron monedas infundidas con Fuentes de Calor para evitar el frío y secar la ropa de todos. Con suerte, la tormenta pasaría rápidamente y podrían reanudar su viaje.

Cuando cesó la lluvia, el azul profundo del crepúsculo se había asentado sobre la tierra y la humedad trajo consigo un frío que haría que viajar fuera muy desagradable. No podrían ir más allá esta noche.

Desa salió de la tienda y se encontró con Adele de espaldas entre los olmos, contemplando las aguas torrenciales del Vinrella. Su largo cabello rubio todavía estaba húmedo por el reciente aguacero. "Pareces preocupada" dijo Desa.

Adele encorvó los hombros, pero no se volvió. "Estamos perdiendo terreno" respondió ella "Tú y yo sabemos que debemos destruir a Bendarian antes de que suelte esa fuerza de oscuridad en este mundo."

"¿Has usado tus habilidades para rastrearlo?"

"No desde que paramos para almorzar."

Moviéndose con cautela, Desa se colocó a su lado y apoyó una mano contra el tronco de un árbol. "Quizás deberías hacerlo" dijo "Nos convendría saber si Bendarian ha decidido regresar y acabar con nosotros."

La cara de Adele apenas era visible a la luz tenue, pero Desa pudo ver que la mujer había cerrado los ojos. Parecía estar tratando de calmar su emoción. "Entonces, ¿eso significa que confías en mí?"

Desa avanzó con un profundo suspiro, la hierba aplastándose bajo sus pies con cada paso. "No lo sé" No era más que la simple verdad, pero a Adele no le gustaba la amargura en su tono. "Pero para bien o para mal, te has hecho parte de este grupo; así que creo que deberías intentar."

Cuando se dio la vuelta, Adele estaba parada allí con una mirada de concentración en su rostro. Hubo una breve pausa antes de que Desa sintiera la resonancia que le decía que alguien más estaba en comunión con el Éter. Una pausa *muy* breve. Incluso con sus muchos años de entrenamiento, Desa tardaba al menos varios minutos en alcanzar un estado mental que le permitiera manipular el Éter. Que Adele pudiera hacerlo en cuestión de segundos… Un momento después, la resonancia se desvaneció.

"Lo encontré" dijo Adele "Al oeste de aquí y un poco al sur."

"¿Cuán lejos?"

"Cerca de cuarenta millas."

Caminando hacia la otra mujer con los brazos cruzados, Desa se detuvo frente a ella y gruñó. "¿Puedes ser más específica?" ella preguntó "Quiero saber su posición exacta."

"¿Que importa?"

"Compláceme."

La otra mujer se derrumbó contra el tronco de un árbol, gimiendo mientras luchaba contra su propia fatiga. En segundos, estaba tocando el Éter una vez más. "Treinta y nueve millas" dijo "doscientas trece yardas y nueve pulgadas."

Su dedo parecía volar casi por su propia voluntad, apuntando hacia el oeste y muy ligeramente hacia el sur. "¡Hacia allá!"

Eso era todo lo que Desa necesitaba escuchar. Adele acababa de indicar la ubicación precisa de su daga, lo que significaba que Bendarian todavía la llevaba en su persona. Tal vez lo quería como recuerdo de su último encuentro. O tal vez pensó que matar a Desa con su propia arma sería un mal tipo de justicia poética.

Giró sobre sus talones y se alejó en la noche.

"¿A dónde vas?" Adele la llamó.

Ella no respondió.

El *golpeteo, golpeteo* de la lluvia en el techo de la tienda mantuvo a Desa despierta toda la noche. En la oscuridad total, estaba acostada boca arriba y miraba hacia arriba, perdida en sus pensamientos y apenas consciente del brazo de Adele que la envolvía. La otra mujer dormía con la cabeza apoyada en el pecho de Desa y suspiraba contenta de vez en cuando.

Marcus estaba a su lado, roncando suavemente y al otro lado de él, Tommy estaba acurrucado con Miri. Eso dejó a Desa sola para reflexionar sobre las preguntas que pasaban por su mente.

Una hora después de su primer intento, Desa le había pedido a Adele que localizara a Bendarian y una vez más, Adele había informado la ubicación precisa de la daga de Desa. Eso no podría ser una coincidencia.

No había forma de que Adele pudiera saber sobre la daga. Desa no se lo había dicho a nadie, lo que solo podía significar una cosa: Adele era genuina. Realmente estaba tratando de ayudarlos a encontrar a Bendarian.

Eso hizo que Desa sonriera. Por doloroso que fuera admitirlo, realmente estaba empezando a preocuparse por la joven. Adele pareció notar sus movimientos porque se levantó con ondas de cabello cayendo sobre su rostro y suspiró. "Todavía estás despierta" susurró.

Cerrando los ojos, Desa dejó que su cabeza se hundiera más en el abrigo y la camisa doblados que usaba como almohada. "Solo pensando" respondió ella "Vuelve a dormir antes de despertar a todos los demás."

La mano suave de Adele le acarició la mejilla. "¿Qué estás pensando?"

"Nada de consecuencia."

"Dime."

Desa se incorporó lentamente, luego se pasó las manos por la cara y se pasó los dedos por el pelo. "Estoy pensando que podría estar dispuesta a confiar en ti" Dejar salir esas palabras no fue fácil. "Un poco."

Adele deslizó sus brazos alrededor del cuello de Desa, se acercó y besó los labios de Desa. Fue un beso suave, pero Desa sintió que su cuerpo respondía igual. Cada instinto la hacía querer derretirse en los brazos de esta mujer.

"Voy a viajar con Desa Nin Leean esta tarde" dijo Miri.

"¿Disculpa?" Protestó Adele.

Desa estaba arrodillada debajo de las ramas de un manzano, atando una de sus botas. Eso llamó su atención. El grupo acababa de parar para almorzar y ahora estaban listos para seguir su camino.

Haciendo una mueca al pensar en lo que sea que esas dos se traían, Desa negó con la cabeza. "Nunca termina" murmuró, poniéndose de pie. Nadie más parecía estar prestando atención al conflicto que estaba por comenzar.

Adele estaba de pie con los puños en las caderas a unos dos pies delante de Miri y sus mejillas estaban sonrojadas. "Pensé que te gustaba el chico" dijo "Si estás pensando en interponerte entre la mujer que amo y yo..."

Miri estaba tan tranquila como quisiera con las manos cruzadas delante de sí misma y la cabeza inclinada casi modestamente. Su astuta sonrisa dejó en claro que no estaba en absoluto preocupada por las amenazas de Adele. "Simplemente deseo hablar con Desa."

"¿Acerca de?"

"Planes para nuestro viaje."

Desa caminó hacia ellas a paso rápido. Había días en que era dolorosamente consciente de por qué prefería viajar sola. "Niñas" dijo en tono burlón "¿Debo separarlas a las dos?"

Dos cabezas giraron y dos pares de ojos cayeron sobre ella, ambos ardiendo, aunque Miri pareció controlar su ira en un instante. Su mirada fue reemplazada por otra sonrisa de complicidad. "Solo deseo hablar contigo."

"¿Y entonces tengo que viajar con el chico?" Adele farfulló.

A Tommy no le gustaría escuchar eso y Desa tampoco podía decir que a ella le gustaba escucharlo tampoco. Ah sí, había días en que prefería viajar sola, pero no sufriría ningún insulto a sus compañeros. "Si te opones tanto a viajar con 'el chico'" dijo "entonces quizás no deberías haberte unido a nuestro grupo."

Adele se puso blanca como un hueso, tropezó hacia atrás como si la hubieran abofeteado y parpadeó confundida. "No quise ofenderte..." El temblor en su voz casi hizo que Desa lamentara sus palabras. "No me gusta viajar con hombres jóvenes. Todavía tengo que conocer a alguien que no aprovechó todas las oportunidades para tratar a patadas a una mujer."

"Este no lo hará" dijo Miri rápidamente.

No pasó mucho tiempo antes de que Desa cabalgara con las riendas en la mano y esperara el inevitable conflicto que estallaría en cualquier momento. Miri había ganado la discusión, debido en gran parte a la falta de voluntad de Desa de sufrir la insolencia de Adele y ahora también cabalgaba a *Medianoche*. "Tengo que preguntar" susurró al oído de Desa. "¿Vas a decirle?"

"¿Decirle a quién qué?"

"¿Vas a contarle a Tommy sobre Sebastián?"

Cerrando los ojos con fuerza, Desa tembló mientras tomaba aliento. "Lo sabes." Ni siquiera era una pregunta en este momento. "¿Cómo lo sabes?"

"No importa cómo lo sé" insistió Miri "Lo que importa es que si yo pude averiguarlo, él también. Es mucho más inteligente de lo que le das crédito."

Un poco más adelante en el camino, Tommy cabalgaba con Adele aferrada a él y por su postura estaba claro que él no estaba más feliz de la situación que ella. De hecho, se parecía al viejo gato Mittens de Desa cuando la madre de Desa lo perseguía con una escoba.

Las nubes finalmente se habían separado, dejando nada más que cielo azul y la cálida luz del sol que secaba la hierba húmeda. El balbuceo del río era extremadamente fuerte después de toda esa lluvia, lo que hizo que Desa se sintiera un poco incómoda. Sería más difícil escuchar acercarse caballos de esa manera. Bueno para ellos, Marcus insistió en realizar sus tareas de exploración con la mayor diligencia. "No necesita saber" dijo Desa al fin "Le rompería el espíritu."

"Eso es cobardía y lo sabes."

"Lo que sé es que tenemos suficientes problemas sin agregar confusión dentro del grupo" dijo "Quizás pueda decírselo después de haber tratado con Bendarian, pero por ahora, es mejor que me quede en silencio."

"Eso no es suficiente" respondió Miri en voz baja y peligrosa. "Haré esto simple para ti Desa; o le dices tú o lo haré yo."

Un cuchillo de miedo atravesó el pecho de Desa.

Esto no podría terminar bien.

. . .

Unas horas más tarde, se separaron del Vinrella cuando el río giró hacia el norte y su camino continuó hacia el oeste a través de pastizales abiertos con solo unos pocos árboles que salpicaban el paisaje aquí y allá. Los caballos tendrían mucho para pastar, al menos por ahora y todavía tenían suministros, pero aun así Desa estaba un poco aprensiva.

El río había sido un compañero constante desde que salieron de Ofalla hacía diez días y su partida significaba que se estaban acercando cada vez más al desierto de Gatharan. Pocas personas desafiaban esa extensión vacía para llegar a las tierras fértiles del otro lado, especialmente porque el tramo final del viaje significaba cruzar las montañas Molarin. La mayoría de las personas que llegaban a la costa occidental de Eradia lo hacían en barco.

Adele estaba con Desa nuevamente, abrazándola; acariciando su hombro. "¿De qué quería hablar Miri?" preguntó con una dulce voz que insinuó que no era más que una curiosidad ociosa para ella.

Pellizcando el borde de su sombrero con el pulgar y el índice, Desa se lo puso sobre los ojos para bloquear el resplandor de la luz del sol. "No era nada serio" respondió ella "Ella solo quería discutir nuestra ruta."

"¿Ella no pudo haber hecho eso mientras estábamos almorzando?"

Una sonrisa se extendió en la cara de Desa y ella sacudió la cabeza lentamente. "¿Celosa, Adele?" preguntó "No necesitas serlo. A Miri solo le gustan los hombres."

"Eso no significa que no te guste."

"Dios mío, *estás* celosa."

Eso le valió a Desa una palmada en la espalda y un sorbo de burla. "Jugar con el afecto de una mujer joven es exactamente el tipo de cosas que haría un hombre" Se dijo con un toque de ligereza, pero Desa también podía sentir un poco de desesperación.

Marcus evitó tener que pensar en algo para calmar las preocupaciones de Adele subiéndose a su gris y haciendo una mueca mientras las veía. Sin duda, pensó que todos estaban haciendo piruetas mientras trataba de seguir apresuradamente. "Hay algunas granjas más adelante" dijo "Podría ser una oportunidad para comprar más verduras."

"¿Tenemos dinero?"

"Todavía me queda un poco" respondió "El Sínodo me dio un subsidio sustancial. Estaban bastante ansiosos por tenerte de vuelta. Y he ganado un poco de dinero aquí y allá desde que salí de Aladar."

Desa sintió que sus cejas se alzaban. Ella estaría muy interesada en escuchar exactamente lo que él había hecho para ganar ese dinero, pero no dijo nada. Marcus podía guardar sus secretos. Desa solo tardó unas semanas en descubrir que los dogmas de Aladri no siempre funcionaban fuera de las fronteras de Aladar. Nunca había imaginado que cambiaría Enlace de Campo por comida, pero lo había hecho con sorprendentemente poca reticencia en los primeros meses sola. Lo que sea que Marcus había hecho, no estaba en posición de juzgar.

"Vámonos entonces" dijo "Estamos desperdiciando luz de día."

Los días transcurrían con poco que ver, excepto la hierba y los árboles y la granja ocasional. Había poco que hacer excepto montar y hablar y para su tercera mañana en la silla de montar, Desa sintió que se habían quedado sin cosas que decir. Adele aprovechó cada oportunidad para abrazarse, lo que en realidad se estaba convirtiendo en una molestia.

Marcus se adelantó y regresó para no informar nada en su camino. A veces, se detenían para descansar a los caballos, lo que le daba a Desa muchas oportunidades de comunicarse con el Éter. Ella se consolaba con eso. Por lo menos, aliviaba el dolor de largas horas en la silla de montar. A veces caminaban y repartían la carga del caballo de carga entre los otros animales.

Todos los días eran muy parecidos a los anteriores: comenzaban con un desayuno abundante y luego cabalgaban o caminaban, hasta bien pasado el mediodía. Cuando el hambre finalmente conseguía lo mejor de ellos, se detenían para un almuerzo rápido y luego continuaban hasta que la disminución de la luz solar hacía imposible continuar. A veces llovía, pero por lo demás el clima seguía siendo agradable. Al principio, Miri insistió en armar la carpa todas las noches, pero lo abandonó cuando la fatiga y los cielos despejados hicieron que la llamada de su saco de dormir fuera demasiado tentadora para resistir.

En su cuarto día fuera de Thrasa, el camino se detuvo. Campos verdes de colinas ondulantes se extendían hacia el horizonte lejano, pero el camino había decidido que no iría más allá. A partir de ese momento, tuvieron que marchar a través de un campo abierto.

No había más granjas ni indicios de civilización. Los árboles se volvieron tan raros que ver uno era casi motivo de celebración. Casi. Sus suministros estaban disminuyendo y sin un camino que los guiara, era muy posible que pudieran perder Fool's Edge por una docena de millas o más y encontrarse perdidos en el desierto.

Afortunadamente, tenían a Bendarian para establecer su camino. Adele pudo vigilarlo a través del uso de sus talentos y aunque no se lo contó a nadie, Desa también pudo sentir sus movimientos. Cualquiera podría adivinar si eso sería bueno o no. Por lo que ella sabía, Bendarian ya no necesitaba comida ni agua, lo que significaba que no había garantía de que encontrarían suministros siguiendo su camino.

Poco a poco, la hierba cambió de verde a amarillo y al sexto día, se estaba agrietando bajo los cascos de los caballos. Al octavo día, no había pasto, excepto el extraño parche que brotaba aquí y allá de una extensión interminable de tierra rojiza que se raspaba como arena debajo de sus botas. Estaban en un vasto matorral de plantas delgadas con pequeñas hojas, arbustos e incluso los extraños cactus aquí y allá. Durante un tiempo, Desa se preocupó que pasarían de largo Fool's Edge por completo y deambularían sin rumbo por el desierto.

Si tan solo el destino fuera así.

CAPÍTULO VEINTITRÉS

El matorral se extendía de horizonte a horizonte, ininterrumpido en todas las direcciones, excepto por una cosa: una pequeña ciudad de edificios de piedra blanca construida cerca del borde de un lago que Desa podía cruzar nadando en unos diez minutos.

En el instante en que estuvieron a la distancia de un grito, un hombre que esperaba en el techo de uno de los edificios exteriores se volvió y desapareció de la vista. Momentos después, las puertas se abrieron y los hombres llegaron a la calle principal con rifles.

Formaron una línea en las afueras de la ciudad, levantaron sus armas y apuntaron directamente al grupo de Desa. "¡Hasta ahí está bien!" uno gritó "¡No queremos extraños aquí! ¡Volverán si saben lo que es bueno para ustedes!"

Sentada sobre *Medianoche* con las manos levantadas a la defensiva, Desa sintió que se le caía la mandíbula. Sacudió la cabeza confundida. "¡No tenemos intención de hacer daño!" ella respondió "Solo queremos comprar suministros y luego seguir nuestro camino."

Instó a *Medianoche* hacia adelante.

Los seis hombres de la calle levantaron sus fusiles. Uno incluso amartilló el cerrojo para enfatizar que *dispararía* si se acercaban. Al ver esto, Adele apretó el agarre un poco sobre Desa.

Cerrando los ojos con fuerza, Desa se pasó un nudillo por la frente. "Por supuesto…" ¿Por qué debería haber esperado otra cosa? Con la excepción de Thrasa, había sido recibida con hostilidad en casi todos los lugares a los que iba desde que formó este pequeño grupo.

Marcus decidió intensificar la situación apresurándose sobre su gris con una mano en su pistola enfundada. "Intenta bloquear nuestro camino" dijo "Y enfrentarás un poder como nunca antes habías visto."

Desa se cubrió la cara con una mano y se frotó los párpados con la punta de los dedos. "Confía en un hombre para empeorar las cosas" El tonto solo veía una solución a cualquier problema e iba a hacer que los mataran.

"¿Por qué estás bloqueando nuestro camino?" Miri preguntó.

Uno de los habitantes del pueblo, un hombre delgado con un mono con una correa rota y un sombrero de paja que había visto mejores días se adelantó y escupió en el suelo. "El hombre de negro nos dijo que vendrías. Dijo que los detuviéramos."

"¿Hombre de negro?"

"Tipo aterrador con venas oscuras en la cara."

Bendarian.

Gruñendo mientras gesticulaba con su rifle, el hombre larguirucho los miró como si pensara que la fuerza de voluntad sola podría bloquear su camino. "Ya nos hemos enfrentado a un poder como nunca antes habíamos visto" dijo "Un hombre de negro mató a tres personas cuando apareció. Dijo que mataría más si los dejábamos pasar."

Desa sacó una moneda infundida de su bolsillo, la activó y casi se estremeció ante el poderoso resplandor. Parecía que tenía una pequeña estrella en la mano. Lo levantó por encima de su cabeza y varios habitantes de la ciudad se quedaron sin aliento. "¡También tenemos un poder!" ella dijo. ¡Pero no te mataremos! ¡Te enseñaré a ejercer este poder!"

Varios de los ciudadanos murmuraron.

Otros parecían que podían disparar esos rifles.

Miri instó a la potra hacia adelante. Ella sostenía las riendas con Tommy detrás de ella y el muchacho estaba muy pálido. Joven como era, había aprendido la diferencia entre los hombres que gritaban y bramaban con la esperanza de que retrocedieran y los hombres que cumplirían sus amenazas. "Tal vez podríamos hablar con el sheriff" sugirió Miri "O hacer un llamamiento directamente al Consejo del pueblo."

El hombre larguirucho escupió otra gota de flema en el suelo. "Señora, está hablando con el alcalde. Y él dice que no van a pasar."

"Basta de esto." Marcus espoleó su caballo hacia adelante.

Desa reaccionó por instinto, instando a *Medianoche* a seguir el ritmo del gris y levantando su mano izquierda para protegerse con su pulsera. Los truenos estallaron cuando los rifles soltaron una tormenta de balas, cada una de las cuales se detuvo abruptamente frente a Desa o Marcus y luego cayeron al suelo al pasar.

Los fusileros vieron que sus armas eran inútiles y comenzaron a retirarse por la calle. "¡No!" gritaron algunos "¡Demonio!"

"¡Marcus!" Desa gruñó.

El fuego en su voz lo instó a tirar de las riendas y detener bruscamente su montura. Él la miró por encima del hombro y le gruñó. "Les dimos la oportunidad de mostrar buen sentido" dijo "Ellos rechazaron."

Frunciendo el ceño al pensar en lo que podría hacer, Desa negó con la cabeza. "No mataré a estas personas" dijo "Juré que no quería hacerles daño y tengo toda la intención de cumplir esa promesa."

¡Debemos detener a Bendarian!

"Hay otras formas."

Sin esperar una respuesta, Desa dio media vuelta y lo instó a regresar al lugar donde los demás esperaban. Miri y Tommy se veían muy incómodos mientras observaban toda la escena. Y el caballo de carga había sido asustado por el ruido.

"Ven" dijo ella "Pongamos un poco de distancia entre nosotros y ellos."

El resplandor del anillo de Desa sentado sobre una pila de rocas iluminó su campamento. Los cinco se sentaron en un círculo cerrado alrededor de esas rocas, aunque nadie estaba hablando. Nadie quería abordar la pregunta que había estado sobre ellos como una sombra desde que Desa se había alejado de Fool's Edge esa misma tarde.

¿Qué harían ahora?

Perseguir a Bendarian en el desierto sin suministros era una sentencia de muerte. Oh, podrían sobrevivir durante unos días, pero ya tenían poca comida y no habría agua. Peor aún, los cinco juntos eran demasiado lentos para atrapar a Bendarian de todos modos. Fastidiaba a Desa sin fin.

Ella podría correr sobre *Medianoche*. Los dos solos a un galope rápido podrían darle la velocidad suficiente para superar a Bendarian. ¿Pero los demás la dejarían? Adele, en particular, insistiría en venir.

Desa se puso en cuclillas sobre el anillo brillante con las manos sobre las rodillas, la cabeza colgando de fatiga. "Estamos perdiendo el tiempo" dijo "Si queremos tener alguna esperanza de atrapar a Bendarian, debemos irnos ahora."

Marcus se sentó en el suelo polvoriento con las piernas estiradas, masticando un trozo de carne mientras consideraba sus opciones. "Seguramente moriríamos en el intento" respondió "Yo digo que tomemos Fool's Edge."

"No."

Era una palabra plana, pronunciada con voz ronca, pero Desa lo decía con todo su corazón. Esas personas solo intentaban mantenerse con vida. Podía imaginar lo que Bendarian había hecho para intimidarlos. Ella no haría lo mismo.

Deslizando un palillo de dientes en su boca con dos dedos, Marcus lo masticó y se movió mientras hablaba. "Necesitamos suministros" dijo "Tienen suministros. Es bastante simple, si me preguntas."

Tommy estaba acostado boca arriba, mirando el cielo nocturno con las manos cruzadas sobre el pecho. "Simple" dijo "Si estás dispuesto a matar a algunos de ellos. Debes saber que no te dejarán ninguna opción."

"El destino del mundo puede depender de que detengamos a Bendarian" respondió Marcus "No dudaré en hacer lo que sea necesario."

"No los vamos a matar." insistió Desa.

Se puso de pie, se apartó de la luz y se fue al desierto vacío. Deslizando sus manos en los bolsillos de su gabardina, dejó escapar un suspiro. Solo había una solución a su problema. Ella lo sabía.

El sonido de pasos acercándose no fue una sorpresa para ella. Solo por el andar, podía decir quién había venido a hablar con ella y cuando se dio la vuelta, vio exactamente lo que esperaba ver.

Adele estaba de pie a pocos metros de distancia, recortada por la luz del campamento, solo una sombra para los ojos de Desa. "Sé que no querrás escuchar esto" comenzó "Pero Marcus tiene razón. Debemos…"

Inclinando la cabeza hacia un lado, Desa levantó una ceja y con sólo fue suficiente para anticiparse a la otra mujer. "¿Crees que deberíamos atacar a las personas asustadas?" ella preguntó "Si lo hiciéramos, ¿seríamos mejores que Bendarian?"

La silueta sacudió su cabeza y el suelo se marcó debajo de los zapatos de Adele mientras avanzaba. "¡No quiero hacerlo!" Ella exclamo "Deberías conocerme mejor que eso... Pero Bendarian debe ser detenido."

"En eso, estamos de acuerdo".

"Bien entonces..."

Desa se acercó a la mujer a la que había aprendido a querer, estiró el cuello y miró fijamente a los ojos de Adele. "Hay una solución" dijo "Pero estoy segura de que no te gustará".

Un instante después, estaba regresando al campamento y preparándose para lo que sabía que sería una conversación dolorosa. Los otros estaban reunidos alrededor de su anillo brillante. Tres cabezas se volvieron al oír su acercamiento.

"Me voy sola" anunció.

El palillo de dientes se cayó de la boca de Marcus mientras miraba con la boca abierta y confundida. Se quedó estupefacto por un momento, luego parpadeó y recuperó el juicio. "No puedes hablar en serio. No hay forma de que puedas sobrevivir al viaje."

"Eso es irrelevante."

"No, no lo es" insistió Tommy con más énfasis de lo que ella hubiera esperado de él. "Eres nuestra amiga. No te dejaremos morir."

"El chico habla sabiduría" agregó Marcus.

"Es un cambio bienvenido de los otros hombres en este grupo" agregó Miri. Se puso de pie para enfrentar a Desa al otro lado de las rocas brillantes, luego asintió. Quizás en respeto. O tal vez en asentimiento al plan de Desa. "Si debes irte, no intentaré detenerte. Pero siento que esta es una decisión que debe tomar el grupo."

Adele regresó a la luz y se detuvo al lado de Desa, los mechones sueltos de su cabello dorado. "Y el grupo ha decidido que no vas sola" dijo "Partimos juntos en esta búsqueda; lo terminaremos juntos."

"¡Suficiente! ¡Todos ustedes!" Desa gritó "Cada segundo que

me detengo aquí solo reduce mis probabilidades de éxito. *Medianoche* y yo podemos cubrir más terreno cuando no somos obstaculizados por los cuatro y sus animales. Puedo encontrarlo por la mañana… y luego terminaré con esto."

"No vas a ir sola!" Tommy gruñó "Y eso…"

"¡Esto no es un debate!" Desa había aprendido, a lo largo de los años, cómo mantenerse erguida con los hombros rectos. Era algo pequeño pero absolutamente necesario cuando eras más bajo que todos los demás. "Yo voy. Mi amor para todos ustedes."

"¿Quieres irte ahora?" Marcus protestó "Tu caballo se romperá una pata corriendo dirigido hacia la oscuridad."

"*Medianoche* no es un caballo ordinario."

Ella no les dio la oportunidad de discutir; simplemente se dio la vuelta y caminó hacia el lugar donde *Medianoche* esperaba un poco más allá del borde de la luz. En la oscuridad, todavía podía distinguir su forma sombría. El caballo la estaba mirando. Ella sintió una resonancia de él y supo que él había estado observando toda la discusión.

Cerrando los ojos, Desa asintió hacia él. "No tienes que venir conmigo" dijo extendiendo la mano para poner una mano en la cara larga de *Medianoche*. "Has sido un compañero leal, pero no te voy a condenar a muerte en el desierto."

Él lamió sus dedos.

El calor inundó las mejillas de Desa, pero ella respiró lentamente y luego tomó el control de sí misma. "Muy bien" susurró ella "Mientras estés dispuesto."

"¡Desa!"

Inesperadamente, encontró a Tommy acercándose a ella y aunque estaba demasiado oscuro para distinguir sus rasgos, estaba segura de que llevaba un gruñido que podía asustar a un lobo enojado. "No *irás* sola al desierto."

"Tommy…"

"¡No! No escucharé más hablar sobre tu deber o el peligro que plantea Bendarian o cualquier otra explicación de por qué cree que debes irte a tu muerte prematura. Me salvaste la vida, Desa. Y aunque tuvo un mal final, tú también salvaste a Sebastián. ¿Crees que así nomás voy a dejar que…?"

"Tommy…"

"Te debo mi vida y mucho más que eso" continuó. Podía ver su silueta, de pie a unos metros de distancia y fulminándola con la mirada. Al menos, ella asumió que él estaba ceñudo. "Me salvaste de los caprichos de la gente del pueblo atrasada. Me diste un sentido de propósito. Salvaste al hombre que amo…"

"Maté al hombre que amas".

Eso lo dejó corto. De hecho, él retrocedió de ella, tropezando como si de repente se hubiera convertido en un demonio. "¿Qué… qué dijiste?" El tartamudeo en su voz había regresado.

Desa sintió una sola lágrima en su mejilla, sintió que corría hasta su mandíbula y luego goteó para aterrizar en su camisa. "Estaba con Bendarian" susurró "Nos traicionó a todos. Sabía que no podía confiar en él, así que…"

"Estaba con Bendarian" murmuró Tommy "¿Quieres decir que te atacó?"

"No."

"Estaba tratando de matarte."

Se obligó a mirar hacia arriba, se obligó a encontrarse con la mirada de Tommy a pesar de que él no podría verla. "No." Una sílaba y sin embargo, forzar esa palabra a través de sus labios era agonía. "Sebastián estaba aliado con Bendarian. Dos semanas de sentir la mirada de odio de ese chico sobre mí dondequiera que fuéramos y luego se alió con Bendarian incluso después de ver las abominaciones en esa granja, incluso sabiendo que Bendarian era una criatura de mal sin igual."

"Miré a tu amante, Tommy. Vi su pequeña sonrisa sarcástica y reaccioné sin dudarlo un segundo. Todo terminó en un instante. Antes de darme cuenta, tenía mi pistola humeante apuntando al pecho de Sebastián. Lo vi caer hacia atrás, lo vi morir en el suelo. Y no me sentí culpable. Ni siquiera por un instante. No hasta que pensé en lo que te haría a ti."

"Cómo..." Tommy se estremeció "¿Cómo te sentiste... cuando le disparaste?"

"Correcta."

Le dolió más de lo que hubiera esperado cuando Tommy se apartó de ella y regresó al campamento. Vio a Miri parada en la luz y observando toda la escena con una expresión de dolor.

Bendarian estaba a cuarenta millas al suroeste de aquí y estacionario por el momento. Lo más probable es que se hubiera detenido por la noche. Medianoche podría cubrir esa distancia antes del amanecer si se empujaba. A menos que no se diera cuenta, Bendarian no tendría forma de sentir su acercamiento hasta que estuviera justo encima de él. Era hora de terminar esto por fin.

Desa se subió a la silla de montar de *Medianoche*, sin hacer ningún esfuerzo por contener la marea de lágrimas que corrían por su rostro. Ella sollozó. "Vamos" susurró "Sólo tienes que aguantar hasta la mañana. Después de eso, lo que nos pase no importará."

Se adentraron en la noche.

CAPÍTULO VEINTICUATRO

Desa huyó hacia el desierto.

Ella cabalgó sobre *Medianoche* mientras él corría a través de las llanuras arenosas, sus pezuñas levantaban polvo, su cola se extendía detrás de él en el viento. Ya no se daba cuenta del dolor en sus muslos por las largas horas en la silla de montar, ya no se daba cuenta del hambre que corría o del aguijón de las riendas de cuero en sus palmas.

Había llegado la mañana y el cielo ahora era de un azul feroz sin una sola nube a la vista. No había nada más que una extensión interminable de arcilla roja polvorienta. Incluso las escasas plantas de matorral cerca de Fool's Edge habían desaparecido.

Se inclinó hacia adelante en la silla.

Apretando los dientes, Desa siseó cuando el viento la asaltó. "Solo un poco más" susurró por centésima vez. "Estamos casi sobre él."

Así era; Podía sentir la presencia de su cuchillo infundido a unas dos millas de aquí. En menos de una hora, estarían encima de Bendarian. En menos de una hora, esta búsqueda que había consumido los últimos diez años de su vida habría terminado. De una manera u otra.

Medianoche se detuvo y Desa sintió la resonancia mientras el animal comulgaba con el Éter. En segundos, conocería el terreno por millas alrededor de este lugar. Era raro que un animal alcanzara la comunión, pero hacerlo mejoraba considerablemente su cognición. Sería capaz de recordar cada colina, cada hoyo, cada bulto en el suelo.

Antes de que Desa pudiera recuperar el aliento, el semental volvió a despegar, subió una suave pendiente y luego bajó por el otro lado. Le hubiera gustado haber visto algo: un cactus, un afloramiento de rocas, tal vez un pequeño oasis. Pero, por supuesto, solo había más tierra vacía.

Siguieron cabalgando.

Mientras el sol se elevaba a medio camino hacia su cenit, el aire se volvió incómodamente cálido. Desa quería quitarse el abrigo, pero no había dónde ponerlo. Excepto por sus alforjas y eso requeriría mucho esfuerzo. Más tiempo del que quería perder en comodidad.

Siguieron adelante… y siguieron… Pronto, encontrarían a Bendarian. Pronto…

El cuchillo se movió.

Desa sintió que se le caía la mandíbula, con arrugas en la frente mientras negaba con la cabeza. "No" susurró ella "Por favor… ¡Ahora no!"

El cuchillo estaba ahora a poco más de diez millas de distancia. Bendarian debe haber usado sus extraños poderes para recorrer la distancia en cuestión de segundos. Lo que significaba que *Medianoche* tendría que seguir corriendo aún más.

Desa lo detuvo.

Se sentó, cubriéndose la cara con ambas manos y luego dejó escapar un suspiro trémulo. "No puedo pedirte que vayas más lejos" Fue un susurro ronco que pasó por sus labios. Su garganta se sentía como si tuviera una capa de arena.

Cuando dejó caer las manos, *Medianoche* había girado la cabeza para mirarla de reojo. Ella sabía lo que estaba pensando.

Quedarse aquí sería tan malo como colapsar por el agotamiento. No había agua ni comida. Y era poco probable que *Medianoche* tuviera la fuerza para volver corriendo a Fool's Edge. Menos probable que encontraran un respiro allí incluso si lo intentaran.

Desa dejó que su cabeza se hundiera, luego se estiró para pellizcar el ala de su sombrero. Se la quitó y sintió que el sol la golpeaba. "Está bien" dijo "Eres más fuerte que cualquier caballo que haya visto. Si pudieras llevarme el resto del camino."

Medianoche galopaba de nuevo antes de que ella se diera cuenta. La sorpresa casi la arrojó de la silla de montar, pero se estabilizó, volvió a ponerse el sombrero en la cabeza e hizo todo lo posible por ignorar la fatiga… y la sed.

No pasó mucho tiempo antes de que ella viera algo en el horizonte sur. Un destello Como si el sol brillara sobre algo. Pero no pudo distinguir qué era. Al final, realmente no importaba. Bendarian estaba allí; ella sabía eso.

Medianoche corrió y el brillo se hizo más nítido, más claro, más distinto a sus ojos. En una hora, estaba segura de que era una estructura hecha por el hombre. De hecho, esos grandes grumos grises que lo rodeaban no eran colinas o cantos rodados. Eran los restos de edificios que se habían derrumbado siglos atrás.

Había pueblos en el desierto, todos ubicados cerca de manantiales formados por arroyos subterráneos que fluían desde las montañas de Molaran. El más grande era Dry Gultch, pero no estaba cerca de aquí. Y sus edificios no estarían en ruinas.

Algo sobre esto se sentía siniestro.

A medida que se acercaban, Desa se dio cuenta de que no era tanto una ciudad como una colección de edificios en ruinas alrededor de algo que brillaba. Se esforzó por identificarlo, pero todo lo que vio fue el brillo.

De ahí en adelante, *Medianoche* corrió sobre terreno accidentado, deteniéndose solo brevemente para comunicarse con el Éter y tener una idea de su entorno. En una hora, estaban lo suficientemente cerca como para ver la sustancia brillante.

Era un cristal.

Un cristal tan grande como una casa, con forma de lágrima y colocado sobre lo que parecía la base de una pirámide de piedra. Parecía zumbar en la mente de Desa, lo cual era ridículo, excepto que estaba bastante segura de que podía sentir el Éter.

Cerrando los ojos, Desa se concentró y sintió una gota de sudor rodando por su frente. "Sí", murmuró ella. "Tú también lo sientes, ¿no?"

Medianoche relinchó.

El Éter estaba... pulsando... Simplemente no había otra palabra para eso. En una buena noche, solo tendría que meditar durante unos minutos para comunicarse con el Éter. A veces tomaba más tiempo. Pero aquí, parecía gritar por atención.

Desa extendió la mano tentativamente y el mundo cambió ante sus ojos, los objetos sólidos se rompieron en enjambres de partículas danzantes. Se quedó sin fuerzas y estuvo a punto de caerse de la silla antes de forzar su conciencia a volver a su cuerpo. Fue muy fácil. No debería haber sido tan fácil.

Deteniendo a *Medianoche*, intentó de nuevo y encontró el Éter casi sin esfuerzo. Desa flotó en su abrazo relajante, sintiendo el mundo a su alrededor. Los edificios, el paisaje reseco, las innumerables moléculas de aire seco y caliente. Sintió a Bendarian dentro de la pirámide. ¿Estaba consciente de ella? Él debe haber comulgado con el Éter mismo y sentir su acercamiento. ¿O había perdido la capacidad de hacerlo después de abrazar sus nuevos poderes? Algo más le ocurrió a ella.

Ella infundió una de las balas en la bolsa de su cinturón, creando un Sumidero de Fuerza –fue lo primero que se le ocurrió– y casi se quedó sin aliento por la sorpresa. El entramado parecía encajar de golpe en su lugar. Fue muy fácil.

Normalmente, tomaría varios minutos crear un sumidero

que pudiera absorber suficiente energía cinética para ser útil, ¡pero había logrado la tarea en segundos! ¿Qué era este lugar? ¿El cristal amplificaba el Éter?

Si...

Podía sentir los pulsos que irradiaban del cristal como olas que la bañaban. Era este lugar. Alguien había creado tecnología que permitía que a los Enlazadores de Campo trabajar a un ritmo increíble. Y ella nunca había oído hablar de eso. Ni una vez antes de hoy.

Desa volvió a la realidad, acarició el cuello de *Medianoche* y lo instó a seguir. Tenían menos de media milla por recorrer y ella quería terminar con esto. Bendarian no huiría. No esta vez. Había elegido este lugar como el lugar para su último bastión. No pasó mucho tiempo antes de que llegaran al borde de la pequeña ciudad... o lo que fuera.

Medianoche corría entre dos edificios en ruinas.

Con el ceño fruncido, Desa giró la cabeza y sintió que sus cejas se alzaban. "No creo que me guste este lugar" susurró "Casi me siento..."

Algunas de las estructuras aún estaban en pie –o partes de ellas, en algunos casos– pero las ventanas estaban rotas, dejando agujeros en las paredes de piedra. Otras casas habían sido reducidas a montones de escombros. Y sin embargo, Desa tenía la sensación más extraña... Una picazón entre los omóplatos. La sensación de ojos invisibles sobre ella.

Desa saltó de *Medianoche*.

Aterrizó con un rasguño de polvo, luego se enderezó y se quitó el sombrero. El viento soplaba sobre su corto cabello castaño. "¿Qué es este lugar?" murmuró "¿Quién lo construyó? ¿Mi gente no lo sabía o simplemente no me lo dijeron?"

Medianoche resopló y restregó su nariz contra su hombro. No tenía más respuestas que ella. Bueno, si tuvieran que morir aquí en el desierto; al menos habrían visto algo maravilloso antes del final.

Ella cayó sobre una rodilla.

Estirando el cuello, Desa entrecerró los ojos hacia el cristal e ignoró el asalto del viento caliente en su rostro. "No tiene sentido" susurró "Si esta tecnología fuera posible, los Aladri la habrían descubierto."

Medianoche resopló de nuevo.

Gruñendo por el dolor en sus piernas, Desa se levantó y se sacudió las manos. "Tienes razón" dijo "Eso es arrogante. Pero no obtendremos nada aquí. Tenemos que…"

Estaba a punto de sugerir que avanzaran hacia la pirámide, pero sus agudos oídos captaron un sonido que no hubiera esperado escuchar en medio del desierto. El suave balbuceo del agua corriente.

"¡Vamos!"

No fue difícil seguir el sonido; provenía de una estructura en el círculo interno. Cuatro muros de piedra rodeaban lo que alguna vez pudo haber sido un jardín. Al menos, eso fue lo que Desa asumió ya que una de esas paredes estaba presionada contra el costado de una pequeña choza. Por supuesto, había pocas posibilidades de encontrar comida. Esta ciudad había estado abandonada por siglos. Quizás por más tiempo.

Pasar a través de la entrada en forma de arco la desengaño de cualquier cinismo que pudiera haber sentido. Dentro de esas cuatro paredes, encontró un pequeño huerto de duraznos en plena floración, con fruta madura colgando de cada rama. Exuberante hierba verde se extendía de esquina a esquina, desafiando el cielo despejado.

En el centro del huerto, un poste de cobre tan ancho que no podría haberlo abrazado tenía dos pisos de altura. Había un tubo cilíndrico en la parte superior con una cara rallada dirigida hacia un cristal y tubos de cobre se extendían como tentáculos, cada uno drenando agua en un cubo de metal.

Era lo más extraño que Desa jamás había visto, pero ese pensamiento duró solo un breve instante antes de que su sed sobrepasara su curiosidad. Abandonando la precaución, Desa corrió hacia el enorme artilugio y metió la cabeza por debajo de una de esas tuberías. ¡El agua estaba helada!

Por supuesto, el frío fue un alivio del calor abrasador y antes de que Desa pudiera detenerse, estaba levantando uno de esos cubos y derramando la mitad de su contenido sobre su camisa mientras bebía el resto. A ella no le importaban las bacterias. Sufriría las consecuencias si tuviera que hacerlo. Por ahora, todo lo que quería hacer era beber.

Se giró para encontrar a *Medianoche* siguiéndola a través del arco y haciendo una pausa para maravillarse de la recompensa que este extraño lugar le había proporcionado. El caballo no perdió el tiempo; se inclinó y comenzó a deleitarse en la hierba.

Desa le trajo uno de los cubos, lo que hizo que se detuviera el tiempo suficiente para meter la cabeza y lamer el agua. El pobre querido. Ella no debería haberlo llevado a la misión de tontos.

Limpiándose la humedad de la frente con el dorso de un puño, Desa entrecerró los ojos contra el resplandor del sol. "Este lugar se vuelve cada vez más extraño" susurró "¿Quién construyó esa cosa?"

Se volvió hacia la extraña torre.

Seguía funcionando, aunque dos de esas tuberías de cobre ahora liberaban agua directamente sobre la hierba. ¿Cómo podría existir tal dispositivo? Casi parecía desafiar las leyes de la naturaleza. Había bombas de agua en Aladar, pero esto no solo movía el agua de un lugar a otro. *Creaba* agua. O al menos, así era como parecía. Ella no vio indicios de un depósito que pudiera usar como fuente. Era casi mágico.

Excepto... No, no lo era.

De alguna manera –tal vez a través de la comunión más profunda con el Éter provocada por la proximidad a ese cristal– pudo comprender cómo funcionaba este dispositivo de riego. El aire fluía a través de la rejilla, hacia el gran tubo de cobre sobre la torre, donde la Fuerza y Fuentes de Gravedad de bajo nivel lo comprimían. Cada uno estaba elaborado con una precisión exquisita, muy parecida al brazalete de Desa que solo tomaría energía cinética de los objetos que se acercaban a ella.

Los disipadores de calor luego bajaban la temperatura del aire hasta que el vapor de agua se condensaba y fluía a través de las tuberías hacia los cubos. Era un dispositivo ingenioso. Un ejemplo de Enlace de Campo verdaderamente inspirado. Pero… ¿Quién estaba infundiendo a todos esos sumideros y fuentes nuevas conexiones con el Éter? Un dispositivo como este no debería haber podido funcionar solo durante días —mucho menos siglos— sin un Enlazador de Campo para mantenerlo. De repente, Desa fue dolorosamente consciente de esos ojos invisibles.

Se quitó el abrigo, dejando que cayera al suelo detrás de ella y luego caminó por el huerto. "Es increíble" dijo en voz baja "Que cualquiera pueda concebir un dispositivo así… si tan solo el Sínodo pudiera verlo."

Su estómago retumbó.

Con un suspiro, caminó hacia el árbol más cercano, tomó un durazno de una de las ramas y lo mordió. Fue jugoso y delicioso. Desa engulló todo en menos de un minuto, luego arrojó el núcleo al suelo.

Volviendo a *Medianoche*, entrelazó los dedos sobre la parte posterior de su cabeza mientras caminaba hacia él. "Piénsalo…" Desa se puso de puntillas, gimiendo mientras estiraba la espalda. "Un pedacito de paraíso en este páramo."

Medianoche estaba demasiado ocupado pastando para responder, pero su oído se movió hacia ella y ella supo que él entendía. Algo aquí no estaba bien.

Notó otra puerta en forma de arco en la pared que conectaba con la cabaña, pero allí no había nada más que oscuridad y no tenía ganas de ir a explorar. Tendrían que enfrentarse a Bendarian pronto, pero era mejor comer y beber por ahora. Luchar por su vida mientras estaba deshidratada no terminaría bien.

Desa se dejó caer en la hierba, dobló las piernas y las abrazó. Ella exhaló. "¿Quién crees que eran?" preguntó "¿Académicos? Filósofos? Ingenieros? ¿O eran gente guerrera?"

Medianoche levantó la vista brevemente.

Sonrojándose bajo el escrutinio del caballo, Desa cerró los ojos y asintió. "Sí... entiendo tu punto" dijo "No hay forma de que podamos saber."

Medianoche volvió su atención al cubo de agua, sin hacer ningún esfuerzo por ocultar su sorbo mientras bebía. Al menos no morirían aquí. No por sed, de todos modos. Dependiendo de la frecuencia con que esa torre produjera agua, era completamente posible que pudieran reunir suficientes suministros para regresar a Fool's Edge. En realidad, podrían sobrevivir a este viaje. Suponiendo, por supuesto, que realmente lograría matar a Bendarian. Desa tuvo que admitir que lo nuevos poderes del hombre eran formidables.

Cayó hacia atrás, acostada boca arriba y parpadeando al sentir el calor del sol en su piel. "Quienquiera que fueran" murmuró "supongo que les debemos nuestro agradecimiento. ¿Crees que alguno de ellos hubiera imaginado, cuando plantaron estos árboles, que este pequeño huerto podría haber marcado la diferencia en la búsqueda de una mujer tonta por salvar el mundo?"

Medianoche resopló.

Desa se sentó el tiempo suficiente para sacar la lengua, luego se dejó caer de nuevo. "Muestra lo que sabes" se quejó "Misericordia cuida a sus hijos."

Otro resoplido puso los dientes de Desa al filo.

"Es verdad" insistió "Solo necesitas mirar a tu alrededor si quieres pruebas. Salimos corriendo en una búsqueda de tontos, de dirigiéndonos al desierto sin nada para comer ni beber. Estábamos preparados para morir aquí y sin embargo, Misericordia nos ha proporcionado agua, hierba... y fruta.

Ese último hizo que la sangre de Desa se enfriara. Ese sentimiento molesto en el fondo de su mente, la sensación de incorrección que la había estado persiguiendo desde el momento en que había puesto el pie en esta extraña ciudad, de repente tenía mucho sentido.

La torre proporcionaba agua, pero eso solo no podría haber explicado la existencia de este huerto. Ella no vio ningún mecanismo para llevar esa agua a los árboles. Entonces, ¿quién los estaba atendiendo?

Se dio cuenta de que los cubos estaban perfectamente ordenados debajo de las tuberías. Y aunque podrían haberse quedado en ese estado cuando se marcharon los últimos habitantes de esta ciudad, varios cientos de años eran mucho tiempo. Y tuvieron que pasar al menos varios cientos de años para que tantos edificios colapsaran.

¿Era realmente plausible que, en todo ese tiempo; un fuerte viento nunca hubiera derribado al menos un cubo? ¿Ni una sola vez? ¿No tensaba la credulidad pensar que un buitre nunca había descendido para saciar su sed, perturbando uno de los cubos en el proceso? Cuanto más lo pensaba, más sentía una irresistible necesidad de correr.

Algo en el rabillo de su ojo.

Desa giró la cabeza a tiempo para echar un vistazo a una figura encapuchada parada en la puerta de la cabaña. Una figura esbelta en un negro ininterrumpido con la cara oculta en las profundidades de su capucha. Solo un instante y luego el extraño volvió a entrar.

En un instante, Desa se puso de pie y sacó su pistola. Levantó el martillo y se dirigió con cautela a la puerta. "¡Quienquiera que seas!" ella bramó "¡Debes saber que te enfrentas a una Enlazadora de Campo de Aladar!"

¿Eso significaría algo para este espectro?

A pesar de su creciente inquietud, se obligó a entrar en la cabaña y activó la Fuente de Luz en su anillo… No había nada.

Solo cuatro paredes de piedra y apenas espacio suficiente para seis personas.

Peor aún, no había salida excepto la que estaba directamente detrás de ella. El extraño no podría haber escapado sin que ella lo supiera y sin embargo, no había nadie más aquí. El sudor frío le corría por la cara a caudales.

Al retroceder hacia la luz, enfundó su pistola de golpe y sacudió la cabeza mientras marchaba por la hierba. *Medianoche* estaba esperando, mirándola con las orejas inclinadas hacia atrás. "Debo haberlo imaginado" le dijo.

Un agudo relinchido fue la respuesta del semental y luego dio un buen golpe con el casco. "¿También lo viste?" Medianoche se adelantó para pasar su nariz por la frente de Desa. El pobre querido estaba asustado y Desa no podía culparlo.

"Ven" dijo ella "Hemos molestado a los muertos el tiempo suficiente."

CAPÍTULO VEINTICINCO

En la base de la pirámide, Desa detuvo a *Medianoche*. Diez escalones de piedra conducían a la entrada principal, un túnel oscuro que la dejaba con un presentimiento. Su encuentro con esa aparición encapuchada ciertamente no estaba ayudando.

La estructura completa no tenía más que unas pocas plantas de altura, como si alguien hubiera cortado la parte superior de la pirámide, dejando solo la base. Pero el enorme cristal en la parte superior parecía acariciar el cielo. Era hermoso a la vista, casi majestuoso. Cada borde y superficie captaba la luz del sol de la tarde y podía *sentir* al Éter llamándola.

Ella desmontó.

Frente a su caballo con los brazos cruzados, Desa negó con la cabeza. "Esto es lo más lejos que puedes llegar, mi amigo" Las siguientes palabras dolieron, pero se obligó a decirlas. "Corre. Aléjate lo más que puedas de aquí."

Medianoche pisoteó un casco y luego le dirigió una mirada que la llamó idiota. Luego restregó su nariz contra la frente de Desa.

Ella cerró los ojos, riendo suavemente bajo su toque. Le hizo cosquillas. "No, no puedes quedarte aquí" insistió "De una forma u otra, esto terminará pronto. Si Bendarian gana, no quiero que te encuentre."

Sin otra palabra, le dio la espalda al amigo más leal que había tenido y comenzó a subir las escaleras. A mitad de camino, extendió la mano hacia el Éter y aceptó su cálido abrazo. El mundo cambió ante ella, pero prestó poca atención a la violenta tempestad de partículas, eligiendo en su lugar infundir varias balas con nuevas conexiones al Éter. Una fuente de fuerza, un disipador de calor, una fuente de gravedad. Cualquiera de ellos podría darle una ventaja en un momento desesperado.

Mientras completaba su trabajo, Desa sintió algo nuevo. Una cuarta presencia cerca, no ella ni *Medianoche* o Bendarian sino alguien más. Adele cabalgaba con fuerza hacia esta ciudad abandonada. Todavía estaba a unas pocas millas de distancia –lo que debería haberla colocado bastante más allá de los límites exteriores de lo que Desa podía sentir a través del Éter; ese cristal estaba mejorando los talentos de Desa en más de un sentido– pero a un ritmo tan vertiginoso, Adele estaría aquí en menos de una hora. Debió haberse escabullido del grupo en la potra que habían adquirido en Thrasa.

Rompiendo su conexión con el Éter, Desa abrió los ojos, respiró lentamente y luego sacudió la cabeza. "Tonta niña" murmuró "Esto va mucho más allá de la lealtad."

Tendría que despachar a Bendarian con prisa. No había forma de que dejara que ese hombre se acercara a Adele.

En la parte superior de los escalones, Desa se quitó la gabardina, dejándose una camisa sin mangas color canela y exponiendo las armas que llevaba. Su pistola enfundada en su cadera derecha, su daga a la izquierda, una bolsa de municiones de repuesto entre ellas.

Desa desenfundó el revólver, amartilló y levantó el arma frente a su cara, con el cañón apuntando hacia el cielo. "Misericordia, guía a tu tonta hija" susurró "Que mi puntería sea certera."

Entró en el túnel.

La oscuridad parecía inusualmente opresiva, lo que seguramente era una consecuencia de lo que había visto en ese huerto. ¿Estaba la figura encapuchada aquí? ¿Atacaría? Desa no había sentido a nadie más cuando se comunicó con el Éter, pero ¿podrías sentir un fantasma de esa manera? Para el caso, *¿era* esa cosa un fantasma? Hasta hoy, se habría burlado de la idea de espíritus vengativos. Los muertos estaban muertos y eso era todo lo que había que hacer.

El túnel se inclinó suavemente hacia abajo y Desa siguió su camino con su arma empujada frente a ella. No se molestó con su Fuente de Luz. Había suficiente luz natural por delante para ver con claridad.

Finalmente, el túnel se abrió en una habitación masiva con un agujero en el techo, permitiendo que la luz del sol se filtrara a través de la base del cristal. Proyectaba patrones brillantes en los muros de piedra, cada uno único y magnífico.

En el centro de la habitación, un piso elevado que era solo un pelo más alto que Desa se colocó directamente debajo del cristal. Había antorchas apagadas en las cuatro esquinas; entonces, era un altar de algún tipo.

Bendarian se quedó allí con las manos entrelazadas detrás de él, sonriéndole mientras la observaba acercarse. Era Bendarian, lo sabía sin duda, pero él no se parecía en nada al hombre que ella recordaba.

Esas venas negras cubrían casi cada centímetro de su cabeza ahora calva. Su ojo izquierdo había desaparecido, reemplazado por tejido cicatricial áspero. "Bienvenida" dijo "Ha sido un largo camino, ¿no? Un camino que nos trajo a ambos a este lugar."

Desa subió los escalones hasta el piso elevado.

Levantando la barbilla, entrecerró los ojos mientras lo estudiaba. "¿Por qué nos has traído aquí?" Aunque no lo pretendía, sus palabras eran un despectivo desdén. "¿Es el cristal? ¿Es eso parte de tu plan?

Bendarian sonrió, sacudiendo la cabeza mientras comenzaba a dar vueltas alrededor del piso elevado. "Sabes, separarte de los demás requirió un esfuerzo considerable" Giró sobre sus talones, mirando a Desa con una sonrisa que hizo que su piel se erizara.

Luego sacó una mano de detrás de su espalda, revelando la daga que lo había herido apretada fuertemente en un puño cubierto de venas. "Afortunadamente, lo hiciste un poco más fácil", continuó. Espero que hayas apreciado la sorpresa que te dejé en Fool's Edge. Hice todo lo posible para asegurarme de que esas personas estuvieran suficientemente motivadas ".

"¿Qué les hiciste?"

"Oh, no mucho" dijo "Solo unas pocas pesadillas. Una ilusión aquí o allá."

"¿Por qué?"

Echando la cabeza hacia atrás, Bendarian se rió a carcajadas. Su risa resonó en las paredes y envió escalofríos por la columna de Desa. "¿Por qué?" el exclamó. "¿Me preguntas por qué? ¡Debería pensar que sería obvio!"

Su mirada se dirigió hacia ella y Desa casi saltó hacia atrás. Por los ojos de Venganza, el hombre la tenía al borde. "He estado tratando de matarte durante años" dijo Bendarian. "Y cada vez, me encontré con un fracaso. Tu obstinada negativa a morir me persiguió hasta que pensé que podría volverme loco. ¿Estaba condenado a vivir este ciclo para siempre, luchando contra ti una y otra vez y sin embargo nunca logrando la victoria?"

"Tienes una opinión muy grandiosa de ti mismo."

"Pero entonces, por fin, entendí" continuó Bendarian como si ella ni siquiera hubiera hablado. "No podía matarte antes porque no estaba destinado a matarte entonces. Porque estabas destinada a morir aquí."

Girando la cabeza para examinar su entorno, Desa sintió que se le fruncía el ceño. "Supongo que hay lugares peores para pasar la eternidad" murmuró "Uno de nosotros no se irá de aquí; eso es seguro."

Bendarian levantó un solo dedo, moviéndolo hacia ella mientras avanzaba. "Ya ves, todo tenía sentido para mí cuando finalmente comprendí la verdadera naturaleza del Inferior" dijo "Me heriste en Ofalla y en ese momento, mi poder se multiplicó por diez."

Bendarian extendió los brazos y luego flotó hacia arriba. En segundos, estaba flotando sobre el piso elevado, directamente a la luz del sol que entraba por el agujero en el techo. "¡Emoción, Desa!" él exclamó "Después de Thrasa, lo entendí. ¡Me heriste y te odié por eso!

Lentamente, descendió para aterrizar de puntillas y su sonrisa se ensanchó en un repugnante rictus. "Ese odio me hizo lo suficientemente poderoso como para alejarme del borde de la muerte. El Inferior responde a una emoción cruda y desenfrenada. Fue lo único que me salvó."

Desa apuntó su arma con una mano firme, ladeó la cabeza hacia un lado y olisqueó con desdén. "¿Puede salvarte esta vez?"

"No solo me salvará" declaró Bendarian "Me elevará a la divinidad. Encontré este lugar hace años cuando todavía estaba buscando una forma de infundir el Éter directamente en el tejido vivo. Nuestras habilidades se amplifican aquí. Podemos manipular el Éter con mayor destreza. Entonces, cuando te mate aquí, seré lo suficientemente fuerte como para abrir un agujero en el Éter. El Inferior se inundará en este mundo y lo reharé en mi propio...

¡CRACK!

La mano de Bendarian se alzó para cerrarse alrededor de algo. Un momento después, sus dedos se desenroscaron para revelar una bala en su palma.

Desa estaba de pie con su arma apuntando directamente a su

pecho, una delgada estela de humo saliendo del cañón. "No tengo paciencia para los discursos" dijo "Si vamos a pelear, terminemos con esto."

Ella activó la Fuente de Calor en la bala.

Bendarian chilló cuando su mano se convirtió en una masa ennegrecida de carne chamuscada. Arrojó la bala a un lado y luego desapareció con un leve zumbido del aire que llenaba el espacio que había desocupado.

Cada sensación se intensificó cuando Desa corrió por el piso elevado y saltó desde el borde. Activar su Sumidero de Gravedad le permitió volar hasta el segundo nivel, donde una puerta en la pared conducía a un túnel.

Se agachó dentro, giró y presionó su espalda contra la pared de piedra, sin aliento. El sudor le cubría la cara. "Vamos, bastardo feo" susurró "¡Muéstrate!"

No tenía sentido quedarse quieta.

Desa se apresuró por el estrecho pasadizo con su pistola sostenida por ambas manos. No pasó mucho tiempo antes de que llegara a una abertura en la pared a su derecha, y cuando dobló la esquina, encontró un corredor idéntico al que acababa de dejar. Un corredor que estaba iluminado por piedras que emitían un suave resplandor anaranjado. Fuentes de Luz.

Tan pronto como dio ese primer paso, Bendarian apareció veinte pasos delante de ella con una bola de fuego balanceada sobre su palma hacia arriba. Lo envió volando hacia Desa con un movimiento de su muñeca.

Desa giró alrededor de la esquina.

Presionando su espalda contra la piedra, observó cómo la bola de fuego golpeaba la pared frente a ella con la fuerza suficiente para enviar pedazos de roca volando. Algunos de ellos la rozaron y uno dejó una herida en su hombro desnudo.

Cerrando los ojos con fuerza, Desa tembló mientras tomaba aliento. "Misericordia protege a tu hija del daño" susurró "Esto rezo como alguien que te ha servido desde el nacimiento, como alguien que te servirá hasta el momento de su muerte."

Disparó a la vuelta de la esquina.

Bendarian bailó hacia atrás en el corredor contiguo, sus manos volando hacia arriba para arrebatar sus balas del aire. Una suave risa resonó en las paredes mientras él se retiraba. Desa lo siguió, avanzando mientras él retrocedía.

Repentinamente se desvaneció.

Su último disparo golpeó la pared, destrozando una de las piedras brillantes. Los fragmentos de la piedra cayeron al suelo, pero todavía emitían una tenue luz naranja. Un objeto infundido seguía infundido incluso si lo aporreabas en cien pedazos. La infusión estaba tejida en cada molécula.

Desa continuó hacia adelante. Si Bendarian pudiera aparecer en cualquier lugar a voluntad, no tenía sentido tratar de alejarse de él. Y si ella podía mantenerlo alejado del cristal, mucho mejor.

Una ráfaga de aire detrás de ella.

Girando sobre el terreno, Desa disparó la última bala en su arma sin siquiera molestarse en mirar a su objetivo. Cuando se dio la vuelta, vio a Bendarian retrocediendo con sus puños cerrados alrededor de varias de las balas que ella había perdido.

Golpeó la pared chamuscada, enseñó los dientes y sacudió la cabeza. "Te estás volviendo una molestia" gruñó.

Él le arrojó las balas.

Por instinto, Desa levantó la mano izquierda para protegerse. Cuatro balas humeantes se detuvieron abruptamente justo frente a ella. Todas cayeron al suelo cuando ella dejó caer su brazo, pero Bendarian no había terminado con ella.

Estiró una mano hacia ella y su rostro se contorsionó en una máscara inhumana de rabia y malicia. Desa fue levantada del suelo, empujada hacia Bendarian como un pez atrapado en una línea. No había forma de detenerlo. El hombre la tenía en su agarre y él lo sabía.

Desechando su pistola vacía, Desa cerró un puño y activó la Fuente de Luz en su anillo. El duro brillo golpeó la cara de Bendarian, obligándolo a cerrar los ojos con fuerza. En ese breve momento de distracción, Desa sacó su cuchillo.

Ella chocó con Bendarian, envolviendo sus piernas alrededor de su cintura y luego clavó la hoja de su daga en su garganta. Sus ojos se abrieron de golpe y dejó escapar un sonido de gorgoteo cuando la sangre oscura se derramó de su boca abierta.

Se desvaneció de nuevo.

Desa aterrizó, doblada con una mano sobre su pecho, sacudiendo su cabeza mientras trataba de orientarse. "No es tan fácil" susurró "Misericordia protege a tu hija tonta, no puede ser así de fácil."

Se enderezó y se frotó los ojos con el dorso de un puño. Luego recuperó su pistola perdida. Abriendo el cilindro, cargó seis balas más.

Hecho esto, volvió girando la esquina y corrió hacia la cámara central. Estaba a solo dos pasos de la cornisa cuando Bendarian apareció justo más allá de la abertura, flotando al aire libre sin nada.

Estaba gruñendo, con venas oscuras creciendo sobre su rostro y había una cicatriz en su cuello donde su cuchillo había perforado su carne. "¡Muere!" gritó, lanzando una mano hacia ella.

Grietas irregulares aparecieron en el techo, profundos abismos en la piedra y luego trozos de escombros cayeron sobre Desa. Protegiéndose con la mano izquierda, activó el Sumidero de Fuerza en su pulsera.

Grandes rocas flotaban justo sobre su cabeza, suspendidas en el aire. Eso le dio tiempo suficiente para correr a toda velocidad y saltar de la repisa.

Se estrelló contra Bendarian y su impulso los propulsó a

ambos al piso elevado. Golpearon con fuerza y se separaron, gruñendo por el impacto.

Deslizándose para detenerse, Desa se puso de rodillas y miró por encima del hombro hacia Bendarian, con una línea de sangre goteando por la comisura de su boca. "Tenías razón" jadeó "Estamos destinados a hacer esto… para siempre."

"¡No!"

Se puso de pie frente a ella y sacudió la cabeza con disgusto. "¡No! ¡No estaré atado a ti!" Sus manos temblorosas se alzaron y una bola de fuego se unió entre ellos, creciendo más y más hasta alcanzar el tamaño de la cabeza de Desa.

Abrió el cilindro de su arma y la giró para seleccionar la bala que quería. Luego lo cerró y apuntó.

Bendarian estaba de pie con la creciente bola de fuego entre sus palmas, su rostro iluminado con una alegría diabólica. Su risa resonó en la pirámide. Durante medio segundo, dejó que su mirada permaneciera en Desa… y luego envió esa monstruosidad hacia ella.

Desa disparó, disparando el disipador de calor.

Tal vez era su conciencia incrementándose del Éter, pero todo pareció disminuir. La bala salió en espiral de su pistola, seguida por una línea de humo. Voló perezosamente hacia la bola de fuego que se aproximaba y cuando pasó a través de las llamas, se apagaron en un parpadeo, consumiendo su calor.

Siguiendo adelante, la bala voló hacia Bendarian, que estaba de pie con la boca abierta congelada en un grito silencioso. Perforó su cuerpo, justo debajo del pecho y la escarcha se extendió sobre él en una ola, extendiéndose hasta las almas de sus zapatos, hasta la punta de sus dedos y la parte superior de su cabeza. Hubo un crujido cuando la carne se tensó y la humedad cristalizó sobre sus ojos.

Estaba muerto.

Se había terminado.

Presionándose la punta de los dedos sobre la frente, Desa

cerró los ojos mientras luchaba por recuperar el aliento. "Se acabó" susurró "Dulce Misericordia, se acabó."

Se puso de pie y se dio cuenta al instante de sus músculos adoloridos. El esfuerzo casi la derribó de nuevo. Por supuesto, ella podría simplemente... El Éter pareció inundarla casi por sí misma y los dolores en todo su cuerpo comenzaron a desvanecerse. Lentamente, pero se desvanecieron.

Cuando miró la colección de partículas que formaban el cuerpo de Bendarian, se quedó sin aliento. Había una oscuridad entre ellos, uniendo cada molécula a cada uno de sus vecinos y esforzándose por salir de su piel. El inferior. Él era su conducto hacia este mundo y quería salir. Lo que solo podría significar una cosa.

Bendarian todavía estaba vivo.

Soltó el Éter y observó con horror cómo la escarcha que cubría a Bendarian de pies a cabeza se derretía. Sus labios se separaron en una sonrisa. "Simplemente te niegas a aprender, ¿no?" él dijo "¿Cuántas veces debo decirte, Desa? No puedes hacerme daño."

Él extendió los brazos, caminando hacia ella y riendo como un loco. "¿No lo ves?" Él bramó "Estoy conectado a una fuerza mucho más antigua que este universo, una fuerza que rehará el cosmos. ¡Soy inmortal! ¡Irrompible! ¡No puedes lastimarme!"

¡CRACK!

Bendarian tropezó cuando una bala atravesó su lado izquierdo y estalló por su derecha. *¡CRACK! ¡CRACK! ¡CRACK!* Se tambaleó con cada paso hacia adelante, chillando cuando el plomo caliente atravesaba su carne. Finalmente, cayó de rodillas.

Adele estaba parada al borde del piso elevado con un vestido hecho jirones, su largo cabello dorado trenzado y envuelto alrededor de su cuello, con una pistola en su mano extendida. "Tal vez no" dijo "¡Pero yo puedo!"

CAPÍTULO VEINTISÉIS

Desa corrió a los brazos de su amante, abandonando cualquier idea de dar una conferencia a la otra mujer por seguirla tontamente al desierto. Se puso de puntillas, tomando la cara de Adele con ambas manos y besando sus labios.

Cerrando los ojos, Desa dejó que su cabeza se hundiera con el peso de su agotamiento. "Te amo" susurró "Gracias."

Un rubor coloreó las mejillas de Adele, pero su sonrisa cariñosa era una de las cosas más hermosas que Desa había visto. "¿Para qué son las almas gemelas?" ella preguntó "Pero debemos ser rápidas. En breve volverá a ponerse de pie."

"Lo terminaré."

Haciendo una mueca como si pensar en eso le causara dolor, Adele sacudió la cabeza. "No puedes matarlo, Desa" dijo "Tenía razón en eso al menos. El Inferior lo sostendrá a través de cualquier daño que inflijas."

Desa dio un paso tembloroso hacia atrás, con la pistola en una mano y señaló el suelo. Ella respiró temblorosa. "Entonces, ¿qué hacemos?" ella raspó "No se me ocurre otra forma de someterlo."

Adele miró hacia arriba, parpadeando al ver el cristal macizo en el techo. "Él necesita eso para liberar al Inferior" dijo "Si puedo destruirlo, no importará si lo matamos."

"*¿Puedes* destruirlo?"

Una sonrisa pícara fue la respuesta de Adele. Se inclinó para besar la frente de Desa. "No sé quién creó esa cosa" dijo "Pero amplifica nuestras habilidades. En este lugar, puedo guiar el Ether con una precisión que nunca hubiera creído posible. Es una simple cuestión de crear un circuito cerrado de retroalimentación."

¿Un circuito cerrado de retroalimentación? Volver los pulsos de regreso a su fuente. Sí... Desa podía ver cómo eso podría romper el cristal. Pero requeriría que Adele entrara en un estado de trance. Ella sería vulnerable.

La otra mujer pareció darse cuenta de las implicaciones porque le dio la espalda y bajó corriendo las escaleras, corriendo hacia el túnel que conducía hacia afuera. "Solo mantenlo alejado de mí por unos minutos." dijo "Esto no llevará mucho tiempo."

¿Unos minutos? Algo sobre eso se sintió mal. Incluso con un control mejorado del Éter, debería haber tardado más en romper un cristal como ese. Pero entonces, Adele siempre había mostrado habilidades más allá de todo lo que debería haber sido posible. Quizás era el destino. Quizás ella estaba aquí porque Desa la necesitaba. De cualquier manera, Desa no discutió.

Cuando se volvió, Bendarian se estaba poniendo de pie y su rostro era... demoníaco. Su piel era oscura, gris ceniciento con venas negras que parecían latir. Su único ojo restante era rojo. Parecía que cada vez que usaba el Inferior para curarse a sí mismo, perdía un poco más de su humanidad. "La niña es una tonta" escupió "Ella no puede romper ese cristal. Ciertamente no con solo unos minutos de esfuerzo."

Sus labios se separaron en lo que podría haber sido una

sonrisa y Desa jadeó al ver dos grandes colmillos que sobresalían de su boca. "Voy a disponer de ti" dijo "Y luego me encargaré de la chica."

Lanzó una pequeña bola de fuego.

Desa saltó, disparando su Sumidero de Gravedad y giró hacia atrás cuando la chisporroteante bola de llamas pasó debajo de ella. Ella se desenroscó, apagó al fregadero y cayó al suelo del piso elevado.

Ella levantó la cabeza; respiró lentamente por la nariz y luego abrió los ojos. "Simplemente te niegas a aprender" dijo "No puedes matarme."

Con un gruñido, Bendarian voló hacia el cristal.

Flotó en el aire, extendiendo sus brazos ampliamente, un rayo destellando desde la punta de sus dedos. ¡Maldita sea, Marcus tenía razón! Si tan solo Desa se hubiera molestado en hacer un Sumidero Eléctrico. Entonces de nuevo…

El Éter llegó a ella sin ningún esfuerzo y Desa trabajó por instinto. Ella eligió sus dos aretes, colocando una red que extraería energía eléctrica de cualquier cosa que se le acercara, pero no de su propio cuerpo.

Rompió su conexión con el Éter.

Bendarian flotaba bajo el fondo del cristal con una bola de relámpagos crujiendo entre sus palmas. Gritó, empujó los brazos hacia delante y Desa activó los Sumideros.

Una lanza plateada serrada trató de obliterarla, trató de destruirla, trató de arrasarla hasta convertirla en cenizas, pero se desvaneció antes de llegar a una pulgada del cuerpo de Desa. Aun así, la luz era tan feroz que incluso detrás de sus párpados, sus ojos estaban ardiendo. "¿Por qué no mueres?" Bendarian gimió "¿Por qué no mueres?"

Comenzó un rápido descenso hacia ella.

Desa ordenó que la hebilla de su cinturón drenara la energía gravitacional.

Ella saltó cuando Bendarian se acercó, se puso boca arriba y levantó los pies para golpear la parte inferior de su barbilla. Volteando, voló hacia atrás hasta que sus pies dieron contra la pared. Luego se comprimió como un resorte y se alejó.

Un aturdido Bendarian seguía flotando en el aire ante ella, sangre negra goteando de su boca, corriendo por su barbilla. Desa se estrelló contra él, impulsándolos a ambos a través de la habitación hasta que su espalda golpeó la pared.

Ella golpeó su rostro una, dos, tres veces. Cada golpe provocaba un gruñido de su monstruosa garganta. Dos manos en forma de garra agarraron la camisa de Desa y la apartaron de un empujón.

Incluso teniendo en cuenta su baja altura, subir a la cima de la pirámide no fue fácil. No, no fue para nada fácil. Una mujer de medios no debería tener que someterse a esto, pero Adele sofocó sus quejas.

Ella tenía trabajo que hacer.

De rodillas al borde de la parte superior plana de la pirámide, Adele jadeó y se limpió el sudor de la frente con el dorso de una mano. "Concéntrate..." Sus ojos se abrieron de golpe. "Solo unos minutos más. Puedes hacerlo."

Miró hacia atrás por encima del hombro.

Medianoche esperaba en la base de la pirámide, observándola con aprensión en su rostro. Si un caballo podía mostrar aprensión en su mirada, eso era. Este ciertamente logró un facsímil razonable, de todos modos. Esta no era la primera vez que Adele lo había sorprendido mirando y ella lo odiaba.

Levantarse fue difícil, pero lo hizo y luego tropezó hacia adelante para poner su mano sobre el cristal. Era cálido al tacto y los pulsos del Éter parecían intensificarse cuando ella hizo contacto.

Solo unos minutos más.

Si Desa podía mantener ocupado a Bendarian solo unos minutos más, Adele podría hacer lo que tenía que hacer. Se puso a trabajar.

Desa golpeó el piso elevado y rodó como un tronco sobre su superficie. Dejándose caer sobre su vientre, gimió y luego trató de levantarse con los brazos extendidos. Su cabeza estaba sonando como un gong golpeado.

A través de una visión borrosa, vio a Bendarian descender hacia ella. Sólo había una cosa que hacer. Sacó la pistola de la funda, extendió el brazo y apuntó a la pared. Una pared funcionaría lo suficientemente bien.

Disparó.

Una vez que su bala se incrustó en la piedra, activó la fuente de gravedad que le había infundido junto con el Sumidero en su cinturón. Bendarian fue tirado hacia atrás hasta que se estrelló contra la pared. Y con él inmovilizado, tuvo un momento para levantarse.

Desa se levantó, levantó su arma con una mano y disparó una y otra vez. Cada tiro que atravesó su cuerpo causó que Bendarian se retorciera y tuviera espasmos contra la pared. Él chilló y le lanzó fuego.

Una corriente ardiente de fuego.

Desa se arrojó del piso elevado para aterrizar en el espacio estrecho entre este y la pared. No había tiempo para quedarse quieta. Ella corrió a cubrirse.

Perdida en la tarea, Adele se enfocó. El mundo a su alrededor era un mar de partículas que chocaban y se empujaban entre sí. Ella las ignoró. Tan profundo en el abrazo del Éter, apenas era consciente de su propio cuerpo.

Sin embargo, sintió cuando algo la empujó hacia abajo y hacia los lados, dejándola tirada en el techo de la pirámide. ¿Esa mujer tonta nunca se cansará de sus baratijas? Manipulando la gravedad con toda la sutileza de un toro de carga. Desa Kincaid tenía una cara bonita y manos que podían hacer magia en cualquier mujer, pero maldita sea; podría ser una prueba. Adele dejó eso de lado.

Solo un poco más.

Sintió que el Éter temblaba.

Solo un poco más largo.

Bendarian estaba parado en el borde del piso elevado con una bola de fuego en cada mano, su rostro ahora retorcido horriblemente con rasgos de serpiente, sus ojos rojos con una sola hendidura. Una lengua bífida arremetió de su boca.

De pie con la pistola en la mano extendida, el cañón apuntando directamente a su enemigo, Desa lo miró de reojo. "Cómo debe frustrarte" dijo "Todo tu poder y todavía no puedes matar a una mujer."

Bendarian extendió los brazos y echó la cabeza hacia atrás aullando de ira impotente. El polvo se levantó del suelo y se arremolinó a su alrededor en un ciclón, un pilar de arena que se extendía hasta el techo. Y de repente, el pilar se acercaba a Desa.

Ella disparó.

Un instante después —menos de una fracción de segundo— activó el Sumidero de Fuerza que había infundido en la bala y vio que los vientos arremolinados de ese ciclón se detenían repentinamente, cada partícula congelada en su lugar. Todavía estaba lo suficientemente cerca de Bendarian como para que él también hubiera estado congelado.

Caminando hacia la esquina del piso elevado, Desa vio que sus sospechas eran correctas. Bendarian era una estatua con manos escamosas estiradas hacia el ciclón, una mirada de alegría asesina en su rostro serpentino.

"No pensaste que pondría uno en una bala, ¿verdad?"

Girando su arma alrededor de su dedo índice, Desa atrapó la cacha y luego extendió su mano para apuntar. Alineó el tiro perfecto, esperó un momento y luego ordenó a su bala que dejara de drenar energía cinética.

El ciclón se tambaleó hacia adelante.

Desa disparó.

Un agujero apareció en el costado de la cabeza de Bendarian. El hombre cayó de rodillas y luego cayó de bruces. Su ciclón se derrumbó en una pila de polvo que se extendió por toda la habitación.

Presionando un puño contra su boca, Desa tosió varias veces antes de que la ola de polvo finalmente se calmara. "Por los ojos de Venganza" chilló "Que eso sea el final."

Enfundó su arma.

Acercarse a Bendarian tomó un poco más de valor de lo que ella hubiera esperado. Una parte de ella todavía esperaba que él volviera a ponerse de pie y comenzara a lanzarle muerte nuevamente. Pero Bendarian se quedó quieto.

Estaba estirado sobre su estómago, la sangre negra se acumulaba alrededor de su cuerpo. Tal vez realmente había terminado. Quizás Adele estaba equivocada. Tal vez la muerte lo había llevado antes de que pudiera usar su magia oscura para recuperarse.

Cualquier esperanza que tenía de eso murió cuando todo el mundo cambió. Fue el cambio que experimentaba cada vez que se comunicaba con el Éter —no veía los objetos sólidos como colecciones de partículas– pero fue un cambio.

Todo parecía rojo, como si el sol mismo se hubiera atenuado. Cuando Desa examinó el cristal sobre ella, vio que la luz que lo atravesaba tenía un tinte claramente carmesí. Fue desconcertante, por decir lo menos.

Arrodillándose junto al cadáver de Bendarian, Desa se abrazó y luego sacudió la cabeza. "¿Qué pasa ahora?" se preguntó en voz alta "Venganza córtame en tiritas para carne de perro, ¿no puede una mujer tener algo de paz?"

Sacó su revólver y miró horrorizada mientras el barril se derretía. El acero bien forjado simplemente se disolvió en una boquilla metálica que emitió un sonido repugnante mientras caía al suelo. Desa palmeó su cuerpo para asegurarse de que todavía estaba completa. Todo parecía en orden. Aún así, estaba asustada.

"Mi palabra... ¿Qué le hiciste a Benny?"

Desa se puso de pie en un instante.

La voz del orador tenía un timbre distinto que no le era familiar, pero cuando se dio la vuelta, vio a Adele saliendo del túnel que conducía a la superficie. O más bien una aparición que se parecía a Adele.

En lugar de un vestido hecho jirones, esta mujer vestía un vestido blanco fluido de corte impecable. Su largo cabello todavía estaba trenzado, pero no había más mechones sueltos. En cambio, era suave como la seda y parecía captar la luz de alguna manera.

Y sus ojos.

Sus ojos eran de un blanco puro de rabillo a rabillo y la sonrisa que floreció en su hermoso rostro fue escalofriante. "Simplemente aborrezco el potencial desperdiciado" dijo "De pie, Benny".

Adele chasqueó los dedos.

La herida en la cabeza de Bendarian se cerró y él gimió cuando la vida volvió a su cuerpo retorcido. Se levantó lentamente, frotándose la cara con una mano escamosa. "¿Que pasó? ¿Dónde estoy?"

Volvió su mirada de ojos rojos hacia Desa y sus labios se separaron para mostrar dos colmillos monstruosos. "¡Tú!" siseó "¿Nunca me libraré de ti?"

Lanzó una mano hacia Desa.

Ella saltó hacia atrás instintivamente, buscando una pistola que no estaba allí, pero no pasó nada. De hecho, Bendarian parecía estar tan confundido como ella. Extendió la mano varias veces más, pero cuando el gesto no logró producir una bola de fuego o un rayo o lo que fuera que pretendía, echó la cabeza hacia atrás y gimió.

"Ahora, ahora" dijo Adele "No hay motivo para llorar".

Ella desapareció de la vista y luego reapareció repentinamente sobre el piso elevado, sin interrumpirse nunca. "Siempre tuviste una inclinación por la teatralidad, ¿verdad, Benny?" ella arrulló. "Me da mucho cansancio, me temo."

Mirando boquiabierta a la otra mujer, Desa parpadeó varias veces y luego sacudió la cabeza. "Adele… ¿Qué hiciste?" Estaba bastante segura de que sabía la respuesta, pero una parte de ella todavía se aferraba a la esperanza.

Adele giró en el acto, con la falda de su vestido flameando y luego miró a Desa con las manos en las caderas. "Oh, cariño" dijo "¿Realmente tengo que deletrearlo para todos ustedes? Prefiero una mujer con cerebro, pero si insistes."

Adele hinchó el pecho mientras respiraba y cuando volvió a hablar, su voz cambió. No era la voz que Desa recordaba, los patrones de discurso recortados que eran comunes a la gente de Ofalla. Tampoco era el acento punzante que había adoptado por alguna razón. No, era una voz que Desa había escuchado solo una vez.

La voz de la entidad que había estado controlando a esas personas en la granja. "Adele ya no existe" decía "Somos uno ahora."

Adele se sentó principalmente sobre nada, cruzó las manos sobre su regazo e inclinó la cabeza hacia un lado mientras examinaba a Desa. "Por supuesto, tampoco somos exactamente el Inferior". El acento punzante había regresado. "Supongamos que tenemos que tomar un nuevo nombre."

"¿Qué le hiciste a ella?" Desa gruñó.

"¿Hacer con ella?" la otra mujer exclamó. "Oh, cariño, ¿quieres decir que todavía no entiendes?" Desapareció y cuando reapareció, estaba boca abajo sobre una cama de nada más que aire.

Con la barbilla balanceada sobre el dorso de las manos juntas, flotó a la altura de los ojos con Desa. "Ella dio la bienvenida a esto" ronroneó la voz estridente. Rodando sobre su espalda, la entidad se rio y agitó sus pies. "Oh, Benny, te ves tan abatido."

El hombre serpiente que alguna vez había sido Radharal Bendarian frunció el ceño y miró al suelo. "Te prometiste a mí" murmuró. Era solo una declaración de hecho, entregada sin ira ni veneno.

Adele se sentó, tamborileando con los dedos sobre la superficie invisible que la sostenía mientras lo estudiaba. "Sí" ella estuvo de acuerdo. "Pero honestamente, cariño, me aburriste. Todos esos discursos grandiosos... ¿Y cómo te lo explico?"

Saltó de su repisa invisible y se deslizó hacia Bendarian, sus caderas balanceándose con cada paso. Ella extendió la mano para poner una mano sobre su mejilla escamosa y él trató de apartar la cara. "Estás... Bueno, no quiero decir 'agotado'."

Bendarian se estremeció ante sus palabras.

"Y ésta" continuó Adele. "Una chica tan inteligente. ¿Sabías que ella te miró con sus talentos, dedujo tus planes y luego... Bueno, ella fue un poco más rápida al desenfundar, ¿verdad? ¡Y tú!"

La otra mujer se giró para mirar a Desa, sonriendo de oreja a oreja mientras avanzaba. "Las dulces cositas que te susurró al oído" Un ataque de risas hizo que Adele se doblara. "Tú... ¡En realidad te *creíste* que ella era tu alma gemela!"

Desa sintió que se le caía la mandíbula, luego hizo una mueca y se obligó a dejar a un lado el dolor de ese comentario.

"La luz" dijo "¿Qué hiciste? ¿Por qué está todo rojo? ¿Por qué se derritió mi arma?"

"Oh eso" se burló Adele "No hay nada de qué preocuparse, cariño. Verás, mi presencia distorsiona lo que podrías llamar el orden natural, creando… Bueno, podrías llamarlo un fallo en las reglas que gobiernan este universo."

Adele se paró bajo el cristal con los puños en las caderas, estirando el cuello para mirar la luz roja que venía al frente. "En este caso, un ligero cambio rojo en las ondas de luz locales y una pérdida de cohesión molecular entre los metales. Tal vez quieras echar un vistazo a tus pantalones, mi amor.

Desa hizo lo que le pedían y descubrió que la hebilla de su cinturón se había derretido, creando una mancha de pegajosidad en sus pantalones. ¿Todos los metales? ¿Incluso sus balas? ¿Su anillo? ¿Los clips que aseguraban la silla y la brida de *Medianoche*?

Se tocó los lóbulos de las orejas y descubrió que sus pendientes se habían derretido. Y cuando se quitó el anillo del dedo, dejó un residuo pegajoso detrás y luego se aplastó en la palma de su mano. "¡Por los ojos de Venganza!"

La curiosidad se apoderó de ella y ella activó la Fuente de Luz que había sido infundida en ese anillo. El charco en su mano comenzó a brillar con una sombría luz amarilla. Un objeto infundido seguía siendo un objeto infundido incluso si lo rompías en cien pedazos.

"Alégrate de que los efectos fueron en su mayoría inofensivos" dijo Adele "Si mi llegada hubiera alterado el límite de velocidad cósmica, por ejemplo."

"¿Límite de velocidad cósmica?" Desa murmuró.

Adele la miró con simpatía. "Correcto, por supuesto" dijo "Tu gente está a punto de descubrir esa pequeña pepita. Mis hermanas crearon un pequeño parque infantil interesante para todos ustedes."

La boca de Desa funcionó en silencio y ella sacudió la cabeza con incredulidad. "Tus hermanas" murmuró al fin "Misericordia y Venganza."

"¡Vaya, vaya; la niña tiene algo de cerebro!" Adele se cubrió la boca con una mano mientras se reía. "Sí, supongo que así es como las llamarías, aunque ninguno de los términos resume la totalidad de ellas."

Mientras Desa asimilaba el horror de todo, la enormidad de lo que enfrentaba, Adele se acercó a Bendarian y lo palmeó suavemente en la mejilla. "Vamos entonces, Benny" dijo "Creo que es hora de etuviéramos en camino."

 Un dios.

Esta criatura era un dios y Desa había facilitado su llegada al permitirle a Adele viajar con su grupo. Al confiar en su corazón sobre los instintos que le decían que Adele Delarac no era buena. Había estado tan obsesionada con Bendarian, tan decidida en su búsqueda de él que había hecho la vista gorda ante la traición justo debajo de su nariz.

La rabia encendió un fuego en su vientre, convirtió su sangre en ácido y se puso a pensar. Quizás todavía quedaba lejos. La criatura dependía del cuerpo de Adele. Si Desa pudiera destruirlo, tal vez la entidad perdería su control sobre este mundo.

¿Pero cómo?

Sus armas se habían ido.

Excepto... Un objeto infundido todavía estaba infundido incluso si lo destrozabas en mil pedazos. La bolsa de cuero que llevaba sus balas derretidas. Algunos de ellos eran fuentes y sumideros.

Sacó la bolsa de su cinturón —no fue difícil sin la hebilla— la abrió y trató de salpicar algo de la sustancia pegajosa sobre Adele.

La otra mujer estaba de espaldas, pero levantó una mano despectivamente y la sustancia se detuvo en el aire. "Ahora, me agradas; Desa" comenzó "No estaba mintiendo todas esas veces que lo dije. Pero así que ayúdame, empiezas a perseguirme, acosarme o tratar de pegarme con objetos puntiagudos y juro por la tumba de mi dulce mamá, te quitaré a cachetadas el sabor de la boca. Ven, Benny."

Adele chasqueó los dedos.

Y ambos se habían ido.

CAPÍTULO VEINTISIETE

l final del túnel que daba a la pirámide, Desa vio un paisaje carmesí y un cielo rosado sin nubes. Verlo la llenó de desesperación. Este era el costo de su arrogancia. Por los ojos de Venganza, nunca debería haber dejado a Adele Delarac en su cama. Mucho menos en su corazón.

Desa salió a la luz del sol con los brazos colgando y los ojos fijos en el suelo. Bajó los escalones y fue a donde *Medianoche* esperaba pacientemente como el fiel amigo que era.

Se sorprendió al darse cuenta de que casi había esperado que se fuera. ¿Por qué se quedaría después de que el fracaso de Desa hubiera condenado al mundo? Pero el caballo no la juzgó; él solo se adelantó y le restregó la nariz sobre el hombro.

Desa cerró los ojos con fuerza, las lágrimas se derramaron sobre sus mejillas. Un ataque de sollozos la obligó a ponerse de rodillas y se estremeció con cada respiración. "¿Por qué no la vi por lo que era?"

Medianoche se inclinó para lamerle la frente.

"¡Detente!"

Limpiándose las lágrimas con el dorso de la mano, Desa sollozó. "Detente" dijo de nuevo con una voz más suave.

"Aprecio tus esfuerzos, viejo amigo; pero me temo que he demostrado ser indigna de tu amabilidad."

Medianoche resopló.

Se puso de pie y tomó la brida del semental en la mano. Por supuesto, todo se derrumbó cuando sus sujetadores de metal se derritieron. Eso casi la hizo caer al suelo otra vez, pero tomó el control de sí misma y alejó a *Medianoche* de la pirámide.

Justo antes de llegar al primer anillo de edificios en ruinas, el mundo cambió. El cielo se iluminó de un rosa sombrío a un tono azul vibrante. El sol era una vez más un brillante disco blanco apenas un poco más allá de su cenit.

Desa dio un paso adelante, protegiéndose los ojos con una mano y mirando fijamente a lo lejos. "¿Qué pasó?" Se volvió hacia *Medianoche* y suspiró aliviada cuando vio que él tenía su propio tono de negro.

Dándose la vuelta, esperaba encontrar la pirámide bañada en una espesa neblina roja, pero parecía normal. Las piedras eran de un marrón arenoso apropiado. El cristal masivo brillaba a la luz del sol y el cielo aún era azul. Quizás el mundo se había enderezado. Las leyes de la naturaleza se habían reafirmado de alguna manera.

Tres rápidos pasos hacia la pirámide pusieron fin a esa noción. El cielo se enrojeció y la pirámide y todo lo demás a la vista. A pesar de que se encontraba justo fuera de los límites de este fenómeno, *Medianoche* parecía ser de un profundo color rojo oscuro para sus ojos.

Entonces, el efecto era localizado.

Desa regresó a la luz natural, sacudiendo la cabeza. "No sé lo que hizo Adele" comenzó "Pero podemos agradecerle a Misericordia que no se extendió muy lejos."

No tenía sentido quedarse aquí, pero otro vuelo a través del desierto podría matarlos si no tomaban tiempo para comer y beber y la única fuente de agua que ella conocía era en ese huerto embrujado.

Al principio, pensó que habría dudado en regresar allí, pero le agradó darse cuenta de que su miedo había disminuido considerablemente. Desa se había enredado con un dios; ¿Qué podría hacerle un espíritu vengativo?

Cuando regresaron al pequeño huerto, encontraron que la torre de cobre aún estaba en pie, lo que solo tenía sentido. No había estado en el área de efecto de lo que Adele le había hecho a la pirámide. Pero todos los sumideros y fuentes se agotaron.

Desa se acercó al Éter y descubrió que era tan fácil como en el momento en que llegó a esta ciudad. El cristal todavía estaba haciendo su trabajo… de alguna manera. Desa no tenía ningún deseo de cuestionar su buena suerte a ese respecto.

Examinó el condensador de agua con su mente, reinfundió todas las fuentes y sumideros y los puso a trabajar creando agua. No pasó mucho tiempo antes de que tuviera varios cubos llenos. Le dio uno a *Medianoche* y lo dejó beber hasta que se saciara.

Después de eso, comenzó a pastar en la hierba mientras Desa comía duraznos para llenarle el vientre. No era la comida más satisfactoria que podría haber imaginado, pero era mejor que nada. Por lo menos, mejoraría sus posibilidades de supervivencia.

De pie ante *Medianoche*, Desa puso una mano sobre su larga cara y él se apoyó en su toque. "Supongo que tendremos que elegir nuestro destino" dijo "No creo que seamos bienvenidos en Fool's Edge."

Las orejas de *Medianoche* se inclinaron ante la mención de la ciudad.

"Podríamos presionar hacia Dry Gulch" dijo "Aunque no estoy segura de conocer el camino y no tengo un mapa. Es probable que nos encontremos varados en el desierto sin comida ni agua." Era todo el enigma; si corrían de regreso a Fool's Edge, les resultaría difícil conseguir suministros. Y pasarían varios días caminando por el inhóspito desierto antes de llegar a las fértiles tierras del Vinrella. ¿Podrían aguantar tanto tiempo sin comida? ¿O sin agua? Desa llevaba una piel de agua que había llenado, pero eso solo la llevaría hasta cierto punto. Y Dry Gulch… Bueno, tal vez ni siquiera puedan encontrar Dry Gulch. Todo un enigma.

Cerrando la boca con fuerza, Desa sintió arrugas en la frente. "Por supuesto, podría haber otra opción" murmuró "Tú podrías intentar comunicarte con el Éter. ¡Piénsalo! Si ese cristal extendió el alcance de mis sentidos, seguramente hará lo mismo por ti."

Si Midnight era capaz de detectar la ubicación de Dry Gulch, incluso a través de docenas de millas, sabría qué camino tomar. Parecía pensar que valía la pena el esfuerzo porque Desa pronto sintió una resonancia de él. Sus ojos tomaron la mirada vacía de alguien que se perdió en el abrazo del Éter. Varios minutos después, Midnight regresó al mundo despierto y luego hizo algo que Desa nunca había visto antes.

Él asintió.

Una sonrisa se extendió por la cara de Desa y sus mejillas se calentaron incómodamente. "Muy bien, entonces" dijo ella "Parece que tus sentidos están más en sintonía que los míos. Supongo que esto significa que conoces el camino."

Medianoche dio media vuelta y salió del huerto.

Desa se encogió de hombros y siguió.

En las afueras de la ciudad, encontraron a la pobre potra parada con las orejas moviéndose de un lado a otro. La pobre había quedado asustada por lo que vio en la pirámide. Ella debe haberse escapado. *Medianoche*, el corcel obediente que era; se había quedado.

Desa se acercó al caballo joven con una mano extendida, con cuidado de evitar hacer algo que pudiera agitarla aún más. "Tranquila, chica" susurró "Todo está bien ahora. Somos tus amigos."

El caballo se retiró aún más, bailando hacia atrás.

Cerrando los ojos, Desa tembló mientras respiraba. "Podríamos tener que dejarla aquí" susurró "La pobre está demasiado asustada."

Medianoche pasó trotando junto a ella y fue directo hacia la potra, que parecía bastante dispuesta a tolerar su presencia. Algo pasó entre ellos, algo que Desa ni siquiera podía esperar entender, pero cuando terminó, Medianoche simplemente dio media vuelta y comenzó a caminar hacia el desierto y la potra lo siguió sin quejarse.

Desa tuvo que trotar para mantener el paso y cuando cayó junto a su caballo, sacudió la cabeza con tristeza. "Tú viejo encantador" bromeó ella "Si no lo supiera mejor, diría que te gusta la pobre chica."

Medianoche le dirigió una mirada que decía que no era asunto suyo.

Una vez que pusieron un poco de distancia entre ellos y la ciudad abandonada, Midnight redujo la velocidad lo suficiente como para dejarla montar. Desafortunadamente, Desa tuvo que viajar a pelo; La silla de montar de Midnight era inútil con todas sus hebillas derretidas. Sería un viaje muy largo e incómodo.

El aire todavía estaba cálido con el inicio de la tarde, pero el sol se estaba hundiendo lentamente hacia el horizonte occidental y Desa estaba feliz de estar libre de su resplandor. Pronto, el frío de la noche la haría acurrucarse en su abrigo – que ya no tenía botones– pero por ahora, estaba agradecida por la caída de la temperatura.

No estaba segura de qué la hizo hacerlo –curiosidad, sospechaba– pero se aventuró a mirar por encima del hombro. Sabía lo que encontraría, pero se obligó a mirar de todos modos.

La ciudad abandonada estaba tan silenciosa como una tumba, sus edificios envueltos en la penumbra de las sombras que se alargaban. Y allí, entre los escombros de dos casas, una figura en negro ininterrumpido los vio irse, una figura encapuchada que parecía hacer que el aire se enfriara.

Desa apartó la vista del espectro y se frotó la frente con el dorso de una mano. "Apurémonos" instó a *Medianoche* "Tengo la clara impresión de que *no* queremos estar aquí cuando se ponga el sol."

Ella arriesgó otra mirada.

La figura encapuchada se había ido, por supuesto. No vio nada más que edificios rotos y el tenue destello del sol de la tarde sobre el cristal distante. A pesar de sí misma, se estremeció. Los muertos podían tener su pueblo. Ahora que había fallado en su tarea, ya no tenía necesidad de él.

Medianoche no se molestó en mirar hacia atrás, pero por su rigidez se dio cuenta de que había sentido lo que sea que fuera. Quizás dejó una especie de reverberación en el Éter. Y tal vez así era como Desa podía sentir sus ojos en su espalda.

Continuaron en silencio.

Cuando desaparecieron los últimos vestigios de la luz del día, estaban a millas de distancia de la ciudad y el frío de la noche estaba haciendo que Desa se acurrucara en un abrigo que carecía de botones. El viento amenazaba con quitarle el sombrero de la cabeza.

Sofocando un bostezo con una mano, Desa cerró los ojos. "Tal vez sería mejor detenerse por un tiempo" murmuró "No tenemos prisa, e incluso con el Éter para guiar tus pasos, cabalgar de noche no es prudente."

La yegua no podía duplicar la hazaña de Midnight de mapear el terreno con su mente y usar ese conocimiento para evitar el peligro. Por supuesto, su ritmo suave hacía improbable que tuvieran que preocuparse de que uno de los caballos sufriera una lesión. Un galope feroz a través de la oscuridad –el tipo de carrera loca que habían empleado para perseguir a

Bendarian era desaconsejable– por decir lo menos, pero los caballos podían continuar con poca luz. Aun así, Desa tomaría cualquier excusa para detenerse y dormir.

Medianoche, sin embargo, parecía decidido a seguir adelante. Ni siquiera reconoció la sugerencia de Desa; él simplemente continuó su ritmo constante hacia adelante con la yegua mirándolo de vez en cuando.

Frotando una mano sobre su rostro, Desa gimió su disgusto. "Sí… supongo que tienes derecho" murmuró "Es mejor cubrir más terreno antes de que el sol nos abrase de nuevo."

Estaba a punto de quedarse dormida y la dificultad de mantener el equilibrio sin una silla de montar solo empeoraba las cosas. Afortunadamente, no parecía haber nadie más aquí. Si se topaban con bandidos, ella lo pasaría muy mal sin armas, cuchillos o armas infundidas.

De repente, Midnight se detuvo.

Desa lo sintió comunicándose con el Éter y luego sus orejas temblaron. Antes de que pudiera decir una palabra, el semental despegó como una flecha soltada de un arco. ¡En la dirección equivocada! Hasta donde Desa podía ver, habían girado hacia el noreste, pero Dry Gulch estaba a unos cuarenta o cincuenta millas al noroeste de la ciudad abandonada. "¿A dónde vamos?" ella preguntó.

Medianoche no respondió; él solo galopaba.

La yegua relinchó mientras luchaba por mantener el paso y Desa sintió un momento de pánico. Era probable que se lastimara, corriendo a ese ritmo en la oscuridad. Desa esperaba que su caballo supiera que el terreno estaba nivelado.

Habían viajado durante al menos quince minutos, tal vez más; cuando Desa decidió que ya era suficiente. Estaba a punto de insistir en que detuvieran esta tontería y se volvieran hacia Dry Gulch, pero una luz en la distancia le llamó la atención. Parecía claro que ese era el destino de Medianoche.

¿Pero qué era?

No era fuego. La luz era demasiado pareja para eso. Y el resplandor tenía más un tinte blanco que el anaranjado feroz de las llamas. De hecho, lo único fuera de una bombilla eléctrica que podía emitir ese tipo de luz era un objeto infundido.

Sonriendo como un tonto que se había emborrachado hasta la idiotez, Desa sacudió la cabeza. "Vaya glorioso bastardo" Gritó, acariciando el cuello del semental. "¿Podías sentirlos incluso en este desierto sin fin?"

La luz se acercó y vio gente de pie para enfrentarla con armas en la mano. Sin duda habían sido despertados por el sonido del galope de *Midnight*. Tommy proyectó una valentía que ella no hubiera esperado de él, moviéndose para bloquear su camino con sombría resolución en su rostro.

Miri estaba a su lado, por supuesto, pero parecía más confundida que concentrada. Y el hecho de que Desa no podía ver a Marcus significaba que tendría balas volando en cualquier momento. "¡No disparen!" grito "¡Soy yo!"

Tommy bajó su arma.

Miri suspiró visiblemente e inmediatamente se hundió para sentarse con las piernas dobladas. Incluso a esta distancia, Desa pudo ver que la pobre mujer estaba exhausta. ¿Habían estado cabalgando todo el día para alcanzarla?

Medianoche disminuyó la velocidad al trote mientras se acercaban a la luz y luego una voz ronca desde la oscuridad hizo que Desa se estremeciera. "¿Qué pasó?" Marcus exigió "¿Lo mataste? ¿Y dónde está Adele?"

"Bendarian ya no es una amenaza" Desa respondió.

"¿Y Adele?"

Ella desmontó y les contó todo: su frenética lucha por el desierto, la ciudad abandonada, el cristal y el extraño huerto que funcionaba con tecnología infundida de renovación automática. Ella les habló de su pelea con Bendarian, de la traición y posesión de Adele por la entidad que habían encontrado en esa granja.

Marcus estaba parado al borde de la luz con los dientes al descubierto, sacudiendo la cabeza con disgusto. "Sabía que esa chica no era buena" gruñó "Deberíamos haber terminado con ella hace mucho tiempo."

"Ella nos habría seguido de todos modos" lamentó Desa.

Notó que Tommy no estaba dispuesto a mirarla. Tenía la cara girada, bañada por la luz de las monedas brillantes que Marcus había puesto sobre una gran roca plana. A Desa le dolió ver eso, pero no se quejó.

Estaba arrodillada en el polvo, con la cabeza colgando mientras exhalaba. "De alguna manera, Adele se enteró del plan de Bendarian en Ofalla" continuó "Ella inventó todas esas tonterías sobre almas gemelas y el destino para que la lleváramos con nosotros."

Desa no dijo lo dolorosamente obvio: que era ella misma la que había sido engañada por las mentiras de Adele. Ahora, el mundo mismo estaba en peligro y ella no sabía qué hacer. "Nos dirigíamos a Dry Gulch" agregó débilmente.

Marcus recorrió un círculo en el borde de la luz, golpeándose el muslo con una mano. "Parece un plan tan bueno como cualquier otro" dijo al fin "No encontraremos bienvenida en Fool's Edge y nos faltan los suministros para viajar de regreso a los humedales."

"Después de eso, no sé qué hacer a continuación."

Para su sorpresa, Miri se levantó, se adelantó con la precaución de un hombre que se acercaba a un tigre salvaje y luego se arrodilló junto a Desa. "No tienes que decidir eso por tu cuenta" dijo, palmeando el hombro de Desa "Enfrentaremos este desafío juntos."

Cerrando los ojos, Desa sintió lágrimas en sus mejillas, pero asintió de todos modos. "Gracias" susurró "Pero me temo que no será tan fácil."

"Un problema a la vez" dijo Tommy sin mirarla "Primero

salimos de este desierto, y luego decidimos qué hacer con Adele."

Desa no podía discutir con eso. No estaba completamente segura de cómo funcionaban los nuevos poderes de Adele, pero sospechaba que la mujer podía recorrer grandes distancias de un solo salto. No sería nada bueno tratar de perseguirla. Su primera prioridad era asegurar alimentación y suministros. Eso significaba un viaje a Dry Gulch.

"Duerman bien" se quejó Marcus "Cabalgaremos duro en la mañana"

CAPÍTULO VEINTIOCHO

Dry Gulch era un pueblo de edificios de piedra blanca con techos planos, escondido dentro de un barranco entre dos paredes de roca. La ciudad estaba construida sobre el lecho de un río que se había secado hacía mucho tiempo. Y sin embargo, la gente estaba prosperando. Tommy se preguntó cómo encontraban agua en este páramo.

Vio gente con ponchos y sombreros de ala ancha mientras caminaban por las calles, los hombres con pantalones de color marrón o monos, las mujeres con vestidos delgados con mangas cortas.

Una joven encantadora con piel cobriza y cabello negro que llevaba atado en un moño los miró mientras cargaba una cesta de ropa por la calle. Un hombre bajito con un bigote espeso les sonrió desde la silla de montar de su caballo.

Tommy condujo al caballo de su padre por las riendas, frunciendo el ceño mientras miraba de un lado a otro. Seguía esperando que Adele apareciera repentinamente en medio de la calle y lloviera relámpagos sobre él. Eso sería la forma de actuar de ella; la mujer había sido insufrible *antes* de haber sido tomada por un demonio.

Tommy cerró los ojos, con la cabeza colgando de fatiga y luego deslizó el nudillo de un puño sobre su frente. "Entonces, esto es a lo que llega nuestro viaje" murmuró "Atrapados aquí en el medio de la nada."

Miri estaba a su lado, caminando casualmente, pero la forma en que su mirada se posó en todos los que pasaban le dijo que no había nada casual al respecto. Por lo que había llegado a entender sobre los Ka'adri, ella era una de las mejores asesinas de Aladar. "Solo una breve parada en un viaje muy largo, mi amor" le aseguró.

En cierto modo, ella había sido su gracia salvadora estos últimos días. Marcus había estado en un ataque desde el momento en que Desa cabalgó hacia la noche y Tommy temía que su inexperiencia arruinara todo. Cada vez que quería lamentar la carga que era para el resto del grupo, Miri solo sonreía y le decía que todo estaría bien. Estaba creciendo su afecto por ella.

Desa caminaba junto a *Medianoche*, pero el semental no tenía ni silla ni brida y no que importara, el arma y los cuchillos de Desa estaban notablemente ausentes. Se moría de ganas de preguntarle por qué le había quitado los botones al abrigo, pero hacer eso requeriría que enfrentara una tormenta de emoción que estaba más que feliz de ignorar por el momento.

Desa había matado a Sebastián.

Le molestaba que lo hubiera hecho –que *pudiera* hacerlo sin dudarlo– pero lo que le molestaba aún más era el hecho de que ni siquiera estaba enojado por eso. Oh, había habido ira, pero rápidamente se desvaneció en una especie de resignación sombría. La triste verdad era que tarde o temprano, Sebastián habría forzado la mano de Desa. Simplemente no había forma de evitar esa triste realidad.

Una mujer con un sombrero marrón de repente montó a su yegua parda en medio de la calle, impidiéndoles el paso. Tommy pudo ver que llevaba una estrella de sheriff en su chaleco canela.

"Heey, ahí ahora" dijo "¿Qué los trae a todos ustedes a nuestra justa ciudad?"

No era una gran ciudad. No se compara con Ofalla, de todos modos, pero Tommy tenía el sentido suficiente para guardar esa observación para sí mismo. "Necesitamos suministros" dijo Marcus bruscamente "No tenemos la intención de quedarnos mucho tiempo. ¿Es común que el sheriff salude a los recién llegados?"

La mujer desmontó con un rasguño de tierra y cuando se enderezó, vio que no era mucho más alta que Desa. Su rostro era encantador con una nariz delicada y ojos inclinados. "Es después del tipo de extraños que hemos tenido por aquí" respondió ella "Hace unos días, tuvimos un tipo con venas negras en la cara que comenzó a acosar a todos, amenazándolos."

"Ese hombre no volverá a molestarte" dijo Desa.

La sheriff puso los puños en sus caderas, se incorporó a toda su altura y avanzó con una sonrisa en su rostro. "¿Es un hecho?" preguntó "¿Cómo sabrías eso?"

Marcus se adelantó para encontrarse con ella. Tommy solo podía ver la parte posterior de la cabeza del otro hombre, pero estaba familiarizado con el ceño fruncido de Marcus. "Lo que importa es que no tenemos la intención de quedarnos."

"De todos modos, creo que sería prudente hablar con ustedes" dijo Mi nombre es Sheriff Kalia Troval. Por aquí, por favor.

La oficina de la sheriff Troval era exactamente lo que Desa hubiera esperado: paredes de yeso blanco, un simple escritorio de madera con una linterna apagada en la parte superior, ventanas que daban a la calle y dejaban pasar la luz del sol. Había un par de pistolas colgadas en la pared con los cañones cruzados. Una vista interesante, eso.

Desa se sentó con las manos en los reposabrazos de su silla, frunciendo el ceño mientras estudiaba a la otra mujer. "¿Es esto realmente necesario?" preguntó ella levantando una ceja. "Te hemos dicho nuestras intenciones."

La sheriff rodeó el escritorio y se inclinó hacia adelante con las manos apoyadas en su superficie. La intensidad de su escrutinio casi hizo que Desa se estremeciera. Casi. "Eso hiciste" admitió "Pero quiero saber lo qué sabes sobre el hombre con venas en la cara."

Cerrando los ojos, Desa respiró hondo antes de responder. "Todo lo que puedo decirte es que se ha ido" dijo "Y él nunca volverá a molestarte."

"¿Por qué debería aceptar tu palabra sobre eso?"

Desa se recostó con los brazos cruzados y asintió con respeto. "Quizás no deberías" respondió ella "Pero te he dicho todo lo que puedo."

Un suspiro explotó del sheriff cuando se quitó el sombrero y lo arrojó a un lado para aterrizar en una silla vacía junto a la ventana. La mujer era bastante encantadora. El largo cabello castaño enmarcaba una cara que pertenecía a una estatua. "Perdonarás a una muchacha de campo por sus problemas para mantenerse al día. Somos un poco tontos."

"No dije nada por el estilo."

"No... Pero parece que me tomas por una idiota" Kalia Troval se dejó caer en su silla, apoyó los pies sobre el escritorio y los cruzó por el tobillo. "Vienes a mi ciudad. Dices que conoces al hombre que aterrorizó a mi gente, pero te niegas a decirme algo específico, y luego esperas que te deje seguir tu camino."

"Se llamaba Radharal Bendarian."

"¿Ver? Ahora, estamos llegando a alguna parte."

Con la boca abierta, Desa parpadeó varias veces mientras consideraba exactamente cuánto podía decirle a esta mujer. "¿Qué sabes de Enlace de Campo?" ella dijo "El secreto de Aladar".

Para su sorpresa, Kalia Troval se echó a reír y sacudió la cabeza. "Ahora, ¿quién es el idiota?" exclamó "Tienes mucho que aprender si crees que el Enlace de Campo pertenece solo a los Aladri."

Eso fue como una salpicadura de agua fría en la cara. En todos sus viajes, Desa nunca había encontrado a nadie más allá de las fronteras de Aladar que hubiera aprendido las artes del Enlace de Campo. Pero entonces, ella nunca se había aventurado tan lejos de la costa este. ¿Era posible que la gente de Dry Gulch hubiera estado usando el talento ellos mismos? ¿Quizás para cultivar comida en el desierto? De repente recordó ese extraño huerto.

"Bueno, entonces" comenzó Desa "Como sabes de Enlace de Campo, eso facilitará las cosas. Bendarian era un estudiante en Aladar, hijo de un extranjero; pero tenía un talento notable cuando se trataba de infundir objetos. Llegó a creer que las personas podrían ser infundidas con el poder del Éter. Sus experimentos nunca funcionaron por supuesto, hasta que un día intentó algo diferente."

"Nadie sabe lo que hizo, pero cada uno de sus sujetos de prueba murieron. El Sínodo ordenó su arresto. Bendarian huyó de la ciudad y lo perseguí. He seguido en esa búsqueda durante diez largos años."

"Toda una historia" respondió Kalia "Pero no explica cómo terminaste en estas partes. ¿Les importaría saltar a eso?"

Desa empujó sus reservas hacia el fondo de su estómago. De haberle elegido, hubiera preferido evitar hablar de la pirámide y la ciudad abandonada, pero estaba claro que el sheriff no aceptaría nada menos que toda la historia. "Seguí a Bendarian a un pueblo al sureste de aquí, una ciudad abandonada con…"

Kalia Troval salió disparada de su silla y prácticamente saltó sobre el escritorio. Encaramada encima de ella, se inclinó hacia adelante hasta que estuvo casi cara a cara con Desa. "¿Fuiste a la Ciudad Sin Nombre?" Su aliento apestaba a whisky.

Parpadeando confundida, Desa retrocedió de la otra mujer. "Sí" respondió ella "Era necesario evitar que Bendarian..."

"Fuiste a la Ciudad Sin Nombre."

"Como te dije..."

La sheriff se sentó en el borde de su escritorio con las manos sobre las rodillas, con los ojos fijos en las tablas del suelo. "Bueno, ¿no es eso genial?" murmuró enojada "Habla con verdad ahora, ¿lo viste?"

"¿Ver qué?"

"¡La cosa que acecha allí!" Kalia se puso furiosa. "la cosa que vigila a cualquiera lo suficientemente estúpido como para aventurarse en ese cementerio."

Desa sintió sudor en la frente y sin embargo, al mismo tiempo tenía frío de la cabeza a los pies. Su primer aliento fue un estremecimiento gélido. "Sí, lo vi" susurró "Mirándome desde las sombras. ¿Qué es esa cosa? ¿Y quién construyó esa ciudad?"

"Ella me pregunta quién construyó la ciudad?" Kalia se quejó "¡No sabemos quién lo construyó! Estaba aquí cuando nuestros ancestros se establecieron en estas partes hace doscientos años. Algunas personas entraron buscando tesoros. Y algunos los encontraron, se podría decir. Estudiaron los dispositivos allí y aprendieron lo que ustedes llaman Enlace de Campo."

"Pero el Vigía siempre estuvo allí. Todos los que salieron de ese lugar hablaron de sentir ojos sobre ellos donde quiera que fueran. Algunos afirmaron haber visto al Vigilante, pero dos personas no pudieron ponerse de acuerdo sobre lo que vieron. Algunas personas que entraron allí no salieron del todo bien. Y algunas no salieron en lo absoluto. Después de un tiempo, dejamos de enviar expediciones. Lo mejor es dejar que los muertos duerman sin ser molestados.

Desa se estremeció, acurrucada en su abrigo. Su cabeza se hundió y se estiró para pasar los dedos por su cabello. "Tenía que irme" dijo "Bendarian quería usar el cristal en esa pirámide para desatar algo horrible en este mundo."

Kalia se levantó para pararse sobre ella, chasqueando la lengua con molestia. "Puedo prometerte esto" dijo "Ese lugar aún no ha terminado contigo. Nadie que entre allí está verdaderamente libre de eso."

Un pequeño porche de madera afuera de la oficina del sheriff se encontraba a la sombra de un techo que sobresalía y el pequeño alivio que ofrecía del calor fue suficiente para que Tommy bendijera su buena fortuna. La ciudad estaba ocupada con gente que se movía de un lado a otro en el camino arenoso, todos apurados por sus negocios bajo un cielo azul sin nubes.

Miri estaba apoyada contra la pared con un pie apoyado contra las tablas de madera, mirando pasar a la gente. "Tienes que decirle cómo te sientes", dijo al fin. "Es mejor no dejar que estas cosas se enconen".

Tommy se sentó en el borde del porche con los codos sobre los muslos y la barbilla apoyada en ambas manos. Sus cejas se alzaron ante la sugerencia. "¿Y decir qué?" demandó "Caramba Desa, con certeza estoy enojado porque mataste a mi amante."

El suave golpeteo de los pasos de Miri lo hizo retorcerse. Ella se arrodilló a su lado, haciendo una mueca ante el último comentario. "Tienes todo el derecho de estar enojado."

"Lo sé."

"Entonces dile a Desa cómo te sientes."

Haciendo una mueca, se tocó con los dedos los párpados y masajeó un pulso sordo. "¿Qué te hace pensar que le importa cómo me siento?" murmuró él "Desa hace lo que quiere con poco respeto por lo que pensamos los demás."

Se puso rígido momentáneamente cuando Miri le rodeó con los brazos y lo besó en la mejilla. "Díselo" instó "Nunca confiarás en ella si no puedes resolver esto."

"¿Importa si confío en ella?"

Miri en realidad se congeló ante eso.

Tommy se puso de pie, sus pies arrastrando sobre la arena mientras se alejaba del porche. Se volvió bruscamente y la miró con las manos en las caderas. "Podríamos irnos" sugirió "No es que Desa tenga mucho uso para nosotros. Quizás Sebastián tenía razón. Tal vez deberíamos haber terminado con ella."

Le asustó darse cuenta de que estaba haciendo eco de los sentimientos de su amante muerto. Fue un odio hacia Desa lo que llevó a Sebastián por un camino que finalmente lo llevó a un mal final. ¿Tommy sufriría el mismo destino si dejaba que la ira dictara sus decisiones?

Miri estaba de rodillas al borde del porche, con la cabeza gacha y suspirando. "Oh, créeme, Lommy" comenzó "Desa puede no ser capaz de admitirlo, pero ella nos necesita. Ahora más que nunca, creo. Me temo que la traición de Adele la enviará por un camino oscuro."

Tommy quería responder que Desa ya estaba en un camino oscuro, que toda su maldita vida parecía ser un largo camino hacia el corazón del Abismo, pero eso se parecía demasiado a algo que Sebastián diría; entonces, se tragó sus objeciones y dejó que Miri tuviera la última palabra. Un hombre sabio tenía que saber cuándo era hora de dejar que otros tomaran la iniciativa.

Aun así, había pensamientos dando vueltas en su cabeza y aunque los habría enterrado bajo una máscara de timidez taciturna no hacía mucho tiempo, estaba empezando a darse cuenta de que una vez que te acostumbrabas a decir lo que pensabas, era difícil detenerte "Tal vez tu hermano tenga razón" dijo él "Quizás que te importe algo solo te debilita."

Eso puso un poco de color en las mejillas de Miri y cuando levantó la vista, Tommy quiso alejarse de la intensidad de su mirada. "Mi hermano es un tonto" dijo ella "Un tonto que piensa que ser insensible es lo mismo que ser fuerte."

"Pero…"

"Un tonto, Tommy."

Le hizo detenerse cuando Miri lo llamó por su verdadero nombre. Ella solo hacía eso cuando hablaba en serio. Quizás ella tenía razón. Quizás Marcus y Desa compartían una obstinada negativa a ser vulnerables y quizás esa era la razón por la que ambos tomaron una decisión tonta tras otra decisión tonta. Tenía muchas ganas de estar lejos de aquí.

"Si me preguntas, todos ustedes son tontos."

Esta voz…

Tommy sintió que el pelo se le erizaba en la nuca.

Cuando se volvió, encontró a Adele parada en medio del camino con un elegante vestido blanco que le dejaba los brazos y los hombros al descubierto. Estaba a la sombra de una sombrilla delgada que sostenía con delicados dedos. "Hola, Thomas" dijo "¿Supongo que no serías tan amable de ayudar a una chica a encontrar a su alma gemela?"

CAPÍTULO VEINTINUEVE

Miri estaba de pie en un instante, abriendo su gabardina para sacar sus cuchillos arrojadizos. Los arrojó, atrapó las puntas de cada espada y se las arrojó a Adele una a la vez. La luz del sol se reflejaba en cada hoja mientras caían por el aire.

Adele chasqueó los dedos.

Ambos cuchillos se convirtieron en agua y salpicaron el suelo a sus pies, empapándo la arena. Verlo envió escalofríos por la columna vertebral de Tommy. Había visto lo que Desa podía hacer, pero su poder parecía predecible. Ordenado. Esto era algo completamente distinto. "Ahora bien" dijo Adele, deslizándose hacia adelante como una debutante en su primer baile. "Quizás ustedes podrían ayudar a una chica."

Miri mostró los dientes, gruñendo como un rottweiler enojado y luego se echó a correr. Corrió a toda velocidad como si quisiera cortar a la otra mujer.

"Suspiro…" murmuró Adele.

En el mismo instante en que Miri estuvo al alcance de ella, se desvaneció y luego reapareció en el techo de un edificio al otro lado de la calle. Se puso de pie con una mano sobre su cadera y la otra sosteniendo la sombrilla sobre su cabeza. "Sabes, a veces me preguntaba por qué me costaba tanto relacionarme con ustedes".

Se bajó de la orilla y para sorpresa de Tommy, no cayó cincuenta pies y se rompió el cuello. En cambio, descendió un conjunto de escaleras invisibles, moviéndose con gracia y riendo a cada paso. "Y de repente, está claro como el día. Todos ustedes son salvajes."

Con la boca abierta hacia la mujer, Tommy sintió sudor en la frente. "¡Desa!" gritó cuando recuperó su ingenio. "¡Ayuda!"

La puerta de la oficina del sheriff se abrió de golpe y Desa salió corriendo, sacudiendo la cabeza. "¿Qué pasa, Tommy?" ella se quejó "Estábamos en medio de un muy importante…"

Se congeló cuando vio a Adele, el color se le fue de la cara. "No…" La sheriff Kalia Troval apareció un segundo después y antes de que la mujer pudiera pestañear, Desa la rodeó y la empujó contra la pared.

"¿Qué rayos?"

Desa robó la pistola del sheriff, amartilló y se dio la vuelta para apuntar con el arma a Adele. Ella no dudó. Ella simplemente avanzó, apretando el gatillo una y otra vez, llenando el aire con el trueno.

Las balas se transformaron en pequeñas bocanadas de humo frente a Adele, que solo estaba parada en medio del camino con una sonrisa en su rostro. "¿Hemos terminado entonces?" preguntó cuando Desa había disparado las seis balas.

Tommy tragó saliva.

Adele no se sentó en nada, cruzó una pierna sobre la otra y cruzó las manos sobre su regazo. Su sonrisa se amplió cuando les daba un vistazo. "Entonces… Ahora que has sacado eso de tu sistema, pensé que podríamos hablar."

"¿Quién es esta mujer?" La sheriff Troval exigió.

"Un demonio" susurró Desa "Ella tomó el poder oscuro que Bendarian estaba tratando de desatar en nuestro mundo."

Mirando boquiabierta con una mano sobre su pecho, Adele

se burló. "¡Un demonio de verdad!" ella dijo "Desa, pensé que de todas las personas sería capaz de mostrar un mínimo de respeto."

Con la conmoción inicial de la llegada de Adele desapareciendo, Tommy trató de pensar. Tenía que haber una manera de superar sus poderes. Obviamente, no podía hacer lo que quisiera –rehacer el mundo como creyera conveniente– o ya lo habría hecho. Bueno… Ciertamente esperaba que ese fuera el caso, de todos modos.

"¿Qué deseas?" Desa escupió.

"Oh, no, no, no", respondió Adele. "Esto no está bien. Todos deberían estar aquí para esto. ¿Dónde está Marcus?"

Como convocado por el sonido de su propio nombre, Marcus apareció desde la esquina de una calle vecina y se detuvo en seco cuando vio a Adele. Su boca se torció en una mueca de desprecio.

"Oh, bien" dijo Adele, levantándose de su silla invisible. Ella fluyó hacia él con una sonrisa que haría arder la sangre de cualquier hombre. "Ahí está."

Marcus sacó su pistola a la velocidad del rayo, levantó el arma y disparó sin dudarlo un momento.

Al igual que las otras, su bala se transformó en una nube de humo a unos dos centímetros del pecho de Adele, pero en el instante en que lo hizo, fue arrojada hacia atrás, arrojada como por una tempestad violenta.

Adele gritó mientras cruzaba la calle volando, la sombrilla salía volando. Se estrelló contra un pilar de madera que sostenía el techo sobre un porche, rompiéndolo en el impacto, luego rebotó y aterrizó de bruces.

Desa observó todo con los labios fruncidos, asintiendo con satisfacción. "¿Una Fuente de Fuerza?" preguntó.

Marcus no se molestó en responder.

Se movió con precaución hacia el medio del camino con ambas manos agarrando la empuñadura de su pistola, su puntería nunca flaqueó, ni siquiera por un momento. Tommy sospechaba que la única razón por la que no había vuelto a disparar era porque no estaba seguro de si haría algo de bueno.

Adele lo miró con mechones de cabello cayendo sobre su rostro, sus dientes apretados mientras silbaba. "Ahora, eso fue grosero" Lentamente, ella se puso de pie. "Espero que te guste pasar el resto de tus días como una rana viscosa."

Ella chasqueó los dedos.

Marcus se miró a sí mismo con el ceño fruncido, luego se tanteó el pecho varias veces como para asegurarse de que todavía estaba allí. Cuando quedó claro que la magia de Adele había fallado, continuó su marcha hacia adelante.

Por primera vez desde su repentina aparición, Adele parecía realmente preocupada. Dio un paso atrás, casi chocando con el pilar agrietado. "Dije que espero que te guste pasar tus días como una rana."

Ella chasqueó los dedos otra vez.

No pasó nada.

Las cejas de Adele se arquearon y luego sacudió la cabeza. "Bueno, ¿qué tal eso?" dijo. Parece que no puedo transformarte. Balas, cuchillos, pero tú no. ¿Qué te hace tan especial, Marcus?

Ella extendió una mano hacia él.

Marcus fue levantado del suelo y luego arrastrado hacia ella. Sus dedos se cerraron alrededor de su cuello. "Todavía puedo tirar de ti" gruñó ella "Creo que podría romperte el cuello con solo un movimiento de mi muñeca; entonces, ¿por qué no puedo transformarte?

Marcus tenía una respuesta para ella, una respuesta en forma de un golpe rápido en la cara que hizo que Adele lo soltara y retrocediera. Se llevó una mano a la nariz ensangrentada. "De repente me encuentro muy poco interesada en por qué no puedo cambiarte."

Tommy se preparó para ver la dolorosa muerte de su amigo. Su amigo… ¿Cuándo había llegado a pensar en Marcus como un amigo? No importaba; En ese momento supo que no quería que el otro hombre muriera.

"¡Adele!" Desa gritó, caminando hacia la calle, distrayendo a la otra mujer de su intención asesina. "Él no es a quien quieres".

Claramente, ella tenía el derecho de hacerlo porque Adele apartó su mirada de Marcus y fijó esos ojos azules helados en Desa en su lugar. "Te lo dije cariño, ya no soy Adele."

"Quienquiera que seas" replicó Desa "Viniste aquí por una razón. Me buscaste por una razón. Entonces, dime... ¿Qué quieres?"

"Mira, eso es lo que me gusta de ti, Desa. Siempre vas directo al grano" Adele se aclaró la garganta y fue a encontrarse con Desa en medio del camino. "Sabes, comenzar una religión es un trabajo duro. Estaba pensando en todos los milagros que tendría que comenzar a realizar solo para llamar la atención y luego se me ocurrió. Lo que realmente necesito es un emisario. Y tú pequeña, eres eso"

"No."

"¿No?"

Tommy solo podía ver la parte posterior de la cabeza de Desa, pero sabía por la forma en que ella ponía las manos en las caderas que le estaba dando a la otra mujer una mirada fulminante. "No, no seré tu emisario."

"Bueno, ¿no es una pena?"

"Entonces, ¿puedo sugerir que te pongas en camino?"

"Oh no, cariño" dijo Adele. "Me temo que no es tan simple" Ella fluyó alrededor de Desa y se dirigió hacia la oficina del sheriff. Su mirada permaneció sobre Kalia Troval por un momento muy largo. "Veo que encontraron a alguien para tomar mi lugar. Bueno, cuanto más mejor, digo. Pero esto realmente no es el lugar para una negociación."

Adele chasqueó los dedos.

Tommy dio un paso atrás y sintió que sus hombros chocaban contra un muro de piedra. Estaba en un edificio de algún tipo, un edificio con techo abovedado y vidrieras que representaban escenas de una mujer con túnica azul que vierte agua sobre las flores.

Había un enorme sol dorado pintado en el suelo y Adele estaba parada encima de él, sonriendo mientras contemplaba su nuevo entorno. Desa estaba justo detrás de ella y Marcus estaba apoyado contra la pared opuesta.

Todos parecían mantener la misma posición relativa que tenían antes de que Adele los transportara. Tommy se sintió aliviado al encontrar a Miri a su lado, aunque la forma en que se quedó boquiabierta ante todo lo que vio lo hizo sentir incómodo.

Se sobresaltó cuando vio que la sheriff Troval había hecho el viaje con ellos. La pobre mujer se parecía mucho a un conejo asustado. "Que el Todopoderoso me proteja" ella susurró "Me he vuelto loca."

Fue solo entonces que Tommy notó las lámparas fijas. Dispositivos de vidrio que colgaban del techo, cada uno brillando con más luz de la que podría emitir cualquier linterna de parafina. ¿Era esto Enlace de Campo en funcionamiento?

"Ahora" dijo Adele "Esto está mejor."

Desa se paró detrás de ella, frunciendo el ceño a la espalda de la otra mujer. "Juega todos los trucos que quieras" dijo "No va a cambiar de opinión."

"Bueno, tal vez solo necesites algo de tiempo para pensarlo" dijo Adele "Creo que tendrás mucho de eso una vez que conozcas a nuestros anfitriones. Entonces, te dejaré en eso y volveré a verificar una vez que hayas tenido tiempo para calmarte."

Ella desapareció.

Presionando su espalda contra la pared, Tommy se encorvó y se frotó la frente con el dorso de una mano. "¿Dónde estamos?" dijo al fin. Su voz era ronca "¿A dónde nos trajo?"

Miri salió al centro de la habitación, deteniéndose sobre el sol dorado en el suelo. "El Templo de Misericordia" murmuró. "Esto es…"

"Aladar" interrumpió Desa.

Frotándose el cuello con una mano y haciendo una mueca de dolor, Marcus gruñó mientras se unía a las dos mujeres. "Entonces, por fin estamos en casa" dijo "Supongo que tendremos que irnos de nuevo."

"¿Por qué molestarse?" Desa respondió "Parece que Adele puede ir a cualquier parte, recorrer casi cualquier distancia en cuestión de segundos. Podríamos perseguirla durante meses… o años… y nunca la alcanzaríamos."

Tommy cerró los ojos con fuerza, respirando lentamente. "Entonces la búsqueda fue un fracaso" Se dejó caer contra la pared hasta que su trasero tocó el suelo. "Bueno, supongo que si fuera a presenciar el fin del mundo, me gustaría hacerlo en Aladar."

"Disculpen."

Todos habían olvidado a la Sheriff Troval, pero cuando la mujer habló, todos los ojos se volvieron hacia ella. Kalia llevaba un ceño fruncido que podría hacer que un lobo hambriento se retirara. "No sé nada sobre esta búsqueda tuya" comenzó "Y no estoy segura de cómo me siento acerca de Aladar, pero tengo que volver a Dry Gulch."

"Supongo que puedo ayudar con eso" dijo Desa "Yo…"

Un par de puertas de madera se abrieron para admitir a media docena de hombres y mujeres con uniformes azules. Entraron en la habitación, sacando pistolas, dejando espacio para el líder, un hombre corpulento con charreteras con borlas en los hombros.

Tenía un rostro distinguido de piel verde oliva, un bigote oscuro y espeso con mechones de cabello gris y oscuro con alas plateadas sobre las orejas. "Justo como dijo la mujer" ladró "Una perturbación en el templo."

"Sí, pero ¿quién lo causó?"

Esa era la voz de una mujer.

Segundos después, una mujer delgada como una caña con una túnica azul que fluía siguió a los agentes hasta el templo. Tenía una cara afilada con una nariz larga y cabello gris que llevaba recogido en un clip.

Su expresión cambió cuando los vio, formando arrugas en su frente. "¿Puede ser?" ella preguntó. "Desa Nin Leean, ¿por fin en casa?"

"Disculpas, prelada" respondió Desa "Pero no puedo quedarme. Yo…"

"Arréstenlos" escupió la prelada.

Los agentes estaban en movimiento antes de que la última sílaba saliera de su boca. Tommy no se resistió cuando uno, un hombre joven con el pelo rojo brillante, le dio la vuelta y le colocó un dispositivo de metal en las muñecas. Dos anillos unidos por una cadena. Sin duda, tenía la intención de evitar que usara sus manos.

"Comenzaremos con cargos de alta traición" continuó la prelada. Desa, Marcus y Miri al menos tienen que responder a eso. No sé quiénes son estos otros dos, pero si han incitado al crimen de Desa, el castigo es el mismo. Llévalos a la empalizada. Tendré muchas preguntas para ellos en los próximos días."

CAPÍTULO TREINTA

La Tejedora sintió que la realidad cambiaba a su alrededor, su vista del templo se volvió borrosa hasta que se separó. Como mirar un huevo partirse desde adentro. Cuando las dos mitades de la vieja realidad se cayeron, ella estaba parada en un campo verde y exuberante bajo un cielo azul.

Su vestido blanco aún estaba impecable, su cabello dorado todavía trenzado sin un solo mechón fuera de lugar. "Bueno, ahora" dijo, colocando las manos en las caderas. "Me alegra ver que no intentaste correr esta vez".

Ella giró.

Benny estaba arrodillado en la hierba alta, sus rasgos de serpiente en una expresión de resignación. Él la miró con ojos amarillos que brillaban, cada uno con una hendidura vertical como pupila. "¿Qué bien haría?" Su voz ronca mientras hablaba. "Me persigues todo el tiempo."

La Tejedora le sonrió. "Somos amigos, Benny" Ella extendió la mano para poner una mano sobre su cabeza escamosa. "Después de todo lo que hemos pasado, ¿realmente crees que voy a dejarte ir solo?"

"¿Qué quieres conmigo?"

Tocando con la punta de los dedos la parte inferior de la barbilla, la Tejedora volvió su cara hacia ella. Se inclinó para besar su frente. "Te lo dije, cariño" dijo "Todo dios necesita un adversario. Así es como funciona."

Benny estaba aún más abatido al escuchar eso.

"Ahora" agregó la Tejedora, ignorando su desesperación. "¿Qué dices si eliminas algo de tu frustración al aterrorizar a algunos palurdos campiranos? Conozco el pequeño pueblo más lindo a unas pocas millas más allá."

Ella chasqueó los dedos.

Una vez más, el mundo se dividió a su alrededor, una grieta que se extendía por el cielo de horizonte a horizonte y cuando las dos mitades se cayeron, ella estaba parada en un pequeño bosque de árboles con Benny todavía de rodillas delante de ella.

"Es mejor esperar hasta el anochecer" advirtió "No queremos que te miren demasiado bien."

"¿Qué vas a hacer?"

La Tejedora se encogió de hombros, echó la cabeza hacia atrás y sonrió al cielo azul profundo. "Oh, no sé" dijo "Soy una diosa, ¿recuerdas? Creo que iré y me comportaré como una diosa."

Una vez más, el mundo se dividió y esta vez ella se encontró en medio de un camino de tierra que corría entre dos líneas de casas de ladrillo con techos de tejas. Había al menos dos docenas de personas dando vueltas: hombres con ropa de trabajo, mujeres con vestidos modestos. Un caballo y un carrito subían por el camino hacia ella.

Todos se detuvieron para mirar a la mujer del impecable vestido de noche que acababa de aparecer de la nada. La Tejedora no les dio mucho tiempo para mirar. La emoción había atraído su oído. Dolor.

Encontró la fuente de dolor sin dificultad.

Un hombre con un sombrero de copa y un largo abrigo negro emergió de una de las casas cercanas, seguido de cerca por una mujer llorando que apretaba a su bebé contra su pecho. "¡Por favor!" ella gimió "¡Está ardiendo!"

El médico se detuvo en seco, pero no se volvió. En cambio, solo hizo una mueca y sacudió la cabeza. "No hay nada que pueda hacer" dijo con voz ronca "Tu hijo luchará contra la infección o la infección lo reclamará. Lo siento."

"¡Por favor!"

Deslizándose hacia la pareja con una sonrisa, la Tejedora extendió una mano. "Déjame ayudarlo" suplicó "Puedo calmar su dolor".

La madre agarró a su bebé más cerca y se apartó como si el toque de la Tejedora fuera veneno. Esa mirada de escepticismo cauteloso era la que la Tejedora había visto antes. Lo había visto en los rostros de los amigos y socios comerciales de su padre cuando le contó su habilidad para sentir el mundo a través del Éter. Había aprendido dolorosamente que el silencio era más sabio en compañía de hombres que temían lo que no entendían. "Por favor" dijo de nuevo en tonos relajante "Puedo ayudarlo."

El doctor gruñó. "Señora" entonó "Soy un médico capacitado y sin embargo, no puedo tratar a este niño. ¿Qué podrías esperar lograr?"

"Tenga fe, buen señor."

La cara de la madre se suavizó. Las lágrimas corrían por sus mejillas mientras ella sollozaba. "Si puede ayudarlo" chilló ella "Entonces por favor..."

Suavemente, la Tejedora tomó al bebé en sus brazos. "Shh... Shh... Shh..." susurró mientras le tocaba la frente con dos dedos. En segundos, los temblores del niño cesaron; cerró los ojos y se acomodó en un sueño tranquilo. "Ya."

La madre tomó a su hijo del abrazo de la Tejedora y cuando ella retrocedió, abrió mucho los ojos. "¡Su temperatura bajó!" Ella exclamó "¿Qué hiciste?"

El doctor estaba entrecerrando los ojos mientras la estudiaba a través de delgadas gafas. "Sí… ¿*Qué* hiciste?" él demandó "No voy a soportar charlatanes en mi ciudad!"

"¡Usted señor!" gritó la Tejedora, señalando a un hombre viejo y delgado que caminaba con un bastón de madera. "¡Venga acá!"

El viejo tonto vaciló.

"¡Si, usted!"

Con una lentitud insoportable, se acercó cojeando hacia ella, con la cara arrugada por el dolor en la pierna. "Gracias, señorita…" dijo con voz entrecortada "Pero no veo qué puede hacer por…"

La Tejedora le puso una mano en el hombro y él se estremeció ante su toque. Su bastón cayó al suelo, pero no importó. Una sonrisa se extendió en la cara del viejo. "¡Por el Todopoderoso!"

Flexionó la pierna y luego se echó a reír mientras corría hacia su familia, que rápidamente se apresuró a maravillarse con su nueva movilidad. Una mujer joven con cabello rubio rizado –muy probablemente su nieta– de hecho se cubrió la boca con ambas manos y jadeó.

En este punto, una multitud se había formado alrededor de la Tejedora y todas las personas murmuraron nerviosamente entre sí. Un hombre, un hombre guapo en su mediana edad con piel oscura y manchas grises en su barba bien recortada, se adelantó para hablar con ella. "¿Cómo haces esto?" murmuró él.

Sonriendo beatíficamente, la Tejedora cerró los ojos y sacudió la cabeza. "Gente" dijo "No temáis. No vengo a juzgarlos sino a redimirlos. Entren en mi abrazo, porque yo soy la luz y el camino."

Su rebaño hizo lo que se les ordenó, cada hombre, mujer y niño se adelantaron para que ella los abrazara, la mayoría hablando en voz baja. Ella aceptó su adulación. Cuando terminara, hasta la última persona en este mundo se arrodillaría y se maravillaría de su gloria.

FIN

LIBROS DEL AUTOR

Richard S. Penney es un autor de ciencia ficción y futurista del sur de Ontario. Se graduó de la Universidad McMaster con un título en matemáticas y estadística. Rich sabía que quería ser escritor desde que era un niño, cuando representaba historias complejas con sus figuras de acción.

Ha trabajado en diferentes campos, incluyendo banca, enseñanza y control de calidad de software.

En 2014, Rich publicó su primera novela: Simbiosis, el primer volumen de la Saga Guardianes de la Justicia. La historia era una que había planeado escribir desde que era un adolescente. Las novelas de Desa Kincaid surgieron de una historia en tándem que Rich comenzó en Theoryland.com, un sitio de discusión sobre la Rueda del Tiempo.

Rich ha sido un activista medioambiental desde los veinte años y ha dado charlas sobre sostenibilidad en Grecia y Australia.

Querido lector,

Esperamos que hayas disfrutado leyendo *Desa Kincaid*. Tómese un momento para dejar una reseña, incluso si es breve. Tu opinión es importante para nosotros.

Atentamente,

R.S. Penney y el equipo de Next Chapter

Desa Kincaid
ISBN: 978-4-82411-890-5

Publicado por
Next Chapter
1-60-20 Minami-Otsuka
170-0005 Toshima-Ku, Tokyo
+818035793528

1 diciembre 2021

* 9 7 8 4 8 2 4 1 1 8 9 0 5 *